KB072344

# 시의 이해

# 시의 이해

## Understanding Poetry

이수정 지음

# 차례

## 1부 시란 무엇인가



## 2부 시 읽기

1부

# 시란 무엇인가

# 시는 무엇이었는가

## 시란 무엇인가?

첫 시간에 짚고 넘어가야 할 문제가 있습니다. 제가 먼저 여러분에게 질문을 하면 어떨까요? 시란 무엇입니까?

> "시는 개인의 주관적인 생각과 감정을 음악성 있는 함축적인 언어로 쓴 짧은 문학 양식이다."

정말 잘 알고 계시네요. 우리는 시는 그런 것이라고 배워왔지요. 그런데 우리가 아는 시들을 떠올려보면 이런 정의와 맞지 않는 것들도 많이 있습니다.

읽어도 음악성이 느껴지지 않는 경우도 있지요. 또 함축적으로 쓴 짧은 문학 장르라고 하는데, 어떤 시는 몇 페이지씩 계속되기도 하고, 분량과 상관없이 설명적이기도 합니다. 어떤 시는 시인의 생각과 감정이 잘 드러나지 않아서 공감은커녕 이해하기조차 어렵습니다. 이런 경험이 반복되다 보면 시라는 문학의 장르 자체가 어려운 속성을 지니고 있는 것인지, 아니면 우리가 읽은 시가 좋은 시가 아니었던 것인지 의심이 들지요. 여기서 또 다른 질문, '좋은 시란 무엇인가'가 생겨납니다.

결론부터 말씀을 드리자면 이러한 질문에 대한 답을 드릴 수는 없습니다. 어떤 것은 시이고, 어떤 것은 시가 아니며, 어떤 것은 좋은 시이고, 어떤 것은 그렇지 않다고 명확히 말할 수 없는 이유는 '시'를 바라보는 관점이 다양하고, 또 시대마다 변화되어왔기 때문입니다. 이는 여러분이 자신의 이름으로 평생 살아왔지만 갓난아이 때부터 지금까지 외모, 생각, 취향이 변하였고, 그래서 딱 잘라 '어떤 사람이다'라고 말하기 힘든 것과 마찬가지입니다. 어떤 답을 하더라도 일부는 맞지만 일부는 맞지 않는 답이 될 것입니다.

실제로 '시'라는 이름으로 현재에도 다양한 시도가 진행되고 있습니다. 이런 시도들은 잠시 유행하다 잊히는 경우도 있지만, 제대로 자리를 잡아 시의 새로운 양식이 되는 경우도 있습니다. 새로운 양식이 생겨난다고 해서 이전의 양식이 바로 사라지고 대체되는 것은 아니며, 결과적으로 하나의 양식이 사라지더라도 이미 창작된 작품들은 고스란히 살아남기에 '시'라는 말의 내포는 점점 다양해지고 풍부해지고 복잡해졌지요.

시대마다 새로운 문학적 시도가 등장하면 그것은 시가 아니라거나 좋은 시가 아니라고 비판하는 목소리들이 있었습니다. 재미있는 것은 시가 아니라거나 좋은 시가 아니라고 주장할 때 기준이 되는 시의 관습들 역시 처음 등장했을 때는 기존의 장르적 관습과 다르다는 이유로 비판받았다는 사실입니다.

이런 점에서 본다면 역설적이지만 시는 늘 기존의 시와 그 시가 담고 있는 시 정신에 대하여 도전하며 변화해왔다고 볼 수도 있습니다.

우리는 소멸되지 않고 사람들에게 읽히며 살아남은 다양한 시 작품들이 장소와 시간을 초월하여 존재하는 모습을 목격합니다. 잊힌 작품이더라도 그것을 누군가 읽고 자신의 삶에서 생생하게 느낄 때 문학작품은 지금 이곳에서 생생하게 되살아납니다. 이것이 바로 문학작품의 불멸성입니다.

이처럼 불멸하며 현존하는 다양한 시작품들을 보며, 어떤 기준에서 시를 무엇이라고 딱 잘라 정의하기에는 어려움이 있습니다. 또한 문학현상이 일어나는 시기와 그것이 이론으로 정립되기까지 존재하는 시간차도 고려해야 합니다. 우리가 지금 한창 접하고 있는 시에 대해서 객관적으로 평가하기란 어렵습니다.

그래도 우리는 답을 원합니다. 시가 무엇인지 말하기 어렵지만 차선책으로 시가 무엇이었는지 간략히 살펴볼 수는 있습니다. 이는 다음 장에서 이야기하도록 하겠습니다.

## 시는 무엇이었는가

아리스토텔레스Aristoteles B.C. 384~322년는 『시학*Poetica*』에서 서사시epic, 극시

drama, 서정시lyric에 대해 언급한 바 있습니다.[1] 아리스토텔레스 시절에 '시'라는 용어가 의미했던 것은 오늘날 우리가 생각하는 시, 다시 말해 소설과 대등한 장르로서의 시와는 차이가 있습니다.

고대 그리스에서도 시인을 poet이라고 불렀는데, 이는 '만들다'라는 의미의 그리스어 poiein에서 온 말입니다.[2] '만들다'라는 어원에서 유추할 수 있듯이 아리스토텔레스 시절에 시라는 용어는 '창작 문학'을 의미하였습니다. 당시의 창작 문학은 운문verse 장르였습니다. 이와 구분되는 산문prose 장르에는 역사, 철학, 웅변 등이 있었습니다. 창작 문학이 운문으로 지어진 것은, 산문 장르에 비하여 그것이 대중적으로 향유되었기 때문입니다. 대중들은 공연과 구전口傳을 통하여 창작 문학을 접하고 또 그것을 즐겼습니다.

아리스토텔레스가 시학에서 시를 세 갈래로 나눈 것은 오늘날의 개념

1 아리스토텔레스(Aristoteles), 천병희 역, 『시학』, 문예출판사, 2013.

2 Sir Philip Sidney, "The Defence of Poesy", *The Major Works*, Oxford University Press, 2008, 215면.

으로 생각하자면 창작 문학을 각각 서사 문학, 극 문학, 서정 문학의 세 장르로 나눈 것이라고 보아야 합니다.[3] 그는 『시학』에서 주로 극 문학, 그중에서도 비극tragedy에 대해 집중적으로 논하였고, 서사시epic는 비극보다 열등하다고 평가하였으며, lyric에 대해서는 별로 언급하지 않았습니다. 이러한 우열이나 비중 차이는 아리스토텔레스가 비극이 서사시를 더 압축적으로 보여준다고 여겼으며,[4] lyric은 음악의 범주에 속하는 것비극 코러스에 포함되기 때문으로 간주했기 때문이라는 견해가 있습니다.[5]

서사시서사 문학는 운을 붙인 영웅의 이야기로 이는 중세 로망스의 형태를 거쳐서 근대의 서사 양식인 소설이 형성되는 데에 영향을 주었습니다. 널리 알려진 서사시로 호메로스Homeros B.C. 800~750년경의 『일리아드*Iliad*』나 『오디세이*Odyssey*』가 있습니다.

호메로스의 서사시는 그리스 전역에서 낭송되고 사랑받았으며, 4년마다 개최되는 아테네의 가장 큰 축제인 파나테나이아Panathenaia 제전아테나 여신을 위한 대축제에서는 호메로스의 서사시 전체를 낭송하도록 법령으로 정해져 있었습니다. 이는 상당히 오랜 시간이 걸렸을 것이기에 여러 명의 음유 시인이 릴레이로 공연했을 것으로 추측됩니다. 서사시는 등장인물들 사이의 대화가 많이 등장하는 만큼 낭송자는 중간 중간 배우의 역할을 겸해야 했습니다. 이를 통해 자연스럽게 서사시 낭송에서 연극 공연으로 넘어가게 된 것으로 보입니다.[6]

---

3 오세영, 『시론』, 서정시학, 2013, 23~27면 참조.
4 아리스토텔레스(Aristoteles), 천병희 역, 『시학』, 문예출판사, 2013, 160~162면.
5 아리스토텔레스(Aristoteles), 천병희 역, 『시학』, 문예출판사, 2013, 19~20면 참조.
6 아놀드 하우저(Arnold Hauser), 백낙청 역, 『문학과 예술의 사회사』 I, 창비, 2016, 119~120면 참조.

drama라는 명칭은 '행동하다'라는 뜻의 동사 dran에서 유래하였습니다.[7] 어원을 통해 짐작할 수 있듯이 극시는 본격적인 공연을 위해 운을 붙여 창작된 것입니다. 내용에 따라 희극comedy과 비극tragedy이 있었고, 중세에 무수히 많은 작품이 창작되며 대중적인 인기를 누리다가 현대의 극 장르로 이어졌습니다. 지금까지 전해지는 고대의 희극은 아리스토파네스Aristophanes B.C. 445~385년경의 「개구리」 같은 작품이 있고, 비극은 소포클레스Sophocles B.C. 496~406년의 「오이디푸스 왕」, 「안티고네」, 「엘렉트라」 등이 있습니다. 소포클레스는 비극 경연대회에서 18회나 우승하였다고 전해집니다. 비극은 디오니소스 제전 때 야외극장에서 공연되는 가면극이었는데, 주인공인 영웅이 비참한 결말을 맞는 내용입니다. 원래 배우의 수는 한 명이었지만 아이스킬로스가 배우를 두 명으로 늘리면서 대화가 극의 중심이 되게 하였고, 소포클레스가 배우를 세 명으로 늘린 뒤 무대 배경을 도입하면서 비극이 발전하였습니다.[8] 등장인물 외에 코러스가 있어 합창을 통해 상황을 설명하거나 전개를 암시하고 관객의 생각을 대변하는 역할을 한 것이 특징입니다. 중세 이후 희극과 비극이 자연스럽게 융합된 희비극tragicomedy이라는 장르도 생겨나게 됩니다.

Lyric은 개인의 생각과 감정을 운문으로 쓴 짧은 형태로 독립적으로 창작되고 가창되었지만 비극의 코러스 속에 포함되어 공연되기도 했습니다. 서정시는 시인이 자신의 이야기를 다룬다는 점뿐만 아니라, 시인이 자신의 감정을 1인칭으로 청중에게 직접 호소한다는 점에서

7 아리스토텔레스(Aristoteles), 천병희 역, 『시학』, 문예출판사, 2013, 35~36면.
8 아리스토텔레스(Aristoteles), 천병희 역, 『시학』, 문예출판사, 2013, 43면.

다른 문학 장르와 구별됩니다. 서정시의 시인은 자기 작품의 주인으로서 인정받으려는 존재 증명의 욕구를 가지고 있습니다.[9]

Lyric이라는 명칭은 아폴론과 오르페우스의 악기였던 리라Lyre 한 손에 들 수 있는 작은 하프 모양의 악기나 류트Lute 큰 만돌린과 유사한 형태의 악기라고 불리는 현악기를 타며 시를 읊거나 노래한 데에서 유래하였습니다.

---

**아폴론과 오르페우스의 리라**

아폴론은 태양, 의술, 예언, 가축, 궁술 등을 관장하는 신인 동시에 시와 음악의 신이기도 하다. 그래서 아폴론은 흔히 리라를 켜면서 여신 무사(Mousa=뮤즈)들과 함께 노래를 부르고 춤을 추는 모습으로 표현된다. 리라는 헤르메스가 발명하여 선물한 것으로, 거북 껍데기에 구멍을 내고 9명의 무사를 의미하는 9개의 현을 달아 만들었다고 한다. 원래 아폴론은 헤르메스가 자신의 소떼를 훔친 일로 화가 나 있었지만, 헤르메스의 리라를 받고 마음이 풀려 화해하였다.

그리스 신화에서 가장 유명한 음유 시인은 오르페우스다. 오르페우스는 무사 중의 하나인 칼리오페의 아들로 어려서부터 시와 리라를 배웠다. 아버지는 확실치 않지만 아폴론에게 황금 리라를 물려받았기에 그의 아들이라는 설도 있다. 오르페우스가 리라를 타며 노래하면 인간과 짐승은 물론 돌과 나무까지도 감동하였다. 아내 에우리디케가 독사에 물려 이승을 떠나자, 오르페우스는 리라를 들고 직접 아내를 구하러 하계로 갔다. 스틱스 강의 뱃사공 케론, 하계의 입구를 지키는 머리 셋 달린 개 케르베로스, 그리고 하계의 왕 하데스와 왕비 페르세포네까지 모두 그의 노래에 감동하여 그가 원하는 대로 에우리디케를 데리고 돌아가도록 허락했다. 하지만 이승에 도착하기 전에 아내를 돌아보아서는 안 된다는 하데스의 말을 어겼기 때문에, 에우리디케는 다시 어둠 속으로 사라지고 말았다.

---

가장 오래된 서정시의 주제는 기도prayer, 찬양praise, 비탄lamentation입니다.[10] 이 세 가지는 모두 '사랑'의 다른 얼굴들입니다. 기도는 소망하고

---

9 아놀드 하우저(Arnold Hauser), 백낙청 역, 『문학과 예술의 사회사』 I, 창비, 2016, 138~139면 참조.

감사하기 위해 하는 것입니다. 신, 자신, 사랑하는 사람을 위해 소망하거나 감사하며 기도하지요. 찬양 역시 사랑하는 사람이 할 수 있는 것입니다. 신에 대한 찬양이나 연인에 대한 찬양은 모두 사랑에서 비롯됩니다. 비탄은 전혀 다른 것 같지만 사랑을 잃은 사람만이 깊이 슬퍼할 수 있습니다. 이렇게 보면 서정시의 주제는 '사랑'이라고 할 수 있겠습니다. 물론 이런 서정시의 주제들은 시간이 흐르며 매우 다양해졌습니다. 현대시에서는 개인이 느끼는 일상적인 감정들, 분노와 우울 같은 것들도 모두 시의 주제가 되었습니다.

다시 돌아가서 고대에 가장 널리 알려진 서정 시인은 그리스의 사포Sappho B.C. 612년경~?, 로마의 호라티우스Quintus Horatius Flaccus B.C. 65~8년가 있습니다. 시인은 세상을 떠난 지 오래이지만 작품은 살아남아서 지금도 읽히고 있지요. 그 작품들 속에 담긴 생각과 감정이 현대인들도 공감할 수 있는 것들이기 때문일 것입니다. 다음은 "carpe diem"이라는 시구로 널리 알려진 호라티우스의 시입니다.

> 묻지 말게, 알아선 안 되니, 신들이 나에게, 그대에게 어떤 운명을 주었는지,
> 레우코노에여, 바빌로니아 점도 치려고 하지 말게.
> 더 나은 일은, 미래가 어떠하든, 주어진 대로 받아들이는 거라네.
> 유피테르 신이 그대에게 수많은 겨울을 허락하거나, 마지막 겨울이거나.
> 지금 이 순간에도 티레니아 해의 파도는 맞은편 바위를 깎고 있네.
> 현명해지게, 포도주를 거르고, 짧은 삶이니 먼 미래를 바라지 말게.
> 우리가 이야기하는 중에도 질투심 많은 시간은 흘러가 버렸겠지.

---

10 Edward Hirsch, "Lyric", *A Poet's Glossary*, Houghton Mifflin Harcourt, 2014, 356~357면.

오늘을 붙잡게. 내일은 가능한 한 믿지 말게.

Tu ne quaesieris, scire nefas, quem mihi, quem tibi finem di dederint,
Leuconoe, nec Babylonios temptaris numeros.
Ut melius, quidquid erit, pati.
Seu pluris hiemes seu tribuit Iuppiter ultimam,
quae nunc oppositis debilitat pumicibus mare Tyrrhenum:
sapias, vina liques et spatio brevi spem longam reseces.
dum loquimur, fugerit invida aetas:
carpe diem, quam minimum credula postero.

－퀸투스 호라티우스 플라쿠스Quintus Horatius Flaccus, 「송가Odes 1.11.」

우리가 시를 이야기하면서 2,500년 전 이야기를 하는 이유가 뭘까요? 독일의 실존주의 철학가인 칼 야스퍼스Karl Jaspers 1883~1969년는 인류의 역사를 역사 이전, 고대 문명, 축의 시기, 과학 기술의 시대로 나누었습니다. 특히 기원전 500년을 전후한, B.C. 800년부터 B.C. 200년까지의 시기에 인류의 위대한 철학과 사상이 탄생하였으며, 그리하여 인류의 수레바퀴가 앞으로 나갔다는 의미로 이 시기를 축軸의 시기the axial period 라고 명명하였습니다.

인도의 석가모니B.C. 563~483년, 중국의 공자B.C. 551~479년, 페르시아현재 이란과 서아시아 중앙아시아 지역을 지배하던 국가의 조로아스터B.C. 630~553년, 팔레스타인의 이사야, 예레미야 등 기원전 8세기경의 예언자들, 그리스의 파르메니데스B.C. 515~445년 추정, 피타고라스B.C. 582~496년, 플라톤B.C. 428~348년 등으로 이어지는 철학자들이 사상을 정립하고 펼쳤습니다. 야스퍼스는 축의 시기에 뛰어난 사상가들이 세계 곳곳에서 출현한 이유로 지식의 기록을 지목하고 있습니다.[11] 인류의 경험과 지식이 기록되고 쌓여서 위대한 사상들이 탄생할 수 있는 토양이 되었다는 것이지요.

2,500년 전 인간의 삶의 환경이나 조건을 상상하기는 힘듭니다. 과학기술의 시대를 살면서 인간 삶의 조건은 혁명적인 변화를 겪었기 때문입니다. 하지만 사상과 철학의 측면에서 볼 때, 우리가 삶의 조건을 변화시키고 개선한 것만큼 사유하는 능력도 나아지게 하였는지는 모르겠습니다. 아직도 그들의 사상과 철학은 우리에게 유효합니다. 시에 대해 이야기할 때에도 2,500년 전 사람들이 이야기한 시론과 그들이 쓴 작품이 지금도 생명력을 가지고 있습니다.

## 시와 노래는 분리되어 왔는가?

앞서 살펴보았듯이 아리스토텔레스 시절에 창작 문학은 모두 운문이었습니다. 서정 문학인 Lyric이 서사 문학이나 극 문학과 다른 점은 내용적인 면에서 '시인 개인의 생각과 감정'을 담고 있다는 점과 작품의 길이 측면에서 '짧다'는 점이었지요. 이후 시는 오랜 세월 동안 다양한 형식으로 다양한 주제를 다루면서 변화하였지만 극적인 변화를 겪게 된 것은 근대에 자유시vers libre가 등장하면서부터입니다.

자유시도 개인의 생각과 감정을 표현한 짧은 운문이라는 점에서는 이

---

11 Karl Jaspers, Michael Bullock tr., *The Origin and Goal of History*, Routledge, 2010, 1~27면 참조.

전 시기의 시와 공통점을 지니고 있지만, 운문의 규칙에 얽매이지 않고 자유로운 음악성을 추구한다는 점에서 혁신적인 시도였습니다. 사실 서사 문학과 극 문학은 이른 시기에 운문에서 벗어나 산문의 장르로 변화되었지만, 서정 문학인 시는 이때까지도 운문을 고수하고 있었습니다.

자연은 사원, 살아 있는 기둥들에서
이따금 어렴풋한 말소리 새어나온다.
사람이 그곳 상징의 숲을 가로질러 가면
숲은 그를 친근한 눈으로 물끄러미 본다.

멀리서 어우러지는 긴 메아리처럼
어둡고 깊은 어울림 속에서,
밤처럼 빛처럼 광막하게,
향기와 색과 소리 답하며 어울린다.

La Nature est un temple où de vivants piliers
Laissent parfois sortir de confuses paroles;
L'homme y passe à travers des forêts de symboles
Qui l'observent avec des regards familiers.

Comme de longs échos qui de loin se confondent
Dans une ténébreuse et profonde unité,
Vaste comme la nuit et comme la clarté,
Les parfums, les couleurs et les sons se répondent.

—샤를 보들레르Charles P. Baudelaire, 「교감Correspondances」 부분

자유시는 19세기에 프랑스를 중심으로 등장한 일군의 시인들이 기존의 운율 규칙과 시 형식을 넘어서는 자유로운 음악성이 느껴지는 시를 창작하면서 등장합니다. 이들을 상징주의 시인들이라고 하는데요, 상징주의 시인들은 감각적 대상의 실제가 아니라 그것이 암시하는 세계를 시에 담으려 했습니다. 세상을 비밀스럽고 성스러운 상징의 숲이라고 보았던 것이지요.

시인은 시인의 상태로 있을 때 자연과 교감할 수 있고, 그러한 교감을 통해 자연이 담고 있는 상징의 비밀을 알아낼 수 있다고 생각하였습니다. 그렇게 알아낸 상징들은 스스로를 고스란히 담아낼 수 있는 각각의 운율을 지니고 있다고 보았습니다. 이를 기존의 운율법칙과 시의 형식에 맞추어 넣으려고 하면 시가 죽어버릴 수 있다는 말입니다. 상징주의 시인들이 보기에 기존 시의 형식과 운율 법칙은 프로크루스테스Procrustes의 침대처럼 느껴졌을 것입니다.

---

**프로크루스테스Procrustes의 침대**

프로크루스테스는 그리스 중남부에 있는 아티카 지방의 악명 높은 노상강도였다. 그는 중심도시인 아테네 교외에 집을 짓고 살았는데 집에는 무거운 철로 만든 침대가 있었다. 프로크루스테스는 행인을 붙잡아다가 침대에 눕힌 뒤, 행인의 키가 침대보다 크면 밖으로 나온 만큼 머리와 다리를 잘라내 죽였고, 키가 침대보다 작으면 침대 길이에 맞추어질 때까지 몸뚱이로 두들겨 늘여서 죽였다고 한다.
프로크루스테스의 악행은 테세우스(Theseus)에 의해 끝이 난다. 테세우스는 프로크루스테스를 잡아서 침대에 눕히고 똑같은 방법으로 머리와 다리를 잘라내었다.

---

상징주의자들은 훨씬 더 유연하고 섬세한 리듬을 지닌 자유 시구를

사용하여 시를 썼습니다. 자유시는 음악성이 없는 시를 말하는 것은 아니고 정형시에서 벗어난 음악성을 띤 시라고 보아야 합니다.

## 산문시와 시적 산문

보들레르1821~1867년와 랭보Jean-Nicolas-Arthur Rimbaud, 1854~1891년 같은 상징주의 시인들은 자유시를 쓰는 한편, 산문시의 선구자가 되기도 했습니다. 보들레르는 51편에 이르는 산문시를 썼는데 이는 사후 2년 뒤에 소산문시집인 『파리의 우울*Le Spleen de Paris*』(1869)로 발간되었습니다. 랭보가 유일하게 생전에 발간하려고 인쇄했던 『지옥에서 보낸 한 철*Une saison en enfer*』(1873) 역시 산문시집입니다. 운문을 벗어난 것이지요.

> "누구를 가장 사랑하는가, 수수께끼 같은 사람아, 말해보게. 아버지, 어머니, 누이나 형제?
> 나에겐 아버지도, 어머니도, 누이도, 형제도 없어요.
> 친구들은?
> 당신은 이날까지도 나에게 의미조차 미지로 남아 있는 말을 하시는군요.
> 조국은?
> 그게 어느 위도 아래 자리 잡고 있는지도 알지 못합니다.
> 미인은?
> 기꺼이 사랑하겠지요, 불멸의 여신이라면.
> 금은?
> 당신이 신을 싫어하듯 나는 그것을 싫어합니다.

그래! 그럼 자네는 무엇을 사랑하는가, 이상한 이방인이여?
구름을 사랑하지요... 흘러가는 구름을... 저기... 저기... 경이로운 구름을!"

–Qui aimes-tu le mieux, homme énigmatique, dis? ton père, ta mère, ta sœur ou ton frère?

–Je n'ai ni père, ni mère, ni sœur, ni frère.

–Tes amis?

–Vous vous servez là d'une parole dont le sens m'est resté jusqu'à ce jour inconnu.

–Ta patrie?

–J'ignore sous quelle latitude elle est située.

–La beauté?

–Je l'aimerais volontiers, déesse et immortelle.

–L'or?

–Je le hais comme vous haïssez Dieu.

–Eh! qu'aimes-tu donc, extraordinaire étranger?

–J'aime les nuages... les nuages qui passent... là-bas... là-bas... les merveilleux nuages!

–샤를 보들레르Charles Pierre Baudelaire, 「이방인L'étranger」

산문시는 상상력에 굴레를 씌우는 논리, 개성을 억압하는 문학 규칙들에 대한 '거부'를 시로 드러내 보이기 위해 창작된 것입니다. 산문시는 '시'임을 자처하거나, 전통적인 시의 효과를 흉내 내려 하지 않습니다. 산문시에 이르게 되면, 시에는 개인의 생각과 감정을 함축적인 언어로 짧게 표현한 것이라는 특징만이 남게 됩니다.

여기서 한 가지, 시적 산문에 대해 언급해둘 필요가 있습니다. 시적 산문은 18세기 프랑스 산문가들이 '경직되고 영감이 결여된 운율시'에 대항하여 시도한 것입니다. 리드미컬하고 은유를 사용한 시적 산문을 통해 시적이지 못한 시들을 꼬집어 비판하려 했던 것입니다. 시적 산문이 시답지 못한 시를 비판하려는 의도로 창작된 반면, 산문시는 '시답다'는 규정을 벗어나려는 의도로 창작되었다는 점에서 이 둘은 보기에는 비슷하지만 반대되는 목적을 지니고 있었습니다.[12] 하지만 현대의 산문시와 시적 산문이 꼭 그러한 목적으로 창작되는 것은 아닙니다.

## 국문학에서 시와 노래는 다른 장르였는가?

국문학에서는 시가詩歌라는 명칭으로 시 장르를 일컬어왔습니다. 이는 사서삼경四書三經 중의 하나인 『서경書經』 중 순舜 임금의 이야기를 다룬 「순전舜典」에 나오는 "시언지詩言志 가영언歌永言"이라는 구절에서 유래한 것입니다. 시는 마음속의 뜻을 말로 한 것이고, 노래는 말을 길게 뽑아 읊조리는 것이라는 의미입니다. 또 『시경詩經』의 서문인 모시서毛詩序에는 다음과 같은 내용이 있습니다.

> 시란 뜻을 표현한 것이다.

12 알랭 바이양(Alain Vaillant), 김다은 · 이혜지 역, 『프랑스 시의 이해』, 동문선, 2000, 84~85면.

마음속에 있으면 뜻志이 되고 말로 표현하면 시詩가 된다.
감정이 움직여서 말로 나타나는데,
말로는 부족하기에 탄식하고, 탄식으로 부족하기에 길게 노래하며,
길게 노래해도 부족하기에 자기도 모르게 손으로 춤추고 발로 춤추는 것이다.

詩者, 志之所之也.
在心爲志, 發言爲詩.
情動於中而形於言,
言之不足故嗟歎之, 嗟歎之不足故永歌之,
永歌之不足, 不知手之舞之足之蹈之.

---

사서는 『대학(大學)』, 『논어(論語)』, 『맹자(孟子)』, 『중용(中庸)』을 말하며, 삼경은 『시경(詩經)』, 『서경(書經)』, 『주역(周易)』을 이른다. 『시경』은 중국에서 가장 오래된 시집으로, 공자가 편찬했다.
주 왕조(B.C. 11세기경~B.C. 256년) 초기부터 춘추시대(B.C. 8세기경~B.C. 403년) 초기까지 수백 년 동안의 시 3,000편 중 300여 편을 간추려 정리했다고 한다. '300편'이 곧 『시경』을 가리키는 말로 사용된다. 공자는 총 311편을 수록했지만 그중 6편은 제목만 있고 내용이 없기 때문에 정확하게는 305편이다.
『시경』은 국풍(國風), 소아(小雅), 대아(大雅), 송(頌)으로 구성되어 있는데, 내용상 풍(風)은 각 지방 민간에서 불리던 가요로 삶의 희로애락을 표현하고 있고, 아(雅)는 조정에서 연주되던 것으로 아악이라고 하며 왕조의 흥망성쇠를 다룬 시다. 송(頌)은 종묘에서 제사를 지내며 부르던 것으로 조상의 공덕을 기리고 찬양하는 시다. 『시경』은 유교의 경전으로서 후세에 전해지며 동아시아 시가 문학의 전범 역할을 했다.

---

『시경』에 따르면 시詩는 생각과 감정을 말로 표현한 것이고 가歌는 그것만으로는 부족하여 시를 길게 뽑아 노래하는 것입니다. 이 둘을

붙여서 시가詩歌라고 하였으니 시와 노래는 예로부터 함께였음을 알 수 있습니다. 하지만 국문학에서 시詩와 가歌는 창작계층도, 향유방식도 달랐습니다. 국문학 고전시가에 시詩는 한시漢詩를 의미하고, 가歌는 노래를 의미하기 때문입니다.

우리 역사에 한자가 수입된 것은 B.C. 200년경으로 알려져 있습니다만, 이후로도 긴 세월 동안 한자는 일부 지배계층에서 사용되었을 뿐입니다. 우리나라 한문학의 시조는 통일신라 말의 최치원857년~미상입니다.

가을바람 괴로워 시를 읊건만
세상엔 날 알아주는 벗이 없어라
창밖엔 깊은 밤 비 내리는데
등불 앞 마음은 만 리 먼 곳에

秋風惟苦吟
擧世少知音
窓外三更雨
燈前萬里心

– 최치원, 「추야우중秋夜雨中」

그의 시문은 당나라 문인들과 어깨를 나란히 하는 수준이었고, 우리나라 최초의 한문학 문집인 『계원필경집桂苑筆耕集』(886, 전 20권)을 남겼습니다. 당시 6두품 젊은이들 중에 당나라로 유학하는 경우가 상당수 있었는데 최치원은 그중 가장 성공한 사례였습니다. 12세에 유학을 가서 18세에 빈공과賓貢科에 급제하여 관리 생활을 하였고, 절도사 고변

高駢의 휘하에 들어가 「격황소서檄黃巢書」 등 수많은 글과 문서를 쓰며 문명文名을 떨치기도 했습니다. 그러나 이러한 활약은 모두 최치원 개인의 역량과 조기 유학 덕분이었고, 당시 통일신라의 한문학은 매우 초보적인 수준이었습니다.

우리나라에서 한문학과 한시가 본격적으로 발달하게 된 것은 고려 시대였습니다. 고려 시대에는 과거제도가 시행되고 국자감이라는 국가교육기관이 설립되어 한문 교육이 실시되었기 때문입니다. 조선 시대에 훈민정음이 창제된 이후에도 지배 계층은 여전히 한문을 사용하였고, 한시를 창작하였습니다.

한시는 중국에서는 시가詩歌, 노래로 된 시였지만, 우리나라에서는 음악성을 상당 부분 잃어버리고 맙니다. 모국어가 아닌 외국어, 그나마 언어가 아닌 문자로 습득한 한자를 사용하여 쓴 한시는 정신적인 것을 추구하는 개념적인 시가 될 수밖에 없었습니다. 또한 서경시敍景詩처럼 음악성보다는 회화성을 추구하기도 하였지요.

그러면 우리나라의 노래는 어떠했을까요? 기록된 것 중에 가장 오래된 우리 노래로 여겨지는 「공무도하가公無渡河歌」는 중국 후한後漢 시대 사람인 채옹蔡邕, 132~192년이 지은 『금조琴操』에 처음 기록되어 전해지고 있습니다. 한漢나라 서적에 기록된 이 작품이 국문학으로 편입된 것은 18세기 한치윤韓致奫이 『해동역사海東繹史』를 쓰면서부터입니다. 「공무도하가」는 조선朝鮮에 살고 있는 곽리자고라는 사람의 아내인 여옥이 지은 노래라고 기록되어 있는데, 한치윤은 후한 시대의 조선이 낙랑군 조선현 지역을 일컫는 것이라고 보았습니다. 이 지역은 한나라에 의하여 고조선이 망하기 전에는 고조선의 영토였기 때문에 고조선에서 창작되어 불리던 민간 노래가 이 지역에 세워진 한나라의 한사군漢四郡을 통해 알려지고 채집되어 한나라 기록에 남았다는 것입니다.

우리나라 기록에서 가장 오래된 노래는 고려시대에 집필된 두 권의 역사서에 전해지고 있습니다. 『삼국사기』(1145)에 전해지는 「황조가」고구려 유리왕, B.C. 17년와 『삼국유사』(1281)에 기록되어 있는 「구지가」가락국기, 40~50년 추정입니다. 이들 노래들은 모두 당대에 우리말로 가창되었을 것이지만 기록될 당시 한글이 없었기에 한역漢譯으로 기록되어 있습니다.

이 밖에 노래로 불리던 시로는 『삼국유사』에 14수, 『균여전』에 11수 기록되어 전해지고 있는 신라의 향가鄕歌가 있습니다. 4구체 향가인 「서동요」나 「풍요」 등은 그 이름에서도 알 수 있듯이 민요였고, 나중에 창작된 8구체, 10구체 향가 역시 노래였습니다.

한글로 기록된 음악 이론서인 『악학궤범』(1493)에 수록된 백제 가요 「정읍사」, 고려가요 「동동」 등도 있습니다. 고려 후기부터 조선 초기까지 불리던 노래의 가사를 기록해둔 가사집 『악장가사』에 전하는 「서경별곡」, 「청산별곡」, 「가시리」, 「쌍화점」, 「정석가」 등도 모두 노래인데 아쉽게도 그 가락은 알 수가 없습니다.

> 살어리 살어리랏다 청산靑山애 살어리랏다
> 멀위랑 ᄃᆞ래랑 먹고 청산靑山애 살어리랏다
> 얄리얄리 얄랑셩 얄라리얄라
>
> —「청산별곡」 부분

ᄃᆞᆯ하 노피곰 도ᄃᆞ샤
어긔야 머리곰 비취오시라
어긔야 어강됴리
아으 다롱디리

—「정읍사」 부분

가시리 가시리잇고 나ᄂᆞᆫ
ᄇᆞ리고 가시리잇고 나ᄂᆞᆫ
위 증즐가 대평성대

—「가시리」 부분

셔경西京이 아즐가 셔경西京이 셔울히마르는
위 두어렁셩 두어렁셩 다링디리

—「서경별곡」 부분

이 노래들은 모두 특이한 여음구를 지니고 있습니다. 외계 언어 같기도 한 이 낯선 구절들은 의미는 알 수 없지만 따라 읽을 때 음악성이 강하게 느껴집니다. 이 구절들은 노래 중 감정을 표현하기 위한 소리, 악기 소리를 따라한 의성어, 어떤 동작이나 형태를 표현한 의태어 등이라고 여겨집니다. 요즘 유행하는 노래에서 찾아볼 수 있는 반복되는 무의미한 소리나 허밍, 감정이 고조될 때의 탄성, 혹은 간주 부분 악기 연주음을 따라 내는 소리 등이 노래의 일부로 구성된 것과 같습니다.

조선 시대의 대표적인 노래 장르는 시조時調입니다. '詩'가 아닌 '時'를 사용한 이유는 시조가 시절가조時節歌調, 즉 당시에 유행하던 노래라는 뜻이기 때문입니다. 조선시대 문신인 신흠은 자신이 쓴 시조를 일러 시여詩餘라고 하였는데, 이는 시조가 시, 즉 한시를 쓰고 남은 것이라는 의미입니다. 이렇듯 국문학에서 시와 노래는 서로 거리를 유지하며 공존하여 왔습니다.

근대 이후 한국 현대시가 성립되는 과정에서 가장 중요한 부분은 자유시의 성립입니다. 서구의 vers libre가 수입되어 한국 현대시, 자유시 형성에 영향을 주었지만 그 구체적인 형태는 근대 시인들이 만들어 낸 것입니다. 근대 시인들은 정형률을 벗어나고자 하는 욕망을 가졌습니다. 정형률로는 근대인, 개인, 자유인으로서의 새로운 생각과 감정을 담아낼 수 없었기 때문입니다. 그래서 그들은 새로운 형식을 다양한 방식으로 탐험하고 시도하였습니다. 1920년대에 창작된 자유시들 중에는 노래에 가까운 청각적인 시들이 있는가 하면, 한시처럼 시각적인 시들도 있습니다. 1902년에 태어난 동갑내기 시인인 김소월과 정지용은 시의 뛰어난 성취를 보여줍니다. 김소월은 탁월한 음악성을 통해 사랑과 죽음의 주제들을 탐구하는 낭만주의적 자유시의 높은 경지를 보여주었습니다. 이에 비하여 정지용은 최고의 imagist 시인으로 출발하여 시각적 이미지를 통해 숭고한 동양 정신의 경지를 보여주었습니다. 굳이 말하자면 김소월은 노래의 전통을 바탕으로 한 자유시를 추구하였고, 정지용은 한시의 전통을 바탕으로 한 자유시를 추구하였다고 하겠습니다. 물론 정형시보다 자유롭기는 하되 자유시 또한 음악성을 버린 것이 아니기에 시각성을 강조한 시들도 음악성을 고려하지 않고 지어진 시는 별로 없습니다.

하지만 출판업이 발달하고 신문과 잡지, 책의 보급이 대중화되면서 시를 전하고 소유하는 방식에 영향을 미치게 됩니다. 전문 시인들이 자신의 시를 신문과 잡지에 발표하였고, 책으로 묶어서 간행하게 된 것입니다. 이렇게 매체가 변하게 되자, 시를 향유하는 방식 역시 암송하고 노래하며 듣는 형태에서 종이에 인쇄된 시를 눈으로 읽는 형태로 전환됩니다.

이전 시기에 시라고 하면 한시를 의미했지만 현대에는 국문으로 쓰인 작품이 시라는 명칭을 차지하게 되었습니다. 그리고 가(歌, 우리말 노래)의 전통을 이은 민요, 동요, 유행 가요 등이 시와 노래의 경계에 서서, 눈으로 읽는 국문시와 경쟁하기도 했지만[13] 이들은 점차 시에서 멀어지면서 노래로 분화되었습니다.

에즈라 파운드Ezra Pound는 시를 음악시melopoeia, 회화시phanopoeia, 논리시logopoeia로 분류한 바 있습니다.[14] 가장 먼저 쓰인 시들은 음악시였고, 시각적 이미지를 담은 회화시가 등장하고, 반어나 역설, 풍자 등의 지적인 언어로 쓰인 논리시는 가장 나중에 등장하였다는 것이지요.[15] 사람들의 정서뿐만 아니라 시를 접하는 매체와 환경이 이러한 변화를 가져왔다면, 앞으로도 시는 변화하게 될 것입니다.

---

13 구인모, 『유성기의 시대, 유행시인의 탄생』, 현실문화, 2014, 9면 참조.

14 Ezra Pound, *ABC of Reading*, A New Directions Paperbook, 2010, 37면.

15 Ezra Pound, T. S. Eliot ed., "How to Read", *Literary Essays of Ezra Pound*, A New Directions Paperbook, 1968, 25~40면 참조.

## 다시, 시란 무엇인가?

18세기 영문학자 사무엘 존슨Samuel Johnson은 시가 무엇인지 말하는 것의 어려움을 '빛'의 예를 통해 이야기한 바 있습니다. 빛이 무엇인지 모두 알고 있지만 그것이 무엇인지 말하기는 어렵다는 것이지요. 영문학자인 에이브럼즈M. H. Abrams는 이를 인용하면서도 시가 무엇인지 답을 찾으려고 했습니다. 그의 저서 『거울과 램프*The Mirror and the Lamp*』의 제목에서 유추할 수 있듯이 그는 시가 외부세계를 거울처럼 반영하는 것인가, 아니면 램프처럼 빛을 쏘아 그것을 보는 이들에게 기여하는 것인가 하는 두 가지 대조적인 사유를 탐구하였습니다.[16] 시가 무엇을 하는지를 통해 시가 무엇인지 살펴보려는 것이지요. 우리는 다음 장에서 이런 견해들을 살펴보도록 하겠습니다.

## Poem, Poetry

시를 내용과 형식으로 나누는 것은 사람을 정신과 육체로 나누는 것만큼 유의미하거나 무의미한 일일 수 있습니다. 그럼에도 소개해둘 것은 poem과 poetry라는 용어입니다. Poem은 형식으로 나타난 한 편의 작품을 의미합니다. Poetry는 소설과 대비되는 장르 명칭으로서 사용되는 용어이면서, poem으로 나타나는 시 정신을 의미하기도 합니다.

16 M. H. Abrams, "Preface", *The Mirror and the Lamp*, Oxford University Press, 1971.

김소월의 「먼 후일」은 poem이지만, 김소월 시에 나타난 사랑에 대하여 이야기할 때는 김소월의 poetry를 논하는 것입니다. 많이 사용되지는 않지만 poesy라는 용어도 있는데, 이는 poetry의 고어古語로, 시 정신을 의미할 때만 사용되곤 합니다.

poesy는 한 편 한 편의 poem으로 나타납니다. 우리는 poem만을 읽을 수 있지만, 시인이 추구해간 poesy를 볼 수 있어야 합니다. 옆자리의 친구가 하는 말이나 그때그때 취하는 행동만으로 그 친구를 접할 수 있지만, 그 친구의 poesy를 볼 수 있어야 합니다.

> 이파리는 많아도, 뿌리는 하나.
> 내 젊음의 거짓된 나날 동안
> 햇빛 속에서 잎과 꽃들을 마구 흔들었지만,
> 이제 나는 진실을 찾아 시들어가리.
>
> Though leaves are many, the root is one;
> Through all the lying days of my youth
> I swayed my leaves and flowers in the sun;
> Now I may wither into the truth.
>
> —W. B. 예이츠William Butler Yeats, 「지혜는 시간과 더불어 온다The Coming of Wisdom with Time」

---

**W. B. 예이츠William Butler Yeats, 1865. 6. 13.~1939. 1. 28.**

아일랜드의 시인이자 극작가. 더블린의 화가 집안에서 태어났으며 자신도 화가가 되려고 하였으나, 1889년 첫 시집 『오신의 방랑 외 시편들(*The Wanderings of Oisin and other poems*)』이 오스카 와일드 등으로부터 격찬을 받으면서 본격적인 시작 활동을 하게 되었다.

예이츠는 아일랜드의 전설과 신비주의에 깊은 관심을 보였고, 특정 종교를 갖지는 않았지만 불교와 힌두교 등 다양한 종교에도 관심이 많았다. 타고르(Tagore)의 시를 접하고 크게 감명받아 영국에서 『기탄잘리(*Gitanjali*)』(1912)를 출간하는 데 도움을 준 것도 이러한 성향 때문이었을 것이다. 예이츠는 이 책의 서문을 쓰기도 했다. 타고르는 1913년 동양인 최초로 노벨 문학상을 받았으며, 예이츠 역시 1923년에 같은 상을 받았다.

예이츠는 아일랜드 독립운동, 그리고 모드 곤(Maud Gonne)에 대한 사랑으로 널리 알려져 있다. 예이츠는 25세가 되던 1889년, 아일랜드 독립운동에 투신한 열혈 여성인 모드 곤을 만나 그녀를 따라 아일랜드 민족주의 운동 단체에 가담하고 민족주의적인 시를 썼다. 1891년 처음 모드 곤에게 청혼한 이후 총 네 차례에 걸쳐 청혼하였으나 사랑은 이루어지지 않았다.

모드 곤은 아일랜드 독립운동에 투신한 군인 존 맥브라이드와 결혼하였는데 10여 년 후 그는 영국군에게 잡혀 사형을 당하였다. 모드 곤이 남편과 사별했다는 소식을 듣고 예이츠는 파리까지 찾아가 마지막으로 청혼했으나 또 거절당했다. 이때 예이츠의 나이는 52세였다. 이듬해인 1917년 모드 곤의 양녀에게 청혼하였다가 거절당한 뒤, 몇 주 후 오래 알고 지냈던 조지 하이드 리즈라는 여인과 결혼하였다. 이후 아들과 딸을 낳고, 상원의원에 당선되었으며, 트리니티 대학과 옥스퍼드 대학, 캠브리지 대학에서 명예박사학위를 받았고, 노벨 문학상을 받는 등 문학적, 사회적으로 많은 성취를 이루었다.

사랑에 빠지면 평소에 하지 않았던 말과 행동을 하며 스스로 몰랐던 자신의 모습을 새삼 깨닫게 되기도 한다. 비록 이루어지지는 않았지만 모드 곤에 대한 예이츠의 사랑은 그의 시에 고스란히 남아 있다.

아래의 시는 1899년 간행된 예이츠의 시집 『오신의 방랑 외 시편들』에 수록된 작품이다. 오신은 아일랜드 신화 속 영웅이다.

내게 금빛과 은빛으로 짠
하늘의 천이 있다면
어둠과 빛과 어스름으로 수놓은
파랗고 뿌옇고 검은 천이 있다면
그 천을 그대 발밑에 깔아드리련만
나는 가난하여 가진 것이 꿈뿐이라
내 꿈을 그대 발밑에 깔았으니
사뿐히 밟으소서, 그대 밟는 것 내 꿈이오니.

Had I the heaven's embroidered cloths,
Enwrought with golden and silver light,
The blue and the dim and the dark cloths
Of night and light and the half-light,
I would spread the cloths under your feet:
But I, being poor, have only my dreams;
I have spread my dreams under your feet;
Tread softly because you tread on my dreams.

–W. B. 예이츠(William Butler Yeats), 「하늘의 천(He Wishes for the Cloths of Heaven)」

---

## 더 읽어볼 시 1

나는 떠났네, 찢어진 주머니에 주먹 넣고서
나의 외투도 이상적이었지
하늘 밑을 걸었네, 뮤즈여! 나는 그대의 신도였고
오! 라라! 내 얼마나 찬란한 사랑을 꿈꾸었던가!

단벌 바지에는 커다란 구멍이 하나.
— 꿈꾸는 엄지동자, 나는 여행길에 각운韻들을 떨어뜨렸지.
숙소는 큰곰자리에 두었어.
— 하늘의 별들은 frou-frou 부드럽게 스쳤다네

길가에 앉아, 별들의 소리에 귀 기울였지,
구월의 아름다운 저녁에, 이마에 떨어지는 이슬방울은
기운을 돋우는 술과 같았네

환상적인 그림자들에 싸여 각운韻을 맞추며,
lyre인 양, 터진 신발의 탄성 있는 끈을 잡아당겼네
나의 심장 가까이 한 발을 올린 채!

Je m'en allais, les poings dans mes poches crevées;
Mon paletot aussi devenait idéal:
J'allais sous le ciel, Muse! et J'étais ton féal;
Oh! là là! que d'amours splendides j'ai rêvées!

Mon unique culotte avait un large trou.
— Petit-Poucet rêveur, j'égrenais dans ma course

Des rimes. Mon auberge était à la Grande-Ourse.
—Mes étoiles au ciél avaient un doux frou-frou

Et je les écoutais, assis au bord des routes,
Ces bons soirs de septembre où je sentais des gouttes
De rosée à mon front, comme un vin de vigueur;

Où, rimant au milieu des ombres fantastiques,
Comme des lyres, je tirais les élastiques
De mes souliers blessés, un pied prés de mon coeur!

—장 니콜라 아르튀르 랭보Jean-Nicolas-Arthur Rimbaud, 「나의 방랑Ma Bohème」

* Petit-Poucet : 샤를 페로의 동화 「엄지동자」의 주인공. 부모가 형들과 자신을 숲속에 버렸지만, 하얀 조약돌을 하나씩 길에 떨어뜨려 놓았다가 집으로 돌아왔다.

## 더 읽어볼 시 2

1

절정絕頂에 가까울수록 뻑국채 꽃키가 점점 소모消耗된다. 한마루 오르면 허리가 슬어지고 다시 한마루 우에서 모가지가 없고 나종에는 얼골만 갸옷 내다본다. 화문花紋처럼 판版박힌다. 바람이 차기가 함경도咸鏡道끝과 맞서는 데서 뻑국채 키는 아조 없어지고도 팔월八月한철엔 흩어진 성진星辰처럼 난만爛漫하다. 산山그림자 어둑어둑하면 그러지 않어도 뻑국채 꽃밭에서 별들이 켜든다. 제자리에서 별이 옮긴다. 나는 여긔서 기진했다.

2

암고란巖古蘭, 환약丸藥같이 어여쁜 열매로 목을 축이고 살어 일어섰다.

3

백화白樺 옆에서 백화白樺가 촉루髑髏가 되기까지 산다. 내가 죽어 백화白樺처럼 흴것이 숭없지 않다.

4

귀신鬼神도 쓸쓸하여 살지 않는 한모롱이, 도체비꽃이 낮에도 혼자 무서워 파랗게 질린다.

5

바야흐로 해발육천척海拔六千呎우에서 마소가 사람을 대수롭게 아니녀기고 산다. 말이 말끼리 소가 소끼리, 망아지가 어미소를 송아지가 어미말을 따르다가 이내 헤여진다.

6

첫새끼를 낳노라고 암소가 몹시 혼이 났다. 얼결에 산山길 백리百里를 돌아 서귀포西歸浦로 달어났다. 물도 마르기 전에 어미를 여힌 송아지는 움매 — 움매 — 울었다. 말을 보고도 등산객登山客을 보고도 마고 매여달렸다. 우리 새끼들도 모색毛色이 다른 어미한틔 맡길 것을 나는 울었다.

7

풍란風蘭이 풍기는 향기香氣, 꾀꼬리 서로 부르는 소리, 제주濟州회파람새 회파람부는 소리, 돌에 물이 따로 굴으는 소리, 먼 데서 바다가 구길때 솨 — 솨 — 솔소리, 물푸레 동백 떡갈나무속에서 나는 길을 잘못 들었다가 다시 측넌출 긔여간 흰돌바기 고부랑길로 나섰다. 문득 마조친 아롱점말이 피避하지 않는다.

8

고비 고사리 더덕순 도라지꽃 취 삭갓나물 대풀 석용石茸 별과 같은 방울을 달은 고산식물高山植物을 색이며 취醉하며 자며 한다. 백록담白鹿潭 조찰한 물을 그리여 산맥山脈우에서 짓는 행렬行列이 구름보다 장엄莊嚴하다. 소나기 놋낫맞으며 무지개에 말리우며 궁둥이에 꽃물 익여 붙인채로 살이 붓는다.

9

가재도 긔지 않는 백록담白鹿潭 푸른 물에 하늘이 돈다. 불구不具에 가깝도록 고단한 나의 다리를 돌아 소가 갔다. 좇겨온 실구름 일말一抹에도 백록담白鹿潭은 흐리운다. 나의 얼골에 한나잘 포긴 백록담白鹿潭은 쓸쓸하다. 나는 깨다 졸다 기도祈禱조차 잊었더니라.

– 정지용, 「백록담」

## 더 읽어볼 시 3

얼골 하나 야
손바닥 둘 로
폭 가리지 만,

보고 싶은 마음
호수湖水 만 하니
눈 감을 밖에.

—정지용, 「호수 1」

# 시는 무엇을 쓰는가

이 책의 앞표지 그림을 함께 보겠습니다. 벨기에의 초현실주의 화가 르네 마그리트René Magritte가 그린 그림입니다. 제목은 「인간의 조건La Condition Humaine」(1933), 영어로 'Human Condition'입니다. 무엇을 그린 그림인 것 같나요?

실내에서 창을 바라보고 그린 그림이고요, 양 옆에 커튼이 드리워져 있습니다. 언뜻 눈에 보이지는 않지만 자세히 보면 창 앞에 이젤이 하나 놓여 있습니다. 창 아래쪽에 보이는 세 개의 다리는 이젤의 다리이고, 이젤에 캔버스가 놓여 있습니다.

캔버스를 놓고 창밖으로 보이는 풍경을 그렸습니다.

그렇습니다! 예술은 현실을 모방하는 것이지요. 플라톤이 문학에 대하여 부정적인 입장을 취한 것이 바로 이 때문이랍니다. 플라톤은 절대 진리의 세계인 이데아가 존재하며 감각적인 현실 너머에 있는 이데아로 가기 위해서는 철학을 통해야 한다고 생각하였습니다. 플라톤의 시각에서 볼 때, 현실은 이데아를 모방한 것에 불과한데 현실을 다시 모방한 예술을 좋게 볼 수는 없었을 것입니다. 그는 이데아를 이중 모방하는 예술은 불결한 재생산물에 불과하다고 여겼습니다. 시인이란 마땅히 지향해야 할 이데아의 반대 방향으로 사람들을 잡아끌고 있는 불온한 무리들이었죠. 플라톤은 스승인 소크라테스와 그 제자들의 대화로 이루어진 『국가』를 집필하였습니다. 플라톤이 생각하는 이상적인 '국가'에 모방적인 시를 쓰는 시인의 자리는 없었기에, 스승인 소크라테스의 입을 빌려 그러한 시인들이 자신들의 국가에 머무는 것을 금지하고 다른 곳으로 보내야 한다며 '시인 추방'을 이야기했습니다.[1]

사실 우리가 예술작품을 직접 보고 느끼는 감동, 이른바 스탕달 증후군Stendhal syndrome이라고 불리는 감동을 사진을 보며 느끼기는 힘들죠. 그리고 이 사진을 프린터로 출력하여 본다면 더욱 그 질이 떨어질 것입니다. 플라톤은 예술을 원본인 이데아의 질 떨어지는 모방이라고 여겼는데요, 그 이유는 학생이 이야기한 것처럼 예술이 현실의 모방이라고 생각했기 때문입니다.

---

1 플라톤(Platon), 천병희 역, 『국가』, 도서출판 숲, 2017, 173면.

창밖의 풍경과 그림 속 풍경이 그대로 이어지게 그림으로써 현실과 가상이 구분하기 힘들다는 것을 말하는 것 같습니다.

창밖의 풍경과 캔버스 속의 그림이 이어지며 마치 하나의 풍경처럼 보이지만, 커튼을 잘 보면 캔버스에 가려져서 미세하게 어긋나는 부분이 있습니다. 그리고 캔버스의 옆면 하얀 부분이 세로로 보이는데 이는 캔버스와 창밖 풍경을 구분하고 있습니다. 캔버스의 그림과 창밖 풍경이 이어져 있는 것처럼 보여도 사실은 현실과 그림을 구분해야 한다는 것을 말하려는 것 같습니다.

정말 미세하게 어긋나는 부분이 있습니다. 작가가 그림과 풍경을 하나처럼 이어지게 그리면서도 그 둘을 구분하도록 의도했다는 말씀이시죠? 일종의 생소화 효과[Verfremdung]네요! 독일의 극작가인 베르톨트 브레히트[Bertolt Brecht]는 관객이 연극에 몰입하는 것을 일부러 방해함으로써 객관적이고 비판적인 거리를 두고 연극을 감상할 수 있도록 하는 방법들을 고안했는데 이를 생소화 효과라고 합니다. 이를테면 연극 중에 배우가 갑자기 관객에게 말을 건다거나 해서 극 속에 몰입되어 있던 관객들이 '아, 이건 연극일 뿐이고 나는 연극을 보고 있는 것이지'라고 깨닫게 하는 것을 말합니다. 학생은 지금 그림 속에 미세하게 어긋나는 틈이 '생소화 효과'를 의도하고 있다는 점을 지적하셨네요.

**생소화 효과**Verfremdung

독일의 시인이며 극작가이자 연극이론가인 베르톨트 브레히트(Bertolt Brecht, 1898. 2. 10.~1956. 8. 14.)가 고안해낸 연극적 장치이다.

관객은 연극이 진행되면 극에 몰입하게 되고 등장인물과 동화되어 감정이입을 하게 된다. 아리스토텔레스가 비극의 미덕으로 꼽은 카타르시스 역시 감정이입을 통해서만 성취된다. 브레히트는 이러한 아리스토텔레스적 극문학의 전통을 이어받은 근대극을 비판하였다.

감정이입을 의도적으로 방해하는 비(非)아리스토텔레스적 연극에서 사용되는 생소화 효과는 관객이 상황을 무비판적으로 받아들이는 데에서 벗어나 비판적 태도를 가질 수 있도록 하는 것을 목적으로 한다. 이를 위하여 객석에 불을 켜 놓은 채 무대를 세우는 과정을 보여주거나, 배우들이 연극을 준비하는 모습을 노출시키기도 하며, 극중에서 배우가 극의 비밀을 말해버리는 경우도 있다. 과거의 연극이었다면 '실수'였을 이러한 연극적 장치가 시행되면 그 순간 숟가락으로 떠먹여주듯이 줄거리를 진행시키는 일은 멈춰진다. 이를 통해 관객들이 연극을 현실이 아닌 연극으로 바라보는 일정한 심리적 거리를 유지할 수 있게 하는 것이다.[2] 브레히트는 이러한 연극운동을 통하여 히틀러의 파시즘에 매몰되지 않고 사회를 비판적으로 바라볼 수 있도록 사람들을 계몽하고자 하였다.

무대에서 일어나는 일체의 일들과 현실을 의도적으로 분리하여 관객을 연극으로부터 소외시킨다는 점에서 소외효과(疏外 效果)라고도 하며, 관객이 연극과 일정한 심리적 거리를 유지하도록 한다는 점에서 소격 효과(疏隔 效果)라고도 한다.[3]

하지만 창밖의 구름은 시간이 흐름에 따라 형태가 변하며 움직일 것이므로 그림 속 풍경과 창밖의 풍경이 이어지도록 그린다는 것은 불가능할 것 같습니다.

캔버스의 그림을 먼저 그린 후, 창 위에 그림을 이어지도록 그린 것이 아닐

2 베르톨트 브레히트(Bertolt Brecht), 송윤섭 외 역, 『브레히트의 연극이론』, 연극과인간, 2005, 142~162면 참조.

3 한국문학평론가협회 편, 「소외효과」, 『문학비평용어사전』, 국학자료원, 2006 참조.

까요?

앞에 그림이 있기 때문에 뒤에 있는 유리창 밖 풍경은 현실일 것이라고 생각하기 쉬운데, 유리창의 풍경도 유리를 캔버스 삼아 그린 그림 같다는 시각이 창의적이네요. 그림을 그린 순서를 거꾸로 생각하는 것도 창의적입니다.

그냥 벽일 뿐인데 너무 답답해서 벽에 창이 있는 것처럼 그린 것 같습니다.

창이 없다는 말이군요! 그냥 벽이 있을 뿐인데 답답해서 벽 위에 유리창과 커튼을 그렸을 것이다! 예술은 눈앞의 현실을 모방하는 것에서 나아가 현재 없지만 있었으면 하는 것, 이상적 진실을 그립니다. 이상향理想鄕이라는 의미로 사용되는 유토피아utopia는 영국의 사상가 토머스 모어Thomas More가 만들어낸 말로, 그리스어의 ou없다, topos장소를 조합한 것입니다. 다시 말해 '어디에도 없는 장소'라는 의미인데요, 현실에 결핍되어 있으나 있었으면 하는 곳이라는 의미이죠. 학생은 토마스 모어처럼 결핍을 결핍으로 바라보지 않고 이상적 진실을 꿈꿀 수 있는 사람인 것 같습니다.

**유토피아와 미래 노동으로서의 예술**

'유토피아'는 영국의 사상가 토머스 모어(Thomas More, 1478~1535)가 1516년 라틴어로 쓴 『유토피아(*Utopia*)』에서 처음 만들어 사용한 말이다. 이 책은 일종의 정치공상 소설인데 저자가 사망한 후인 1551년에 모국어인 영어로 번역되어 출판되었다. 유토피아는 그리스어 ou(없다)와 topos(장소)를 조합한 말로서 '어디에도 없는 장소'라는 뜻이지만 '현실에는 결코 존재하지 않는 이상적인 사회'를 의미하게 되어 이상향(理想鄕)을 지칭하게 되었다.

책은 토마스 모어가 라파엘 히슬로다에우스(영어명 Raphael Hythloday)라는 포르투갈 선원(船員)으로부터 '유토피아'라는 섬의 지리, 제도·풍속 등을 들은 것을 기록하는 형식으로 구성되어 있다. 유토피아에는 화폐가 없으며 주민들은 각자 시장에 가서 자기가 필요로 하는 만큼 물건을 가져다 쓰면 된다. 주민들은 모두 농업에 종사하며 각자 특수한 기술을 배운다. 누구나 타성에 젖지 않도록 10년마다 이사를 하도록 되어 있다. 유토피아에서 사람들은 하루에 총 6시간 일을 한다. 오전에 3시간 일을 하고 식당에서 점심을 먹은 다음 2시간을 쉬고 다시 오후에 3시간 일을 한다. 저녁식사 뒤에는 한 시간 정도 레크리에이션을 하고, 8시간 잠자며, 일하거나 먹거나 잠자는 시간을 제외하면 각자의 재량에 따라 시간을 보내는데, 많은 이들이 공개 강연을 들으며 지적인 활동을 한다.

토마스 모어의 「유토피아」는 현대 사회에 시사하는 바가 크다. 제4차 산업혁명 시대가 도래 하면서 인간에게 기본소득을 보장해주어야 한다는 이야기가 나오고 있다. 인간이 생산을 위하여 노동하고 노동의 대가로 소득을 얻고 그 소득으로 생활에 필요한 것들을 소비하는 기존의 패러다임이 흔들리고 있다. 생산을 기계가 도맡아 효율성이 극대화되면 적은 비용으로 생산을 많이 할 수 있지만, 일자리를 잃은 인간이 소득을 얻을 수 없게 되고, 그러면 생산된 물품을 소비할 수도 없어질 것이다. 이에 기본 소득을 보장해주어 인간이 생산에 참여하지 않아도 소비할 수 있게 해야 인간의 삶과 생산-소비의 시스템이 유지될 것이라는 주장이다.

하지만 인간이 노동이나 활동을 하지 않고 소비만 하게 될 경우 나타날 수 있는 문제가 있다. 인간이 노동을 통한 자기실현이나 자아성취를 하지 못하면 존재의 가치를 느끼지 못하고 타성에 젖어 기쁨을 느끼지 못하게 될 가능성이 있다. 토마스 모어의 유토피아는 바로 이 지점에서 우리에게 힌트를 준다. 생산을 위한 노동이 아니라 자기실현을 위한 노동, 존재 가치를 지키기 위한 노동을 하루에 6시간 하면 어떨까? 당장 먹고 사는 데에 필요한 것을 생산하는 노동이 아닌 새로운 형태의 노동이 미래사회의 노동의 핵심이 될 수 있다. 시 쓰기나 그림 그리기, 조각, 음악, 춤과 운동 등등이 그런 것들이 될 수 있을 것이다.

이젤 위에 있는 그림을 치우면 그림 속 풍경과는 아주 다른 풍경이 있을 것 같습니다.

다시 창이 있다고 보는 관점으로 돌아가서 새로운 의견을 제시하셨네요. 정말 그럴 수 있겠습니다. 사실 그 자리에 아주 흉한 것이 놓여 있을 수도 있고, 중앙에 위치한 나무가 없을 수도 있겠습니다.

나무가 있었으면 해서 그린 것 같습니다.

나무가 있었는데 없어진 것이 아쉬워서 그린 그림 같습니다.

예술은 있는 그대로의 현실을 모방하는 데에서 나아가 있을 법한 현실, 당연히 있어야 할 현실을 모방하는 것입니다. 나중에 다시 이야기하겠지만 플라톤의 제자인 아리스토텔레스는 예술이 개별적인 경험이나 특정한 현실의 질 떨어지는 모방에 불과한 것이 아니라 어디에나 있을 법한 현실, 다시 말해 보편성을 지향하기 때문에 이데아에 가까이 가는 방법이 될 수 있다고 주장하며 예술을 옹호하였습니다. 이를 개연성probability이라고 하지요. 또한 당연히 있어야 하는 현실을 모방하는 것을 당위적 진실을 추구한다고 이야기합니다.

화가는 아무 생각 없이 그림을 그렸을 뿐인데, 유명한 화가라고 해서 우리가 너무 많은 생각을 하는 것 같습니다.

어떤 권위에 눌리지 않고 의심할 수 있는 것은 학자로서 아주 중요한 자질입니다. 인간으로서 가장 중요한 존재 근거는 생각할 수 있다는 점입니다. 의심은 기존의 상식을 닫고 새로운 생각을 여는 문과 같습니다. 그리스 로마 신화에서 야누스Janus라는 문의 신이 있지요. 이중적이라는 의미로 우리가 사용하는 그 '야누스적'인 야누스입니다. 야누스는 문을 닫고 또 여는 상반된 두 가지 모습을 모두 가지고 있기에 생겨난 표현이지요.

---

**야누스Janus와 예술의 이중성**

로마 신화에 등장하는 야누스는 문의 신이다. 문은 열리기도 하지만 닫히기도 하는 이중적인 속성을 가지고 있다. 이런 문의 속성 때문에 야누스는 처음과 끝을 상징하며, 한 해의 끝을 닫고 새로운 해로 들어가는 문인 1월(January)도 야누스(Janus)에서 기원하였다. 또한 서로 상반되는 두 가지를 상징한다는 점에서 이중적인 사람을 지칭할 때 '야누스적'이라고 말하기도 한다. 야누스는 서로 반대편을 보고 있는 두 얼굴로 형상화된다.

예술도 야누스적인 면이 있다. 알 수 있되 알 수 없는 것, 상상의 여지가 있는 것이 우리를 끌어당기는 예술의 비밀일 것이다.

또한 예술은 사람들의 사유와 감각을 공명시키는 동시에 기존의 사유와 감각의 체계에 도전하며 그것을 깨뜨린다. 예술을 통하여 우리는 위로받고 감동받지만, 때로는 익숙한 사유와 감각을 깨뜨리는 도전을 받음으로써 그것을 확장시킬 수 있다. 위로, 감동이 예술의 한 축이라면 파격과 파괴는 또 다른 축이다. 이들은 예술을 지탱하는 두 개의 다리다.

> 오른쪽 다리를
> 왼 다리 위에 포개니
> 제 각기 다른 쪽을 딛고 살던 두 다리가
> 하나의 몸이었음을,
> 세상 단풍 속을 흘러내리는 천 개 강들도
> 같은 물임을 알겠다.
> 이제야, 이제야
> 그걸 알겠다.
> 백발의 날,

두물머리 강가에 와서 보니,
산들이 계곡을 만들고
산굽이를 만들어
다른 쪽의 강들을 불러 앉히며
다독이고 타일러
그냥 물새 우는 새벽 강을 만드는 것도
연꽃 밭으로 물닭들을 불러
젖은 풀들을 쌓게 하며
그 위에 몇 개 알을 낳게 하는 것도
물이며, 산이며, 단풍들이 하는 일인걸
알겠다, 알겠다.
서서히 상반신을 기울여
흐르는 강을 바라보고 있느니
물이며, 산이며, 단풍들이 보인다.
그것들이 한 몸인 게
환하게 보인다.

— 이건청, 「금동미륵반가사유상 앞에서」

---

이제 이 책의 뒤표지에 있는 마그리트의 그림을 하나 더 볼까요? 「저무는 해Le Soir qui Tombe」(1964)라는 작품입니다. 이 그림은 무엇을 그린 것 같습니까?

유리창이 깨져 있고 깨진 창밖에는 산 너머로 지려는지 붉은 해가 떠 있는 풍경이 보입니다. 그런데 깨진 유리 조각들 위에 창밖의 풍경과 똑같은 그림이 그려져 있습니다.

실내에서 유리창에 대고 공을 뻥 차서 유리가 깨졌고 공이 멀리 날아가는 모습인 것 같습니다.

깨진 유리 조각이 창 안쪽 실내에 있는 것으로 보아 바깥에서 안쪽으로 충격이 가해진 것 같습니다.

그런데 깨진 유리 위에 그림이 그려져 있습니다. 유리를 깨지 않았다면 보고 있는 것이 유리 위에 그려진 그림이 아니라 창밖의 진짜 풍경인 줄 알았을 것입니다. 이 그림은 바깥의 진짜 현실을 보기 위해서는 스스로 노력하는 것도 필요하겠지만 결정적으로 외부로부터의 충격이 필요하다고 말하는 것 같습니다.

화가의 의도에 대해서 두 가지를 말씀하셨는데요, 하나는 지금까지 실내에서 창밖의 풍경이라고 믿었던 것이 사실은 그림이었을 뿐 실제 현실이 아니라는 것이고, 다른 하나는 현실을 직시하기 위해서는 외부에서 충격이 주어져야 한다는 것이지요?

사실 익숙하지 않은 것, 나에게 편안하지 않은 것이 외부로부터 날아와 나의 세계를 깨뜨리는 것은 매우 불쾌하고 거부감이 드는 일입니다. 낯설고 불편한 것이라고 지목한 이유는, 반대로 익숙하고 편안한 것들은 아무리 많이 날아와도 나의 세계를 깨뜨리지 않기 때문입니다. 이렇게 나의 세계를 깨뜨리는 낯설고 불편한 것은 아주 작은 말 한마디일 수도 있고 삶의 기반을 흔드는 어떤 거대한 사건일 수도 있어요. 하지만 사람이 두 개의 다리를 가지고 이족 보행을 하듯이 익숙하고 편안한 것과 낯설고 불편한 것이 연동하여 앞으로 나아가는 것입니다. 예술도 마찬가지예요. 공감이 되고 위로가 되는 시가 있는가 하면, 무언가 나의 인식에 충격을 주는 시도 있지요. 외부에서 충격이 올 때 이것이 나를 파괴하는 것이라고 생각하지 말고 현재의 나를 깨워

앞으로 나아가게 하는 것이라고 생각하시면 좋겠습니다.

> 깨진 유리조각에 그려진 그림들을 얼추 맞추어보면 바깥의 풍경과 같은 것 같습니다. 산 모양이나 붉은 해의 모양도 그렇고요. 화가는 실내에서 바라보던 풍경이 가짜임을 알고 깨뜨렸지만 창밖의 풍경도 그림과 똑같을 뿐이라는 이야기를 하고 싶은 것 같습니다. 저는 그래서 이 그림이 답답한 느낌이 듭니다.

> 깨진 유리조각들이 놓여 있는 모습이 부자연스럽고 인위적으로 정리해놓은 것 같습니다. 사실 유리창이 깨지지 않았는데 유리가 깨진 것처럼 그 위에 그림을 그린 것 같습니다. 그리고 그것을 진짜 현실이라고 믿게 하려고 그 앞에 유리조각을 진열해놓은 것 같습니다. 나가봐야 똑같다는 좌절을 주어서 나갈 생각을 못하게 하는 것이 목적인 것 같습니다.

> 이 그림도 앞서 본 그림과 같은 것 같습니다. 캔버스가 깨진 유리조각들로 바뀌었다고 볼 수 있겠네요.

> 창은 바깥세상을 본다는 점에서 눈동자 같고, 커튼은 눈꺼풀 같습니다.

오늘 우리는 마그리트의 그림을 보며 많은 이야기를 나누어보았습니다. 오늘 나눈 이야기들은 시는 무엇을 쓰는가, 시는 왜 쓰는가 등과 같은 앞으로 생각해볼 많은 질문들에 닿아 있습니다. 다음 시간에 좀 더 구체적인 이야기를 이어가기로 하겠습니다.

**르네 마그리트**René F. G. Magritte, 1898. 11. 21.~1967. 8. 15.

벨기에의 초현실주의 화가다. 브뤼셀 미술 아카데미(1916~1918)에서 공부한 뒤, 벽지 공장의 디자이너로 일하다가 광고를 위한 스케치를 그리게 되었다. 1926년 브뤼셀의 한 화랑의 지원을 얻어 그림에만 전념할 수 있게 되었고 1927년에 첫 개인전을 가졌는데, 당시의 비평가들에게 좋은 평가를 받지 못했다. 1927년 아내와 함께 파리 근교로 이사하여 앙드레 브르통, 폴 엘뤼아르 같은 시인들과 교류하였고 막스 에른스트의 콜라주도 접하게 되었다. 1930년 브뤼셀로 돌아온 후에는 여생의 대부분을 그곳에서 지냈다.

마그리트는 주로 우리의 주변에 있는 대상들을 매우 사실적으로 묘사하고 그것과는 전혀 다른 요소들을 작품 안에 배치하는 방식인 데페이즈망(dépaysement) 기법을 사용하였다. 그의 작품들은 주로 신비한 분위기와 고정관념을 깨는 소재와 구조, 발상의 전환 등의 특징을 보이며 이러한 특징은 우리가 생각하는 모든 것들을 새로운 시선으로 바라보도록 한다.

마그리트의 작품들은 현대미술에서의 팝아트와 그래픽 디자인에 큰 영향을 주었고, 대중매체의 많은 영역에서 영감의 원천이 되고 있다. 영화 「매트릭스」는 「겨울비(Golconde)」(1953)이라는 작품에서 영감을 받았고, 영화 「하울의 움직이는 성」은 「피레네의 성(Le chateau des Pyrenees)」(1959)과 「올마이어의 성(Almayer's Folly)」(1951)에서 모티브를 얻었다. 광고에서도 상당히 많이 패러디되고 있다.

르네 마그리트의 작품을 처음 접하면 매우 특이하고 기이한 상상력에 충격을 받게 된다. 그러나 그가 예술가로서 본격 활동하기 전에 벽지 디자이너로 일했다거나 광고 스케치를 했다는 점, 초현실주의자들과 사귀고 콜라주 영향을 받았다는 점 등을 생각해보면 그의 예술세계가 자연스럽게 성장한 것처럼 느껴지기도 한다.

사실 이런 예는 무수히 많다. 영화 「인터스텔라(Interstellar)」의 각본과 감독을 맡은 크리스토퍼 놀란(Christopher Nolan)은 대학에서 영문학을 전공하였으며 영화 동아리 활동을 열심히 하였다고 한다. 그가 감독이 되어 만든 영화 「인터스텔라」에 딜런 토마스(Dylan Thomas)의 「순순히 저 휴식의 밤으로 들지 마십시오(Do not go gentle into that good night)」라는 시가 반복적으로 언급되며 주제를 압축적으로 보여주는 것은 자연스러운 일이다.

또 스티브 잡스(Steve Jobs)는 리드 대학(Reed College)을 중퇴하였지만, 1년 정도 대학 주변에 머물며 수업을 청강했다. 그는 필수과목을 들어야 한다는 부담이 없었기에 순수한 호기심으로 서체 수업을 청강했고, 활자들의 조합과 여백의 아름다움, 레이아웃 등에 대해 알게 되었다. 10년 후에 그가 매킨토시 컴퓨터를 만들 때 다양한 서체들과 자동 자간 맞춤 등의 기능을 넣을 생각을 하게 되었고, 아름다운 서체를 지닌 최초의 컴퓨터를 만들 수 있었다. 이처럼 어떤 상황이 일어나는 당시에는 중요한 의미를 찾을 수 없었던 일, 무의미한 경험이 될 수도 있었던 것들도 얼마든지 삶에서 의미 있는 것으로 구성할 수 있다.

삶은 긴 과정이다. 어느 순간 무언가 잘못되어 삶이 파탄 난 것 같거나 자신의 커리어 혹은 관계가 끝난 것처럼 느껴질 때가 있다. 그럴 때마다 그때까지 해온 작업들이나 공부, 관계를 지워버리고 새로 시작하고 싶은 마음이 들 수도 있다. 실패에 대한 사회의 시선이 너무 차갑고 성공하지 못한 경험은 평가절하되기 때문이다. 하지만 자신이 가진 경험을 매번 제로로 되돌리기보다 그것을 활용할 수 있으면 좋겠다. 한 가지 목표를 가지고 돌진하며 성공을 계속하는 사람은 남들보다 빨리 자신의 목표를 성취할 수 있다. 하지만 많은 사람들이 자신의 삶에서 증명해 보였듯이, 여러 가지 경험을 하는 사람들은 천천히 가는 것 같고 길을 잃은 것처럼 보여도 그것들을 연결하며 하나로 묶어낼 때, 더 크고 멋진 일을 성취할 수 있다.

> 금이라고 해서 모두 빛나는 것은 아니고
> 방황한다고 해서 모두 길을 잃은 것은 아니다.
> 오래 되었어도 강한 것은 시들지 않고,
> 깊은 뿌리에는 서리가 미치지 못한다.
> 잿더미에서 불꽃이 일어날 것이요,
> 그림자로부터 빛이 튀어나올 것이다.
> 부러진 칼은 새로 벼려질 것이요,
> 왕관이 없는 자가 다시 왕이 되리니.
>
> −J. R. R. 톨킨(John Ronald Reuel Tolkien)[4]

---

4 J. R. R. Tolkein, *Lord of the Rings*, Houghton Mifflin Company, 2004, 170면.

## 더 읽어볼 시 1

순순히 저 편안한 밤으로 들지 마십시오.
하루의 끝에서 노년은 불타며 절규해야 합니다.
꺼져가는 빛에 분노하고 또 분노하십시오.

지혜로운 이들은 마지막에 이르러 어둠이 옳다는 것을 알지만,
그들의 말이 번개 치지 않기에
순순히 저 편안한 밤으로 들지 않습니다.

선한 이들은 마지막 파도 칠 때, 그들의 미약한 행동들이
푸른 해안에서 얼마나 눈부시게 춤추었을지 외치며
꺼져가는 빛에 분노하고 또 분노합니다.

날아오르는 태양을 붙잡아 노래했던 거친 이들은
태양이 가버린 것을 뒤늦게 알고 슬퍼하지만
순순히 저 편안한 밤으로 들지 않습니다.

죽음 가까이에서, 어두워오는 눈으로 바라보는 근엄한 이여,
시력 없는 눈도 별똥별처럼 타오르고 기쁠 수 있는 법,
희미해져 가는 빛에 분노하고 또 분노하십시오.

그리고 당신, 저 슬픔의 언덕에 서 계시는 나의 아버지,
기도하건데, 당신의 격렬한 눈물로 저를 저주하고 축복하여 주세요.
순순히 저 편안한 밤으로 들지 마십시오.
꺼져가는 빛에 분노하고 또 분노하십시오.

Do not go gentle into that good night,
Old age should burn and rave at close of day;
Rage, rage against the dying of the light.

Though wise men at their end know dark is right,
Because their words had forked no lightning they
Do not go gentle into that good night.

Good men, the last wave by, crying how bright
Their frail deeds might have danced in a green bay,
Rage, rage against the dying of the light.

Wild men who caught and sang the sun in flight,
And learn, too late, they grieved it on its way,
Do not go gentle into that good night.

Grave men, near death, who see with blinding sight
Blind eyes could blaze like meteors and be gay,
Rage, rage against the dying of the light.

And you, my father, there on the sad height,
Curse, bless, me now with your fierce tears, I pray.
Do not go gentle into that good night.
Rage, rage against the dying of the light.

—딜런 토마스Dylan Thomas, 「순순히 저 편안한 밤으로 들지 마십시오Do not go gentle into that good night」

## 더 읽어볼 시 2

나도 안다, 행복한 자만이
사랑받고 있음을, 그의 음성은
듣기 좋고, 얼굴은 잘생겼다.

마당의 구부러진 나무가
토질 나쁜 땅을 가리키고 있다. 그러나
지나가는 사람들은 으레 나무를
못생겼다 욕한다.

해협의 산뜻한 보트와 즐거운 돛단배들이
내게는 보이지 않는다. 무엇보다도
내게는 어부들의 찢어진 어망이 눈에 띌 뿐이다.
왜 나는 자꾸
40대 소작인 아내가 허리를 꼬부리고 걸어가는 것만 이야기하는가?
처녀들의 가슴은
예나 이제나 따스한데.

시에 운을 맞추는 일은
내게 거의 오만처럼 생각된다.

꽃피는 사과나무에 대한 감동과
엉터리 화가에 대한 경악이
나의 가슴 속에서 다투고 있다.
그러나 바로 두 번째 것이
나로 하여금 시를 쓰게 한다.

Ich weiß doch: nur der Glückliche
Ist beliebt. Seine Stimme
Hört man gern. Sein Gesicht ist schön.

Der verkrüppelte Baum im Hof
Zeigt auf den schlechten Boden, aber
Die Vorübergehenden schimpfen ihn einen Krüppel
Doch mit Recht.

Die grünen Boote und die lustigen Segel des Sundes
Sehe ich nicht. Von allem
Sehe ich nur der Fischer rissiges Garnnetz.
Warum rede ich nur davon
Daß die vierzigjährige Häuslerin gekrümmt geht?
Die Brüste der Mädchen
Sind warm wie ehedem.

In meinem Lied ein Reim
Käme mir fast vor wie Übermut.

In mir streiten sich
Die Begeisterung über den blühenden Apfelbaum
Und das Entsetzen über die Reden des Anstreichers.
Aber nur das zweite
Drängt mich, zum Schreibtisch.

— 베르톨트 브레히트Bertolt Brecht, 「시를 쓰기 힘든 시대Schlechte Zeit für Lyrik」

## 더 읽어볼 시 3

그녀가 죽었을 때, 사람들은 그녀를 땅속에 묻었다
꽃이 자라고 나비가 그 위로 날아간다
가벼운 그녀는 땅을 거의 누르지도 않았다.
얼마나 많은 고통을 겪었을까, 이렇게 가벼워지기까지!

Als sie nun aus war, ließ man in Erde sie
Blumen wachsen, Falter gaukeln darüber hin...
Sie, die Leichte, drückte die Erde kaum
Wieviel Schmerz brauchte es, bis sie so leicht ward!

— 베르톨트 브레히트Bertolt Brecht, 「나의 어머니Meine Mutter」

## 동굴벽화의 소는 옆에 있는 소인가, 없는 소인가?

라스코 동굴벽화나 알타미라 벽화는 발견된 인류 최초의 그림입니다. 기원전 3만 년경부터 1만 년경 사이에 살았던 구석기시대 사람들이 남긴 것으로 추정되고 있습니다. 사람들은 동굴 벽에 왜 소나 사슴의 그림을 그렸을까요?

매일 보는 것이 소이기 때문에 그린 것일까요?
소가 한 마리 있다면 좋겠다는 생각에 그린 것일까요?
한때 가지고 있었지만 지금은 죽어버린 소를 생각하며 그린 것일까요?

이는 서정시의 고전적인 세 가지 주제, 감사와 찬양, 소망과 기도, 슬픔과 탄식에 각각 포함시킬 수도 있을 것입니다. 눈에 보이는 것을 시로 쓴다고 생각한 것은 플라톤 이래 리얼리즘 시로 이어지는 가장 오래된 시론입니다. 이에 비해 바라는 바를 쓴다거나 그리운 것을 쓴다는 생각은 결핍에 대한 미적인 반응이라고 볼 수 있습니다.

미적으로 반응하고 경험한다는 것은 대상을 실용적으로 바라보지 않고 사심 없는 명상 속에서 경험하는 것입니다.[5] 이를테면 사과나 빵을 그린 정물화를 보고 배가 고프다고 느끼거나, 신발을 그린 그림을 보고 신어보고 싶다고 느낀다면 이것은 미적인 반응이라고 볼 수 없습니다. 사과와 빵의 배치와 색감을 보고 생생함이나 고독을 느낀다

---

5 임마누엘 칸트(Immanuel Kant), 이석윤 역, 『판단력 비판』, 박영사, 2017, 226면.

거나, 신발의 그림에서 삶의 고단함과 의미에 대해 생각하게 된다면 이것은 미적인 반응이라고 할 수 있겠습니다. 대상을 현실적 욕망의 대상으로 바라보지 않고 일정한 심리적 거리를 둔 채 바라본다는 차이가 있는 것이죠.

우리는 사랑하는 것을 상실하였을 때, 부재의 현존이라는 것을 느끼게 됩니다. 그 대상이 부재하다는 것이 커다란 존재감을 지니게 되는 경험을 해본 적이 있을 것입니다. 사람이 팔을 잃어버리면 팔이 없는 데에도 그 팔의 통증을 생생히 느끼기도 하는데 이를 환상지통phantom limb pain이라고 합니다. 매일 손을 잡고 다니던 친구와 헤어지게 되었을 때, 빈손으로 걸어가면서도 때때로 손을 잡은 것 같은 감각을 느낄 때가 있습니다. 내가 사랑하는 것, 당연히 누리던 것이 사라졌을 때 그 부재의 감각이 절대적 현존이 되어 삶을 압박해오는 경우도 있는 것입니다. 시인은 부재를 미적으로 극복하기 위해, 또는 부재의 현존을 생생히 재현하기 위해 시를 쓰기도 합니다.

## 거울

이처럼 시는 현실을 거울처럼 재현한다고 보는 관점을 통해 시는 무엇인지, 좋은 시는 무엇인지를 이야기할 수도 있습니다. 하지만 이 거울 이론 역시 어떤 현실을 재현하느냐에 따라 상반된 의견을 모두 포함할 수 있다는 점에 주의해야 합니다.

넓은 벌 동쪽 끝으로
옛이야기 지줄대는 실개천이 회돌아 나가고,
얼룩백이 황소가
해설피 금빛 게으른 울음을 우는 곳,

—그 곳이 참하 꿈엔들 잊힐리야.

질화로에 재가 식어지면
뷔인 밭에 밤바람 소리 말을 달리고,
엷은 조름에 겨운 늙으신 아버지가
짚벼개를 돋아 고이시는 곳,

—그 곳이 참하 꿈엔들 잊힐리야.

흙에서 자란 내 마음
파아란 하늘 빛이 그립어
함부로 쏜 화살을 찾으려
풀섶 이슬에 함추름 휘적시든 곳,

—그 곳이 참하 꿈엔들 잊히리야.

傳說바다에 춤추는 밤물결 같은
검은 귀밑머리 날리는 어린 누의와
아무러치도 않고 여쁠것도 없는
사철 발벗은 안해가
따가운 해ㅅ살을 등에지고 이삭 줏던 곳,

—그 곳이 참하 꿈엔들 잊힐리야.

하늘에는 석근 별
알 수도 없는 모래성으로 발을 옮기고,
서리 까마귀 우지짖고 지나가는 초라한 집웅,
흐릿한 불빛에 돌아 앉어 도란 도란거리는 곳,

—그 곳이 참하 꿈엔들 잊힐리야.

– 정지용, 「향수鄕愁」 전문

정지용1902~1950의 「향수」는 1927년 발표되었습니다. 정지용은 22세1923에 일본 교토로 유학을 떠났고, 1929년에 영구 귀국하였습니다. 때문에 이 작품은 유학 시절 고향을 그리워하며 쓴 작품이라고 생각하기 쉽습니다만 사실은 유학을 가기 직전에 「향수」를 썼습니다.

정지용은 충북 옥천에서 태어나 14세1915 때 고향을 떠나 경성에 있는 처가의 친척 집에 머물다가 1918년 휘문고보에 입학하였습니다. 14세 때부터 이미 고향과 가족을 떠나 유학 생활을 시작한 것입니다. 하지만 일본 유학길이라는 먼 길을 떠나기 전에 「향수」를 쓴 것은, 시인이 그리움의 대상을 시로 정리하고 싶었기 때문입니다. 요즘으로 치면 유학을 떠나기 전에 가족사진을 찍어서 지갑 속에 간직하듯이, 시인은 자신이 그리워할 고향과 가족의 이미지를 시로 써서 간직하기로 했던 것입니다. 정지용은 일본 유학 시절 술을 마시면 조선인 유학생을 불러내어 「향수」를 읽어주었고, 함께 고국을 그리워하며 눈물을 흘렸다고 합니다.

**정지용**鄭芝溶, 1902. 6. 20.~1950

충청북도 옥천에서 정태국과 정미하의 장남으로 태어났다. 종교는 천주교이며 세례명은 프란치스코이다. 부친이 한약상을 운영하다가 홍수가 나서 집과 재산을 모두 잃고 경제적으로 어렵게 생활하였다. 모친이 집을 나가고 부친이 재혼하여 계모 슬하에서 자랐다. 계모가 낳은 여동생이 하나 있었는데 이 여동생을 무척 귀여워했다고 한다. 어려서부터 총명하기로 소문이 자자했으며, 13세에 보통학교를 졸업하고 인근에 사는 송재숙과 결혼했다. 이듬해인 1915년부터 서울에 있는 처가의 친척 집에 기숙하면서, 1918년 휘문고보에 진학하기까지 4년간 한문을 수학했다. 휘문고보에서는 1학년 때 수석을 하는 등 매우 성적이 우수하였으며, 교비 장학생이 되어 학교를 다니면서 주목을 받았다. 1919년 3·1 운동 때 휘문고보 사태로 무기정학을 받았지만 교직원들의 호소로 수습되어 곧 복학되었고, 1922년 졸업하였다.

정지용은 언어 감각이 탁월하였다. 남들이 잘 사용하지 않는 우리말을 아주 많이 알았고, 영어와 일어도 잘했다고 한다. 교지 《휘문》의 창간호 편집에 참여하였는데, 타고르의 『기탄잘리』에 수록된 시 9편을 직접 번역하여 실을 정도였다.

휘문고보로부터 학비를 지원받아 일본 교토에 있는 도시샤대학(同志社大學) 신학부에 입학하였다가 예과로 전과하여 졸업 후 영문학과에 입학하였다. 당시 도시샤대학 영문학과를 졸업하면 영어 중등학교 교원 무시험검정을 받을 수 있었다.[6] 1929년 졸업 후 귀국하여 휘문고보 영어과 교사가 되었는데 학생들에게 시인으로 인기가 높았다고 한다.

정지용은 유학시절인 24세 때부터 일본 잡지에 일어시를 발표하기 시작하였고, 일본의 문예지 《근대풍경》에 작품이 수록되고 주목받으며 일본과 조선 문단의 화제가 되었다.

1930년 박용철, 김영랑, 이하윤 등과 함께 《시문학》 동인을 결성하여 국내 문단 활동을 시작하였다. 박용철과 김영랑은 모두 지방 출신이었기 때문에 서울의 이름 있는 시인이 함께 참여하기를 원했고, 박용철이 정지용을 찾아 적극적으로 권했다고 한다. 이들은 각기 차이는 있지만 우리말의 아름다움을 추구한 시인들이라는 공통점이 있다.

정지용은 이상을 문단에 데뷔시키기도 하였다. 1933년 창간된 《가톨릭청년》의 편집을 맡게 되면서, "조선에도 이런 시가 있어야지"라며 이상의 작품(「거울」, 「이런 시」 등)을 《가톨릭청년》에 발표할 수 있도록 해주었는데, 이로써 이상은 건축 잡지가 아닌 문학 잡지를 통해 이름을 알리게 되었다.

같은 해, 9명의 문인들의 친목단체인 구인회(九人會)에 참여했다. 처음 구인회는 조선프롤레타리아예술가동맹(KAPF)에 대항할 목적으로 만들어진 단체이지만, 정지용이 참가하면서 사상적 대립보다는 친목 쪽으로 성격을 바꾸게 된다.

KAPF는 정지용을 상당히 견제했으며, 특히 정지용 시의 모더니즘적 성향을 기교주의라며 비난했다. 정지용도 좌담회 같은 장소에서는 KAPF 시인들에 대해 신랄한 발

---

6 김동희, 「정지용의 이중언어 의식과 개작 양상 연구」, 고려대 박사학위논문, 2017, 71면 참조.

언을 주저하지 않았지만 그는 기본적으로 논쟁에 휘말림으로써 자신의 시가 어떤 유파에 고정되는 것을 원하지 않았다.

1935년 봄, KAPF를 이끌던 시인 임화가 병석에 누웠다는 소식을 듣고 정지용은 박용철, 김영랑과 함께 문병을 갔다. 다녀오면서 박용철이 사람이란 언제 죽을지 모르는데 각자 시집을 내자고 제안했다. 출판사에 흩어진 발표 원고를 하나하나 수습하여 『정지용 시집』(1935)을 간행하기까지는 박용철의 노력이 컸다.

정지용은 1939년 창간된 《문장》(1939. 2.~1941. 4.)을 만드는 데에 참여하였는데, 이 잡지는 시와 소설 등의 분야에서 추천 제도를 운영하여 많은 문인을 발굴하였다. 정지용은 시 부문 심사를 맡아 박두진, 박목월, 조지훈, 이한직, 박남수 등의 시인을 추천하였다. 그의 심사평은 시인이 되고자 하는 이들에게 절대적인 지침이 되었고, 당대는 물론이거니와 이후로도 한국현대시에 지대한 영향을 미쳤다.

1941년에 두 번째 시집 『백록담(白鹿潭)』을 출판하였다. 1942년 정지용은 「이토(異土)」라는 애매한 시를 발표한 뒤 절필하고 은거하였는데 일제의 군국주의에 찬동하는 시를 쓰도록 상당한 압박을 받고 고민한 것으로 보인다.

해방 후 휘문고보 교사직을 사임하고 이화여자대학 교수가 되었으며, 가톨릭 계통인 《경향신문》의 주간을 맡기도 했다. 「쉽게 씌어진 시」 등을 《경향신문》에 연이어 소개하여 윤동주를 세상에 알린 것이 바로 《경향신문》 주간으로 재직할 때였다. 정지용은 윤동주를 알지 못했으나 그의 가까운 친구 강처중이 경향신문사 기자로 있었던 까닭이다. 강처중은 윤동주가 존경해 마지않았던 시인이자 자신의 소속 신문사 주간인 정지용에게 윤동주의 작품을 보여주고 그의 작품이 정당한 평가를 얻기를 바랐다. 1948년 정음사에서 윤동주의 유고시집 『하늘과 바람과 별과 시』가 간행되었을 때는 정지용이 시집의 서문을 쓰고 강처중이 발문을 썼다.[7] 그러나 이후 강처중은 좌익 인사로, 정지용은 월북 작가로 분류되면서 시집 개정판에서 이들의 글이 빠지게 되었다.

정지용의 마지막은 매우 비극적이다. 그는 1946년 좌익계 문학운동단체인 조선문학가동맹에서 개최한 작가대회에 중앙위원의 한 사람으로 추대되었다. 정지용의 성향이나 이력과는 어울리지 않는 행보였는데, 그 배경에는 "일제 말 최소한의 조선인"으로 은거한 데 대한 반성과 함께 조선문학가동맹의 중심인물이었던 이태준 등의 권유가 있었던 것으로 추측된다. 어쨌든 이로 인해 정지용은 1948년 대한민국 정부 수립 이후 좌익인사들의 교화 및 전향을 목적으로 만들어진 관변단체인 국민보도연맹에 가입하여 고초를 겪어야 했다. 정지용은 6·25 전쟁 중에 월북한 것으로 알려져 그의 시집이 금서가 되고 연구도 이루어질 수 없었으나 1988년 해금 조치되었다. 지인들의 회고에 따르면 인민군에 의해 끌려가다가 경기도 동두천 부근에서 미군의 폭격을 피하지 못하고 사망했다는 이야기가 전해진다. 북한쪽 기록에도 1950년 9월 25일 사망한 것으로 되어 있다.

---

7 유성호, 「세 권의 『하늘과 바람과 별과 시』」, 《한국시학연구》 51호, 2017, 12~17면 참조.

시 속에 그려진 고향 마을의 풍경과 가족의 모습은 충북 옥천의 시인의 생가마을과 정지용 시인 가족의 실제 모습일까요?

플라톤이라면 당연히 「향수」 속에 담긴 것이 물리적으로 존재하는 마을 풍경과 가족의 모습이라고 생각했을 것입니다. 그리고 그 모습이 '고향'과 '가족'의 이데아와 얼마나 같은지를 살펴보고 좋은 시인지 아닌지를 평가하려고 했을 것입니다. 하지만 얼마나 똑같은지 상관없이 결국 플라톤은 혹평하였을 것입니다. 이 시가 모방한 현실 마을과 가족의 개별성과 특수성이 그것들의 이데아와 차이가 있을 것이며, 시는 그 현실 마을과 가족을 다시 모방하면서 원본이데아으로부터 더 멀어지고 질이 떨어진 재모방이 되었기 때문입니다. 그는 시란 비존재이고 불결한 재생산물일 뿐이라고 여겼습니다.

플라톤은 『국가』 제 10권에서 그의 스승인 소크라테스의 입을 통해 예술가들이 이데아를 모방하는 것이 아니라 그 모상模像인 현상을 모방하는 데 불과한 존재들이라 비판하였습니다. 또한 시는 사람들의 자제력을 강화하기보다는 억제해야 할 감정에 물을 주어 가꾸는 부정적인 것이라고 보았습니다.[8] 그래서 그는 이상적인 국가에 모방적인 시인의 자리는 없으며, 이들이 찾아오면 다른 곳으로 추방해야 한다고 이야기하기도 하였습니다.

---

8 플라톤(Platon), 천병희 역, 『국가』, 도서출판 숲, 2017, 556~584면 참조.

**플라톤의 이성**

플라톤은 헤시오도스나 호메로스 같은 시인의 시에 매료되면서도 이성의 우위를 강조했다. 플라톤의 『국가』에서 소크라테스는 호메로스의 시를 높이 평가하는 부분이 거듭 등장하며, 시가 지닌 힘을 두려워하여 시가 교육을 선별적으로 해야 한다고 주장한다. 검열을 주장했던 것이다.

검열에 적합하지 않은 시인을 추방하며 지키려고 했던 것은 생각하는 힘, 이성이다. 대부분의 사람들은 복잡한 현상의 세계에서 겉으로 드러나는 것들을 실체로 받아들인다. 감각의 세계, 현상의 세계에서는 감각의 미혹에 빠질 가능성이 높기 때문이다. 이를테면 정지한 그림이 움직인다고 생각하기도 하며 같은 크기의 사물을 더 크거나 작게 보기도 한다. 이러한 착시현상을 보면, 보이는 것을 사실로 받아들이는 사상을 비이성적이고 우매한 것으로 여기는 플라톤의 사상을 쉽게 이해할 수 있다.

플라톤은 이러한 현상을 뚫고 불변의 진리를 발견하는 데 이성이 절대적으로 필요하다고 여겼다. 플라톤의 이성은 오늘날 과학이라는 말로 대체해도 될 것이다.

아리스토텔레스라면 「향수」가 과연 '현실에 있을 법한' 고향 마을의 풍경과 가족의 모습을 그린 것인가를 논하였을 것입니다. 아리스토텔레스는 플라톤의 제자였지만, 시에 대하여 스승과 다른 생각을 하였습니다. 그는 개연성의 개념을 도입하여 시를 개별적인 현실의 질 떨어지는 모방에서 건져내어 보편적 진리를 말하는 데에 위치시킵니다. 아리스토텔레스에게 개연성은 시는 무상하게 변화하는 현상의 모방이 아니라 그 현상 이면에 있는 어떤 본질을 찾아내는 철학적인 활동입니다.

이제 시인은 현실을 단순히 모방하는 사람이 아니라 현실 속에서 보편적 진실을 찾아 모방 창조하는 사람이 됩니다. 아리스토텔레스가 시는 역사보다 철학적이라면서 비교 우위에 둔 이유도 역사는 개별적인 것을 이야기하는 데에 비하여 시는 보편적인 것을 이야기한다는 생각했기 때문입니다.[9]

9 아리스토텔레스(Aristoteles), 천병희 역, 『시학』, 문예출판사, 2013, 62~63면.

벌판한복판에 꽃나무하나가있소 近處에는 꽃나무가하나도없소 꽃나무는제가생각하는꽃나무를 熱心으로생각하는것처럼 熱心으로꽃을피워가지고섯소. 꽃나무는제가생각하는꽃나무에게갈수업소 나는막달아낫소 한꽃나무를爲하야 그러는것처럼 나는참그런이상스러운숭내를내엿소.

— 이상, 「꽃나무」

꽃나무는 벌판 한복판에 홀로 있는 존재다. 근처에 다른 꽃나무가 없기 때문에 꽃나무는 모방할 만한 전형을 찾지 못하고, 자기가 생각하는 꽃나무, 즉 꽃나무의 이데아(보편적 꽃나무)를 재현하려고 열심히 노력하지만 실패한다. 좌절한 시적 화자는 자신의 시도마저 "이상스러운숭내"로 폄하한다.
이상의 시는 이데아, 보편, 이상에 결코 도달할 수 없다는 비관론을 보여준다. 그러나 똑같이 모본이 없는 상황이지만 정지용의 반응은 좀 다르다.

말아, 다락 같은 말아,
너는 즘잔도 하다 마는
너는 웨그리 슬퍼 뵈니?
말아, 사람편인 말아,
검정 콩 푸렁 콩을 주마.

※

이말은 누가 난줄도 모르고
밤이면 먼데 달을 보며 잔다.

— 정지용, 「말」

꽃나무가 벌판 한복판에 혼자만 꽃나무였던 것처럼 말은 사람들 속에서 혼자만 말이다. 모방할 만한 다른 말이 없었기 때문에 말은 다락같이 크고 훌륭하지만 말답지 못하다. 누가 낳았는지도 모른다. 그럼에도 불구하고 먼 데 달을 보며 자는 것은, 어딘가에 잃어버린 정체성이 존재하고 언젠가는 정체성을 회복할 것이라는 막연한 기대를 버리지 않기 때문이다. 이데아, 보편, 이상을 회복 가능한 정체성으로 인식한다는 점에서, 정지용의 시는 낙관적이다.[10]

10 이수정, 「정지용의 시 「말」 연구」, 《한국시학연구》 52호, 2017, 190~191면 참조.

아리스토텔레스는 『시학』에서 "모방한다는 것은 어렸을 적부터 인간 본성에 내재한 것으로서 인간이 다른 동물들과 다른 점도 인간이 가장 모방을 잘하며, 처음에는 모방에 의하여 지식을 습득한다는 점에 있다. 또한 모든 인간은 날 때부터 모방된 것에 대하여 쾌감을 느낀다."[11]라며 모방을 인간의 본성으로 보았다. 아리스토텔레스에게 모방은 부정적인 의미가 아니며, 인간은 모방을 통해 배우고, 모방을 통해 기쁨을 느끼며, 모방을 통해 창조로 나아가기 때문이다.

아리스토텔레스는 개연성(Probability)이라는 개념을 통해 문학이 모방하는 것은 한낱 무상한 현상이나 특수한 사건이 아니며, 어디에나 있을 법한 보편성이라고 주장하였다. 이는 문학이 현실 너머에 존재하는 실체나 진실을 추구하고 있다고 주장한 것이다.

한편, 예술을 모방 혹은 모방-창조로 보았던 관점은 현대에 들어서면서 예술은 창조하는 것이라는 관점으로 전환되었다. 19세기 프랑스 상징주의 시인인 보들레르는 정신에 의해 창조된 것, 즉 예술이 현실보다 위대하다고 주장하였는데, 이러한 견해는 예술을 창조로 보는 시발점이라고 할 수 있다.[12]

과학기술의 발전으로 증강현실이나 가상현실이 현실을 압도하는 것을 목격하는 시대에, 보들레르의 견해가 특별하게 느껴지지 않을 수도 있겠다. 하지만 예술은 모방하지 않고 창조한다는 관점에서 볼 때, 난해하다고 여겨지는 현대 예술을 다시 감상할 수 있다. 이를테면 추상화를 보며 굳이 무엇을 그린 것인지 찾으려 애쓰거나 무엇을 그린 것인지 알 수 없다고 불평하는 것은 무의미하다. 그것은 무엇을 모방하여 그린 것이 아니라 전에 없던 것을 창조한 것이기 때문이다.

## 거울에서 램프로

플라톤이나 아리스토텔레스의 모방은 이렇듯 서로 차이가 있지만, 전자는 이데아라는 절대 관념을, 후자는 개연성이라는 보편성을 시의 기준으로 본다는 점에서 고전주의가 형성되는 데에 기여하였습니다.

11 아리스토텔레스(Aristoteles), 천병희 역, 『시학』, 문예출판사, 2013, 37~38면.
12 샤를 보들레르(Charles Pierre Baudelaire), 윤영애 역, 『화가와 시인』, 열화당, 2007, 30~36면 참조.

그리고 이러한 고전주의적 시론은 아주 오랜 기간 지속되었습니다. 시공을 초월하는 표준, 추상성, 보편성을 추구하는 고전주의에 대한 반동으로 18세기에야 낭만주의가 출현하였기 때문입니다. 낭만주의는 고전주의의 추상성에 반대되는 구상성, 보편성에 반대되는 특수성 지방성, 개성과 영감 등의 특성을 보입니다.

과학의 발달 등의 영향을 받아 19세기에 등장한 사실주의寫實主義 realism는 낭만주의의 구상성具象性과 특수성을 이어받으면서도 낭만주의의 환상성을 배척하였습니다. 사실주의 시론은 있는 그대로를 반영하는 박진성迫眞性 verisimilitude을 추구하였습니다. 이런 사실주의는 반영론 중에서 플라톤의 반영론을 잇는다고 볼 수 있지만, 플라톤 사상의 핵심인 이데아를 배척하고 현실을 핍진逼眞하게 모방하고자 했다는 점에서 반대 지점에 서 있습니다. 이들에게 시는 일상적인 현실을 진실하게 모방하는 것이고, 그것이 좋은 시의 기준이었습니다.

20세기 한국 현대문학에서는 사회주의 문학단체인 조선프롤레타리아예술가동맹, 약칭 KAPFKorea Artista Proleta Federatio, 1925~1935의 문인들이 주동한 사회주의 리얼리즘 문학이 있었습니다.

현실을 시에 소환하여 발언권을 줌으로써 비참하고 억압된 현실을 타개해나가고자 하는 것은 시가 현실의 반영이라는 거울론의 시에서 출발하여 시를 통해 독자에게 빛을 쏘아 보내려는 램프론의 시로 이어지는 관점입니다.

이런 시들은 독재 시대에는 억압된 민중의 참담한 현실을 시에 소환하여 보여주는 민중시로, 현실을 개선하는 데에 시가 참여하는 참여시로, 이후로도 소외된 사람들의 불편하고 억압된 현실을 진실하게 보여주는 시들로 창작되고 있습니다.

## 시는 꿈 꿀 권리인가, 현실을 살아낼 의무인가

江나루 건너서
밀밭 길을

구름에 달 가듯이
가는 나그네

길은 외줄기
南道 三百里

술 익는 마을마다
타는 저녁 놀

구름에 달 가듯이
가는 나그네

－박목월, 「나그네」

박목월의 「나그네」를 반영론적 관점으로만 읽어보려고 해도, 플라톤, 아리스토텔레스, 18세기 사실주의자, KAPF 문인들이 모두 다르게 읽을 수 있을 것입니다. 처음으로 돌아가 마그리트의 그림을 보며 우리가 했던 이야기들을 떠올려 보면 어떻습니까? 시는 보이는 것을 쓰는 것인지, 봤던 것을 쓰는 것인지, 보기 싫은 것을 잊기 위해 쓰는 것인지, 보고 싶은 것을 쓰는 것인지, 시인의 의도를 표현하기 위해 쓰는 것인지 이 모두인지…….

우리는 시가 무엇이고 그러므로 좋은 시는 무엇이라고 이야기할 때에 기준을 가지고 이야기해야 하며, 그 기준이 절대적인 기준은 아니라는 것을 알고서 말해야 합니다.

---

**박목월**朴木月, 1915. 1. 6.~1978. 3. 24.

본명은 박영종(朴泳鍾)이다. 1915년 경상북도 월성군(현 경주시) 서면 건천리 571 모량마을에서 태어났다. 1930년에 대구 계성중학에서 유학 생활을 하였는데 1933년 《어린이》에 「통딱딱 통짝짝」과 《신가정》에 「제비맞이」가 실리면서 동시 작가로 등단하였다. 계성중학을 졸업하고 집안 사정 때문에 다시 귀향하여 금융조합에 취직하였지만 홀로 문학에 대한 꿈을 계속 키워나가며 습작기를 거쳤다.

목월(木月)이란 필명은 그가 좋아했던 시인 수주(樹州, 시인이자 영문학자인 변영로의 호)의 수(樹)자에 포함된 목(木)과 소월(素月)의 월(月)을 따서 지은 것이다. 변영로는 부드러운 가락에 서정적인 시를 쓰는 시인으로 《신가정》의 주간을 맡기도 하였다.

25세 때인 1939년 《문장》에 박목월이라는 필명으로 투고하여 1940년 9월에 3회 추천이 완료되었다. 이때 정지용으로부터 "북에는 소월이 있었거니 남에는 박목월이가 날 만하다."는 평을 들었는데 이것이 중앙 문단으로부터 멀리 떨어진 고향 마을에서 홀로 시를 읽고 써온 박목월에게 크나큰 자부심이 되었음은 더 말할 필요가 없다. 그러나 등단의 기쁨도 잠시, 이듬해인 1941년 일본이 태평양 전쟁을 일으키면서 여러 모로 정세가 악화되어만 갔고, 일본의 한국어 말살 정책이 본격화되면서 《문장》도 강제 폐간되었다. 더 이상 우리말 시를 써도 발표할 곳이 없어진 것이다.

이 시기 박목월과 같은 해 등단한 조지훈(1920~1968)이 박목월의 시를 보고 일면식도 없는 그를 경주로 찾아가 만난 이야기는 유명하다. 1942년 봄, 조지훈이 먼저 박목월에게 편지를 써서 한 번 만나보고 싶다고 전하였는데, 따뜻한 답신을 받아보게 된다. "경주박물관에는 지금 노오란 산수유 꽃이 한창입니다. 늘 외롭게 가서 보곤 하던 싸느란 옥적(玉笛)을 마음속 임과 함께 볼 수 있는 감격을 지금부터 기다리겠습니다." 서로 한 번도 만난 적이 없는지라 박목월은 건천역에 자기 이름을 쓴 종이를 들고 서 있었는데, 두 사람은 서로를 보자마자 알아보았다고 한다. 조지훈은 경주에

열흘간 머물면서 낮에는 경주의 왕릉과 석굴암, 불국사 등지를 거닐고, 밤이면 시와 문학에 대하여 논하였다. 아무도 시인이라고 알아주지 않는 시대에 아무도 보는 이 없이 홀로 쓴 이들의 시는 누가 시켜서 쓴 것도 아니요, 세속적인 어떤 욕망을 위해서 쓴 것도 아니었다. 그것은 그저 자신의 존재를 증명하는 일이었을 것이다. 자신이 가치를 두는 일을 함께 귀하게 여기고 인정해주는 사람을 만난다는 것은 인생에서 참 드물고 소중한 것이다.[13]

조지훈은 자신의 고향인 경북 영양으로 가서 박목월에게 고마움을 전하는 편지를 적어 보냈는데 편지에 시를 한 편 덧붙여 우편으로 전하였다. '목월에게'라는 부제가 붙어 있는 「완화삼(玩花衫)」이었다. 완화삼은 '꽃을 감상하는 선비의 적삼'이라는 뜻이다. 「완화삼」을 받아 든 박목월은 크게 감동하여 답시를 써 지훈에게 보냈다. '술 익는 강마을의 저녁 노을이여 – 지훈'이라는 부제를 단 시 「나그네」였다.

해방 이후, 박목월은 조지훈, 박두진과 함께 3인 시집 『청록집』(1946)을 출판하고, 서울로 올라와 이화여고에서 교사 생활을 하였다. 한국전쟁 이후 서라벌예대와 홍익대, 한양대, 서울대에 출강하였으며, 1962년부터 한양대 교수로 재직하면서 많은 제자를 시인으로 길러냈다. 박목월은 1978년에 생애를 마감하기까지 40년 가까이 시작 생활을 하며 『청록집』 외에 『산도화』(1954), 『난(蘭)·기타(其他)』(1959), 『청담(晴曇)』(1964), 『어머니』(1967), 『경상도의 가랑잎』(1968), 『무순(無順)』(1976) 등 총 7권의 개인 시집을 간행하였다. 『구름의 서정』, 『토요일의 밤하늘』, 『행복의 얼굴』, 『보랏빛 소묘』 등의 서정적인 수필집, 『산새알 물새알』, 『초록별』, 『사랑집』 등의 동시집도 있다.

---

13 권영민, 「권영민 교수의 문학콘서트」, 해냄, 2017, 38~39면 참조.

## 더 읽어볼 시 1

한때는 그렇게도 밝았던 광채가
이제 영원히 사라진다 해도,
초원의 빛이여, 꽃의 영광이여,
그 시절을 다시 돌이킬 수 없다 해도,
우리 슬퍼하기보다, 차라리
뒤에 남은 것에서 힘을 찾으리.
인간의 고통에서 솟아나오는
마음에 위안을 주는 생각과
사색을 가져오는 세월 속에서.

What though the radiance which was once so bright
Be now for ever taken from my sight,
Though nothing can bring back the hour
Of splendor in the grass, of glory in the flower
We will grieve not, rather find
Strength in what remains behind....
In the soothing thoughts that spring
Out of human suffering....
In years that bring the philosophic mind.

—윌리엄 워즈워드William Wordsworth, 「송가 Ode: Intimations of immortality」 부분

## 더 읽어볼 시 2

나는 늘 고래의 꿈을 꾼다
언젠가 고래를 만나면 그에게 줄
물을 내뿜는 작은 화분 하나도 키우고 있다

깊은 밤 나는 심해의 고래 방송국에 주파수를 맞추고
그들이 동료를 부르거나 먹이를 찾을 때 노래하는
길고 아름다운 허밍에 귀를 기울이곤 한다
맑은 날이면 아득히 망원경 코끝까지 걸어가
수평선 너머 고래의 항로를 지켜보기도 한다

누군가는 이런 말을 한다 고래는 사라져버렸어
그런 커다란 꿈은 이미 존재하지도 않아
하지만 나는 바다의 목로에 앉아 여전히 고래의 이야길 듣는다
해마들이 진주의 계곡을 발견했대
농게 가족이 새 뻘집으로 이사를 한다더군
봐, 화분에서 분수가 벌써 이만큼 자랐는걸……

내게는 아직 많은 날들이 있다 내일은 5마력의 동력을
배에 더 얹어야겠다 깨진 파도의 유리창을 갈아 끼워야겠다
저 아래 물밑을 흐르는 어리의 아이들 손을 잡고
쏜살같이 해협을 달려봐야겠다

누구나 그러하듯 내게도 꿈이 하나 있다
하얗게 물을 뿜어 올리는 화분 하나 등에 얹고
어린 고래로 돌아오는 꿈

—송찬호, 「고래의 꿈」 전문

# 시는 무엇을 하는가

시가 무엇을 할 수 있을까요? 시는 글자일 뿐이지만 사람의 생각과 마음을 움직이게 할 수 있습니다. 시는 세상에 어떤 힘을 발휘할 수 없지만 그 시를 읽는 독자로 하여금 세상을 달리 바라보게 할 수 있습니다. 독자에게 영향을 미치는 힘으로 시를 바라보는 관점을 효용론적 관점이라고 합니다.

플라톤은 호메로스의 시를 매우 사랑하였지만, 시가 사람들에게 미칠 수 있는 힘을 알기 때문에 오히려 부정적인 입장을 취했습니다. 만약 시가 지루하고 재미없어서 아무도 관심을 가지지 않았다면 플라톤이 시인 추방을 주장할 필요도 없었을 것입니다. 시가 너무나 자극적이고 흥미롭고 매력적이어서 젊은이들이 쉽게 시에 빠져들었기 때문에, 플라톤은 시가 청년들을 타락시키지 못하도록 보호해야 한다고 생각했습니다.[1] 감각 세계 너머에 존재하는 절대 관념으로 나아가기 위해서 순수 이성을 훈련해야 하는데, 시는 감정을 격앙시키고 비이성적인 충동을 부채질하기 일쑤이니 플라톤이 우려한 것도 이해가 갑니다.

플라톤은 시에 대한 검열을 주장하기도 했습니다. 기준을 가지고 젊은이들에게 가르칠 내용을 선별해야 한다는 것입니다. 인간의 덕성을 함양할 수 있는 바람직한 작품을 선택하고, 비도덕적이고 저열한 작품은 배제해야 한다는 것이지요. 지금도 우리는 검열 제도를 통해 선정적이고 폭력적인 문학 또는 영상물로부터 청소년을 보호하고 있습니다.

반면, 플라톤의 제자인 아리스토텔레스는 시를 옹호하면서 카타르시스라는 순기능을 이야기하였습니다. 계속해서 억압될 경우 위험하게 폭발할 수 있는 감정을 안전하게, 배출하게 하는 도덕적 기능이 있다는 것입니다. 흔히 phobos공포와 eleos연민를 통해 감정이 정화된다고 번역하는데, 이를 각각 '불안'과 '공감'이라고 번역하면 조금 더 이해가 쉽습니다.

카타르시스는 주인공이 불행한 처지에 떨어지는 것을 보고 나에게도 저런 일이 일어날지 모른다는 불안감과 그의 처지에 공감하며 극도의 긴장감을 느끼다가 극이 끝나고 나면 그것인 현실이 아니라는 데에서 안도감을 느끼는 과정적 감정의 총체입니다. 이를 "비극에서 얻는 쾌감은 위험부담을 남에게 전가하고 얻는 경험의 쾌감이다. 그러므로 우리는 일상생활에서는 우리 자신이나 이웃에 불행과 고통을 주지

---

1 플라톤(Platon), 천병희 역, 『국가』, 도서출판 숲, 2017, 144~160면 참조.

않고는 배출될 수 없는 격렬한 감정의 스릴을 극이라는 안전판 위에서는 마음껏 즐길 수 있는 것"이라고 설명하기도 합니다.[2] 현실이 아니지만 독자가 느낀 감정은 진실하기에 상상력과 가상체험을 통해 위험한 감정을 안전하게 다루는 순기능이 있다는 것입니다.

---

1930년대 시인이며 소설가인 이상(李箱, 1910~1936)의 소설 「실화(失花)」는 "사람이 秘密이없다는것은 財産없는것처럼 가난하고 허전한 일이다"라는 문장으로 시작한다.

누군가와 친해지면 내면의 고통과 혼란, 사랑하는 것과 증오하는 것, 행복한 기억과 불행한 기억 등등을 모두 쏟아놓으려는 사람들이 있다. 그래야만 관계가 진실해질 것이라고 생각하기 때문이다. 하지만 듣는 입장에서는 이것이 무척 충격적이고, 어떻게 반응해야 하는지 고민이 된다. 이런 이야기를 하고 나면 후련해지고 관계도 더 친밀해질 줄 알았지만 오히려 자신이 작아지는 기분이 들기도 하고 후회가 되기도 한다.

이런 충동이 들 때마다 이상의 문장을 마음속으로 되뇌어보기 바란다. 자신의 내면에 간직해야 하는 풍경도 있는 것이다. 너무나 말하고 싶은 것이 있다면 그런 사람은 시인이 될 자질을 지녔다고 할 수 있다. 꼭 하고 싶은 말이 있는 사람들이 시인이 되기 때문이다.

시를 쓰게 되면 위험부담이 있는 이야기를 안전하고 비밀스럽게 할 수 있다. 비밀이란 노력하면 알 수 있을 것 같은, 알 수 없는 이야기다. 시를 창작해보면, 위험부담을 남에게 전가하고 얻는 쾌감과 이웃에게 불행과 고통을 주지 않고는 배출될 수 없는 격렬한 감정을 안전하게 즐기는 장치가 시(문학)라는 아리스토텔레스의 말을 절감할 수 있다.

---

플라톤과 아리스토텔레스의 고대 그리스로부터 20세기 미국으로 잠깐 옮겨가 봅시다. 평론가 E. 윌슨Edmund Wilson은 예술가가 사회에 미치는 영향에 대해 이야기하기 위해 소포클레스의 희곡 「필록테테스」를

2 아리스토텔레스(Aristoteles), 천병희 역, 『시학』, 문예출판사, 2013, 13~15면.

예로 들었습니다.

필록테테스Philoctetes는 헤라클레스를 도와주고 그의 활과 화살을 물려받은 인물입니다. 독이 묻은 옷 때문에 고통을 참다 못한 헤라클레스가 불타 죽기를 원했을 때, 헤라클레스의 부하들은 아무도 불을 붙이지 못했으나 소년 필록테테스가 그 일을 해주었던 것입니다. 이후 필록테테스는 트로이 전쟁에 참여하게 되었습니다. 그러나 트로이에 도착하기도 전에 뱀에게 발을 물렸고, 상처가 아물지 않고 썩어들어가서 심한 악취가 났습니다. 악취를 참지 못한 그리스 인들은 아가멤논의 허락을 받아 그를 렘노스 섬에 버리고 떠났습니다.

트로이 전쟁이 10년이나 지지부진하던 중, 오디세우스는 필록테테스와 그의 활을 있어야 이길 수 있다는 신탁을 받게 됩니다. 이에 오디세우스는 아킬레우스의 아들 네오프톨레무스를 보내 필록테테스를 설득하게 합니다. 필록테테스는 트로이에서 발을 치료한 뒤 전장으로 향하였고, 그리스 연합군은 승리를 거두게 되었습니다.

필록테테스는 예술가의 원형입니다. 필록테테스가 가진 헤라클레스의 활은 예술가의 창조 능력을, 그의 악취 나는 상처는 예술가의 심리적·정신적 질병을 상징합니다. 예술가는 질병 때문에 사회에서 고립되지만 결국 사회가 그의 재능을 필요로 하는 날이 오고, 예술가는 다시 사회에 수용되어 그 사회가 유지되도록 기여합니다.

윌슨의 이야기에서 흥미로운 점은 렘노스 섬에 버려졌던 필록테테스가 귀환함으로써 전쟁에서 승리한다는 것입니다. 이국의 섬에 버려진 것은 추방된 것이나 다름없습니다. 전쟁은 공동체의 명운이 걸린 사안입니다. 승리한다면 안정과 번영을 얻겠지만 패배한다면 공동체가 흔들리고 무너질 수도 있습니다. 둘을 결합하자면, 추방된 예술가의 귀환이 공동체를 구원한다는 것이지요. 플라톤의 시인예술가 추방론에 대한 2,500년 뒤의 반박이라고 할까요. 플라톤은 이상적인 사회를 건설하기 위해 시인을 추방하려고 했지만 윌슨은 정상적인 사회를 위해서 시인이 반드시 필요하다고 본 것입니다.

한 가지 덧붙이자면, 윌슨은 필록테테스는 예술가로 보는 데에 그치지 않고 네오프톨레무스를 비평가, 오디세우스를 사회로 해석했습니다. 예술을 수단으로 취급하는 사회와 자신을 버린 사회를 증오하는 예술가 사이를 화해시키기 위해서는 비평가의 역할이 중요하다는 것입니다. 비평가의 중개를 통해서 사회는 예술가를 받아들이고, 예술가는 사회에 가치 있는 예술을 생산하게 되는 것이죠. 이처럼 비평가의 의의를 발견할 수 있었던 것은 윌슨 자신도 비평가였기 때문일 것입니다.[3]

## 램프

"유용함과 즐거움을 섞는 이는 모든 소절에서
독자를 가르치고 즐겁게 한다."

Omne tulit punctum qui miscuit utile dulci,
lectorem delectando pariterque monendo;

— 호라티우스Quintus Horatius Flaccus, 『시학*Ars Poetica*』[4]

---

3 Edmund Wilson, *The Wound and the Bow*, Houghton Mifflin Co., 1941, 272~295면 참조.

"시는 모방의 예술이고 아리스토텔레스는 이를 mimesis라고 칭하였다. 즉, 보여주고 모사模寫하며 묘사하는, 은유적으로 말하자면, 가르치고 즐거움을 주려는 목적을 지닌 말하는 그림이다."

Poesy therefore is an art of imitation, for so Aristotle termeth it in the word *mimesis*-that is to say, a representing, counterfeiting, or figuring forth-to speak metaphorically, a speaking picture-with this end, to teach and delight.

—필립 시드니Phillip Sidney, 「시의 옹호The Defence of Poesy」[5]

시는 독자에게 가르침과 즐거움이라는 두 가지 빛을 쏘아 비출 수 있습니다. 가르침과 즐거움을 주기 위해서는 독자중심적인 시가 되어야 합니다. 어떤 시는 일반 독자를 전제하지 않고 소수의 독자나 첫 번째 독자만을 염두에 두고 써지기도 합니다. 어떤 경우에 시인은 독자에게 무엇을 전달하기보다 자기를 표현하는 데에 집중하여 시를 쓰기도 합니다. 또 미학적 실험, 기존 문학적 관습의 전복을 목적으로 써진 시도 있습니다. 이런 시들은 독자들에게 가르침과 즐거움을 주기에 적당하지 않습니다.

4 Quintus Horatius Flaccus, *Ars Poetica Carmen Saeculare Epodes*, Cavalier Classics, 2016, 14면.

5 Sir Philip Sidney, "The Defence of Poesy", *The Major Works*, Oxford University Press, 2008, 217면.

자세히 보아야 예쁘다
오래 보아야 사랑스럽다
너도 그렇다

—나태주, 「풀꽃」

이 시는 존재에 대한 사랑의 과정과 그로 인하여 열리는 새로운 인식의 차원에 대하여 이야기하고 있습니다. 시를 읽기 어렵게 만드는 요인은 다양합니다. 공통점이 적은 대상을 억지로 갖다 붙인 생경하고 과격한 비유, 중의적 표현과 비일상적인 문장 구조, 반어와 역설, 특정한 배경 지식의 전제, 관념어의 사용 등이 모두 시를 이해하기 어렵게 합니다. 물론 이러한 요소들도 특정한 효과를 위해 적절하게 사용한다면 독자의 감각과 상상력과 인식에 도약이 일어나도록 할 수 있습니다. 그러나 어떤 시들은 마치 독자와 게임을 하듯이 일부러 단절과 장벽을 만들어놓고 시를 읽어낼 약간의 실마리만을 남겨주기도 합니다. 이처럼 난해하고 정교하게 제작된 시들은 현대 사회를 살아가는 사람들의 복잡한 심성을 쉽게 읽히는 시로 표현할 수 없다는 생각에서 나왔습니다.

하지만 단순한 시들이 오히려 다양하게 읽힐 수 있는 여지가 많고, 많은 사람들에게 읽히며, 오래 기억됩니다. 숨기는 것이 없고 금방 어떤 사람인지 알 수 있고, 쉽게 친해질 수 있는 사람인데 알면 알수록 새롭게 보이고 깊이가 있는 사람이 있습니다. 시도 그렇습니다.

「풀꽃」이 독자에게 들려주는 주제는 매우 진지한 것입니다. 얼마든지 복잡한 방식으로, 길게 쓸 수도 있었지만, 그렇게 하지 않은 것이

이 시가 가진 미덕입니다. 제목이 제비꽃이나 방울꽃이 아니라 그냥 풀꽃인 것도, 이 풀꽃과 같다고 말해지는 3행의 대상을 막연하게 '너'라고 지칭한 것도 이 시가 품을 수 있는 세계를 무한히 넓혀주고 있습니다.

## 감동

효용론적 관점에서 볼 때, 시는 쉽게 읽히는 것이 바람직합니다. 독자들이 도대체 무슨 말인지 알아듣지 못한다면 시가 어떠한 영향도 미칠 수 없기 때문입니다. 그런 면에서 윤동주1917. 12. 30.~1945. 2. 16.의 시는 완벽한 조건을 갖추었습니다. 쉽게 읽히는 데다 이미지는 아름답고 주제는 숭고하죠. 그래서 많은 사람들이 윤동주의 시에서 감동感動을 받습니다.

> 죽는 날까지 하늘을 우르러
> 한점 부끄럼이 없기를,
> 잎새에 이는 바람에도
> 나는 괴로워했다.
> 별을 노래하는 마음으로
> 모든 죽어가는것을 사랑해야지
> 그리고 나안테 주어진 길을
> 거러가야겠다.

오늘밤에도 별이 바람에 스치운다.

— 윤동주, 「서시」

「서시」는 순결한 삶을 살아가려는 시적 자아의 윤리적 의지를 노래합니다. 대부분의 사람들이 윤리적으로 살아야 한다고 생각하고 또 그렇게 살기를 원하지만, 실제 삶에서 그러한 원칙을 지키기는 쉽지 않습니다. 다들 어영부영 현실과 타협하고 상황에 양보하다가 어느 날 무뎌진 양심을 발견하게 되지요.

시인이 살았던 시대는 일제 강점기였으니 양심을 지키며 사는 것이 더욱 어려웠을 것입니다. 더구나 이 시가 창작된 1941년은 일제 강점기 중에서도 암흑기였죠. 「서시」는 이러한 열악한 상황에서 나온 시라고 믿을 수 없을 만큼 아름답고 순수합니다. 그 아름다움과 순수함이 천진난만함이 아니라 날카로운 자기성찰의 결과이며, 엄혹하고 잔악한 시대에 맞서는 시적 자아의 결연한 의지이기 때문에 우리는 「서시」를 읽고 감동을 받습니다.

그런데 「서시」는 윤동주의 다른 시들과는 사뭇 다릅니다. 차분하지만 단호하고 담담하지만 확신에 차 있는 「서시」와 달리, 윤동주가 자신의 시집에 실으려고 했던 18편의 시들은 대부분 주저하거나 머뭇거리고, 유보하거나 단서를 붙입니다. 그래서 이 작품들을 읽다 보면 햄릿의 유명한 대사가 떠오릅니다.

"To be, or not to be, That is the question."

이 질문은 12세기 덴마크 왕자인 햄릿의 전유물이 아닙니다. 시대와 지역을 초월하여 불의한 사회를 살아가는 도덕적인 젊은이라면 누구나 던지게 되는 질문입니다. 20세기 초 북간도에서 태어나 조선인으로 살다가 일본에서 죽은 윤동주도 같은 질문을 던졌습니다. "To be, or not to be"는 사느냐, 죽느냐입니다. 사는 것을 좋아하고 죽는 것을 싫어하는 것은 모든 생명의 본능인데 왜 이 질문을 가지고 고민을 할까요? 그것은 사느냐, 죽느냐가 치욕을 참고 살 것인가, 맞서 싸우다 죽을 것인가의 문제이기 때문입니다.

전형적인 영웅이라면 이러한 고민을 할 필요도 없습니다. 영웅이었다면 햄릿은 과감하게 아버지의 원수를 갚았을 것이고, 윤동주는 바로 일제에 대한 저항 운동에 투신했을 것입니다. 그러나 애초에 그들은 영웅보다는 범인에 가깝고, 용감하기보다는 우유부단한 성격이었기에 결단에 이르기까지 오래 고민하였습니다. 그리고 이러한 연약성이야말로 오히려 그들이 보편적인 공감을 획득하는 이유입니다.

18편의 고뇌와 방황을 거쳐 비로소 도달한 지점이 「서시」입니다. 「서시」는 윤동주가 자신의 시집에 수록하려고 했던 19편 중 가장 마지막에 쓴 작품이기 때문입니다. 「서시」의 순결한 윤리적 의지와 차분하면서도 결연한 어조는 하루아침에 완성될 수 있는 것이 아닙니다. 「서시」에 이르기까지의 숱한 고민, 잎새에 이는 바람에도 괴로워했던 날들이 있었기에 가능했습니다. 「서시」는 앞선 18편의 시를 정제하고 집약한 작품이며, 그래서 전체 시를 대표할 수 있습니다.

한 가지 덧붙이자면, 「서시」의 제목이 "하늘과 바람과 별과 시"라고 보는 견해도 있는데 충분히 개연성이 있습니다. 「서시」는 원래 제목이 없었고 시집의 제목 "하늘과 바람과 별과 시"를 해설하는 내용이기 때문입니다. 「서시」에는 하늘, 바람, 별이 모두 등장하지만 "시"라는 단어는 직접 나오지 않는데, "나안테 주어진 길"이 바로 시라고 생각할 수 있습니다.

바람은 흔히 현실의 시련으로 해석되지만, 등가적으로 나열된 하늘, 별, 시가 모두 시인이 사랑하고 추구하는 대상이라는 점을 고려할 때 바람을 부정적인 의미로 보기는 어렵습니다. 바람은 하늘의 계시, 하늘의 지상적 현현에 가깝습니다. 잎새에 이는 바람에도 괴로운 이유는 바람에 온전히 몸을 맡기겠다는 결단을 내리지 못했기 때문입니다. 그래서 "나안테 주어진 길"을 가겠다고 선언한 뒤에는 별이 바람이 스치더라도 더 이상 괴롭지 않은 것입니다.

---

**『하늘과 바람과 별과 시』, 그리고 백영白影 정병욱**

윤동주는 1941년 가을 연희전문학교 문과 졸업을 앞두고, 이를 기념하고자 스스로 시집 『하늘과 바람과 별과 시』의 출판을 계획했다. 연희전문 시절 쓴 작품 중 18편을 고르고 마지막에 서문을 대신하는 시를 더해 총 19편을 수록할 예정이었다. 우리에게 「서시」로 널리 알려진 작품은 원래 제목 없이 시집의 첫머리에 넣은 것인데, 해방 이후 시집을 출판하는 과정에서 '서시'라는 제목이 붙었다. 19편 중에서 14편이 모두 졸업하던 해인 1941년에 창작되었다는 사실은, 이 해에 그가 시 창작에 깊이 몰두해 있었음을 방증한다.

처음에는 「병원」을 표제작으로 삼고 시집명을 '병원'으로 할 생각이었으나 서시를 쓰고 나서 '하늘과 바람과 별과 시'라는 제목으로 바꾸었다고 한다. 윤동주는 시집 원고를 필사하고 제본하여 세 부를 만들었다. 그중 한 부는 연희전문 문과 교수 이양하 선생에게 드렸고, 또 한 부는 후배 정병욱에게 주었으며, 마지막 한 부는 자신이 간직하였다. 하지만 일제의 검열을 통과하기 어려울 뿐만 아니라 신변이 위험해질 수도 있다는 이양하 선생의 판단으로 시집 출간은 무산되었다.

1942년 일본 유학길에 오른 윤동주는 1943년 7월 일본 경찰에 체포되었고 1945년

2월 후쿠오카 교도소에서 세상을 떠나고 만다. 정병욱은 1940년 봄 동래고보를 마치고 연희전문 문과로 진학하였는데, 윤동주보다 두 학년 아래였지만 나이는 5살 차이가 났다. 그도 일간지 학생란에 투고를 하는 문학청년이었기 때문에 글을 쓴다는 공통점을 매개로 윤동주와 가깝게 지내게 되었다. 두 사람은 기숙사를 나와 종로구 누상동 소설가 김송의 집에서 함께 하숙을 했다. 윤동주가 「별 헤는 밤」을 써서 보여주었을 때 정병욱이 시의 마무리가 좀 허전하다고 하자 마지막 연을 써서 덧붙였다고 한다. 정병욱은 윤동주가 자신의 이야기를 듣고서 시를 고쳐 쓴 데에 크게 감동하고 존경의 뜻을 표했다고 전해진다.

윤동주가 일본으로 떠난 후 정병욱은 일제에 의해 학병으로 강제 징집되었다. 그는 윤동주의 시집 원고를 자신의 책, 노트와 함께 고향집(섬진강 망덕포구-현 광양시 망덕리)의 어머니에게 맡겼다. 정병욱은 전쟁에서 부상을 당하고 후송되어 해방을 맞이하였고, 늦게야 윤동주의 사망 소식을 듣게 되었다. 그는 윤동주의 절친한 벗인 연희전문 동기 강처중, 윤동주의 동생 윤일주 등과 함께 윤동주의 유고시집을 출간하기로 하고, 정병욱이 어머니에게 맡겼던 윤동주의 자필 원고 19편에 강처중이 보관하고 있던 12편을 더했다. 강처중이 가지고 있던 12편 중 5편은 윤동주가 일본에서 쓴 시를 편지로 받은 것이었다. 이렇게 하여 1948년 정음사에서 총 31편의 시를 담은 『하늘과 바람과 별과 시』가 출간되었다.

정병욱은 후에 서울대학교 국문학 교수로 오래 재직하며 한국 고전시가 연구에 평생을 바쳤다. 그는 평생 윤동주와 그의 시에 대한 깊은 존경심을 간직하였다. 윤동주의 시 「흰 그림자」에서 따온 백영(白影)을 자신의 호로 사용하였고, 1978년 외솔상 학술부문상을 수상했을 때는 상금을 전액 연세대학교 윤동주 장학금으로 환원하기도 하였다.

정병욱이 보관했던 윤동주의 자선시집 『하늘과 바람과 별과 시』 육필 원고는 현재 연세대학교 윤동주 기념관에 전시되고 있다.

황혼이 짙어지는 길모금에서
하로종일 시들은 귀를 가만히 기울이면
땅검의 옮겨지는 발자취소리

발자취소리를 들을 수 있도록 나는
총명했든가요.

이제 어리석게도 모든 것을 깨달은 다음
오래 마음 깊은 속에
괴로워하든 수많은 나를

하나, 둘 제고장으로 돌려보내면
거리모퉁이 어둠속으로
소리없이 사라지는 흰 그림자,

흰 그림자들
연연히 사랑하든 흰 그림자들,

내 모든 것을 돌려 보낸 뒤
허전히 뒷골목을 돌아
황혼처럼 물드는 내방으로 돌아오면

신념이 깊은 으젓한 양처럼
하로종일 시름없이 풀포기나 뜯자.

–윤동주, 「흰 그림자」

---

## 교훈

무엇이 국가의 기둥을 높이 세우고
그 토대를 튼튼하게 하는가?
무엇이 주위를 에워싼 적들에게
저항할 수 있게 하는가?

그것은 금이 아니다. 웅장한 왕국들은
전투의 충격에 무너진다.
축이 단단한 바위가 아니라
가라앉는 모래에 놓였기 때문이다.

그것은 칼인가? 붉은 먼지가 되어

사라진 제국들에게 물어보라.
피가 그들의 돌들을 녹슬게 하고
그들의 영광은 퇴락했다.

그것은 자부심인가? 아, 빛나는 왕관은
국가를 달콤하게 보이게 한다.
그러나 신은 그 광채를 앗아가
그의 발아래 재로 만든다.

금이 아니라 사람들만이
국민을 위대하고 강하게 만들 수 있다.
진실과 명예를 위해서
굳건히 맞서 오랜 고통을 참는 사람들만이.

다른 이들이 자는 동안 일하는 용감한 사람들,
다른 이들이 달아난 사이 감히 맞서는 사람들,
그들이 국가의 기둥을 깊숙이 묻고
하늘 높이까지 들어올린다.

What makes a nation's pillars high
And its foundations strong?
What makes it mighty to defy
The foes that round it throng?

It is not gold. Its kingdoms grand
Go down in battle shock;
Its shafts are laid on sinking sand,

Not on abiding rock.

Is it the sword? Ask the red dust
Of empires passed away;
The blood has turned their stones to rust,
Their glory to decay.

And is it pride? Ah, that bright crown
Has seemed to nations sweet;
But God has struck its luster down
In ashes at his feet.

Not gold but only men can make
A people great and strong;
Men who for truth and honor's sake
Stand fast and suffer long.

Brave men who work while others sleep,
Who dare while others fly,
they build a nation's pillars deep
And lift them to the sky.

—W. R. 에머슨William Ralph Emerson, 「국가의 힘A nation's strength」[6]

시가 독자에게 영향을 미치는 방식은 다양합니다. 윤동주의 시처럼

---

6 이 시는 미국의 사상가이자 시인인 R. W. 에머슨(Ralph Waldo Emerson)의 작품으로 알려져 있으나, 그의 친척인 건축가 W. R. 에머슨(William Ralph Emerson)이 지었다는 주장도 있다. R. W. 에머슨 사후에 작품이 처음 등장하였다는 점, 시에 나타난 건축학적 상상력 등을 고려할 때 W. R. 에머슨의 작품일 가능성이 높아 보인다.

감동을 주는 시도 있지만, 직접 교훈을 주는 시들도 있습니다. 에머슨의 시는 후자입니다. 이 작품은 명쾌하고 직설적인 어조로 국가를 강하게 만드는 것이 무엇인지 설명합니다. 이에 따르면, 위대한 국가를 건설하는 것은 재화도 아니고 무력도 아니고 자부심도 아닙니다. 그것은 훌륭한 미덕을 갖춘 개인들입니다. 진실과 명예를 위해 싸울 수 있는 사람들, 자신의 본분을 다하는 사람들, 두려움 없이 도전하는 사람들이 국가의 힘이자 역사의 주역입니다. 결국 물질적인 것보다는 정신적인 것을 우위에 두고, 이상적인 국민상을 제시한 작품이라 하겠습니다.

교훈을 주는 시가 전부 애국심을 고취시키는 것은 아닙니다. 개인의 삶을 위한 교훈도 있습니다.

얼마 뒤면 너는 배울 거야
손을 잡는 것과 영혼을 묶는 것의 미묘한 차이를.
너는 배울 거야
사랑은 기대는 게 아니고
함께 한다고 늘 안전한 게 아니라는 것을.
너는 배우기 시작할 거야
입맞춤이 계약이 아니고
선물이 약속이 아니란 것을.
너는 패배를 받아들이기 시작할 거야
머리를 쳐들고 똑바로 앞을 바라보며
아이처럼 울지 않고 여인처럼 우아하게.
너는 배울 거야
너의 모든 길을 오늘에다 닦는 걸

내일의 땅은 계획을 세우기에 너무 불확실하고
미래들은 흔히 날다가 떨어지니까.
얼마 뒤면 너는 배울 거야
햇볕도 너무 많이 쬐면 탄다는 것을
그래서 너는 누군가가 꽃을 가져오길 기다리는 대신
네 자신의 정원을 가꿔서
네 자신의 영혼을 장식하게 될 거야.
너는 배울 거야
너는 정말 견뎌낼 수 있다는 걸
너는 정말 강하고
너는 정말 가치가 있다는 걸
너는 배우고
또 배울 거야
이별을 할 때마다, 너는 배울 거야.

—V. A. 쇼프스톨Veronica A. Shoffstall, 「얼마 뒤면After a While」[7]

이 시는 사랑에 대해 말하지만, 행복이나 달콤함과는 거리가 멉니다. 사랑의 실패를 통해 배워야 한다는 아픈 교훈을 담고 있기 때문입니다. 우리는 사랑에 지나친 기대와 환상을 갖는 경우가 있습니다. 그리고 사랑이 모든 문제를 해결해주고, 인생을 구원해줄 것처럼 여깁니다. 쇼프스톨은 현실의 사랑이 완벽하지도 영원하지도 안정적이지도 않다고 말합니

---

7 이 시는 버전과 제목이 여럿이며, 작가에 대한 논쟁이 있다. 베로니카 쇼프스톨이 19세 때인 1971년에 창작했다고 하지만, 그녀가 호르헤 루이스 보르헤스의 「배운다(Aprendiendo)」를 번역했을 뿐이라는 주장도 있고, 그 반대의 견해도 있다. 누가 원작자인지 확정할 수 없지만 여기서는 분량이 짧고 여성적인 쇼프스톨의 「얼마 뒤면(After a while)」을 소개한다.
Veronica A. Shoffstall, "After a while", Mirrors and Other Insults, 2014. 10. 20., http:/web.archive.org/web/20030315051001/http://www.geocities.com:80/soho/8184/afterawh.html, 2018. 1. 14. 참조.

다. 불완전하고 일시적이고 불안정한 사랑이기에 실패는 당연한 일입니다. 그러니 한 번 실패했다고 아이처럼 주저앉아 울고불고할 것이 아니라 실패를 의연하게 받아들이는 어른이 되어야 합니다. 이러한 과정의 반복을 통해 우리는 누군가에게 의존하지 않고 자신의 삶을 가꾸는 가치 있는 존재, 독립적이고 풍요롭고 자존감 있는 개인이 될 수 있습니다.

만남으로 모든 것을 얻는 것이 아니고, 헤어짐으로 모든 것을 잃는 것도 아닙니다. 만남과 헤어짐은 삶의 자연스러운 일부이며, 스스로를 사랑하는 법을 배우는 과정입니다. 이 시는 막 사랑을 시작하려는 이들에게 꼭 필요한 교훈을 줍니다.

그래요, 꽃망울들이 벌어질 땐 당연히 아파요.
그렇지 않다면 왜 봄이 머뭇거리겠어요?
왜 우리의 모든 열렬한 갈망이
얼어붙고 매서운 창백함에 묶여 있겠어요?
결국 꽃망울들은 겨울 내내 싸여 있었죠.
새로운 것을 위해 무엇이 소모되고 부서질까요?
그래요, 꽃망울들이 벌어질 땐 당연히 아파요.
자라나는 것 때문에,
　　그리고 감싸고 있는 것 때문에 아파요.

그래요, 물방울들이 떨어질 땐 힘들어요.
불안에 떨며 무겁게 드리워지다가,
잔가지에 붙어서, 부풀어 오르고, 미끄러지고,
아무리 매달리려 해도 무게 때문에 처지고 말죠.
불확실하게, 겁내며, 분열되어 있는 건 힘들어요.

깊이 끌어당기며 부르는 걸 느끼는 것도 힘들어요.
아직 거기 앉아 그저 떨고 있을 뿐이죠.
머물길 원하는 것도,
　　떨어지길 원하는 것도 힘들어요.

그때, 최악의 순간에 아무것도 도움이 되지 않을 때
나무의 꽃망울이 환희에 차서 터졌어요.
그때, 두려움이 더 이상 제지하지 못하게 되었을 때,
잔가지의 물방울들이 아른거리며 굴러 떨어졌어요.
그들이 새로움을 무서워했다는 걸 잊으세요.
그들이 여정을 두려워했다는 걸 잊으세요.
잠시 그늘의 최대의 평온함을 느끼고,
세상을 창조하는 신뢰 속에서
　　휴식을 취하세요.

Ja visst gör det ont när knoppar brister.
Varför skulle annars våren tveka?
Varför skulle all vår heta längtan
bindas i det frusna bitterbleka?
Höljet var ju knoppen hela vintern.
Vad är det för nytt, som tär och spränger?
Ja visst gör det ont när knoppar brister,
ont för det som växer
　　och det som stänger.

Ja nog är det svårt när droppar faller.
Skälvande av ängslan tungt de hänger,

klamrar sig vid kvisten, sväller, glider -
tyngden drar dem neråt, hur de klänger.
Svårt att vara oviss, rädd och delad,
svårt att känna djupet dra och kalla,
ändå sitta kvar och bara darra –
svårt att vilja stanna
　　och vilja falla.

Då, när det är värst och inget hjälper,
Brister som i jubel trädets knoppar.
Då, när ingen rädsla längre håller,
faller i ett glitter kvistens droppar
glömmer att de skrämdes av det nya
glömmer att de ängslades för färden –
känner en sekund sin största trygghet,
vilar i den tillit
　　som skapar världen.

–카린 보이에Karin Boye, 「그래요, 당연히 아파요Ja visst gör det ont」[8]

이 시는 성장과 변화에 대한 교훈을 담고 있습니다. 꽃망울이 터지고 물방울이 떨어지는 것을 우리는 아무렇지도 않게 여기지만, 꽃망울이나 물방울의 입장에서는 어떨까요? 전존재를 건 모험일지도 모릅니다. 익숙한 상태에서 벗어나는 것은 누구에게나 힘들고 두려운 일입니다.

8 Karin Boye, David McDuff tr., "Yes, Of Course It Hurts", *Complete Poems*, kindle ed., Amazon, 2013, 2677~2705 참조

우리도 살면서 익숙한 생활을 뒤로 하고 미지의 세계로 나아가야 하는 경우가 종종 있습니다. 상급 학교로 진학을 하고, 학교를 떠나 사회에 진출하고, 직장을 옮기고, 가정을 꾸리는 모든 삶의 변화가 그렇습니다.

보통 이러한 성장과 변화에 대해 때가 되면 누구나 겪는 일이니까 불평할 거 없다고 말하기 쉽습니다. 그러나 K. 보이에는 섬세한 눈으로 성장과 변화를 위한 고통을 클로즈업해서 보여줍니다. 고통을 섣불리 진정시키거나 무마하려 하지 않고, 고통을 인정하고 집중합니다. 그래서 고통이 최대치가 되는 순간에야 질적 전환이 일어난다는 사실을 포착합니다.

이 시는 변화를 겪는 이들에게 별 거 아니라고 괜찮다고 위로하는 대신 당연히 아프다고, 당연히 힘들다고 말합니다. 꽃망울이 열리고 물방울이 떨어지는 존재론적 전환이 일어나기 위해서는 고통과 불안의 임계점을 넘어서야 합니다. 그리고 두려움 뒤에는 평온함이, 아픔 뒤에는 기쁨이 찾아옵니다. 그것들은 별개의 것이 아니라 하나의 과정에서 발생하는 일련의 경험이기 때문입니다.

왜 이렇게 아플까 싶을 때면 "그래요, 당연히 아파요"라고 소리 내어 말해보는 건 어떨까요. 너무 힘이 들 때면 "그래요, 당연히 힘들어요"라는 구절을 외워봅시다. 지금은 힘들지만 기쁨 속에서 평온히 쉴 수 있는 순간이 반드시 올 것입니다.

## 변혁

시의 효용은 감동과 교훈을 주는 데서 그치지 않습니다. 시는 사회를 적극적으로 개선하고 변혁시키는 수단이 되기도 합니다. 시를 현실을 바꾸는 도구로 보는 관점은 오랜 역사를 가지고 있습니다.

동양에서는 전통적으로 시노래가 민심을 대변하는 역할을 했습니다. 지배자들은 민심을 알아보기 위해 민간의 노래를 채집했고, 지배자의 이념이나 정당성을 노래에 담아 전파시킴으로써 사회를 안정시키기도 했습니다. 반대로 기존의 질서를 전복시키려는 세력 역시 노래를 이용했습니다. 왕조나 정권이 붕괴한다는 예언을 노래에 담아 퍼뜨린 것입니다. 이러한 노래를 참요讖謠라고 합니다.

유학이 발달하면서 관도론貫道論이니 재도론載道論이니 하는 문학관이 등장했습니다. 당나라 때 문학관인 관도론은 문학이 도를 꿴다文者, 貫道之器也고 보고, 송나라 때 문학관인 재도론은 문학이 도를 실어 나른다文所以載道也고 봅니다. 문학을 도를 드러내는 필수적인 장치관도론로 보느냐, 도를 운반하는 수레재도론로 보느냐 하는 차이가 있지만, 문학이 도덕이나 진리를 구현함으로써 사회를 개선한다고 생각하는 것은 기본적으로 같습니다.

근대 이후에도 이러한 관점은 이어졌습니다. 20세기 초반, 현대시가 성립되기 전에 잠시 등장했던 신체시는 계몽의 수단이었습니다. 신체시는 대부분 인습을 타파하고 무지를 일깨우는 내용을 담았으며, 개혁가들에 의해 창작되고 전파되었습니다. 대표적인 신체시로는 《소년》이라는 잡지 창간호1908년 11월 호의 권두시로 수록된 「해海에게서 소년에게」가 있습니다.

KAPF 시인들의 계급시프로시는 프롤레타리아 혁명의 수단이었습니다. 이들은 시를 통해 농민과 노동자의 비참한 현실을 폭로하고 비판함으로써 사람들을 계몽하고 선동하고자 하였습니다. 현실의 결핍을 시 속에서 해결하려 하기보다는, 사람들로 하여금 현실을 바꾸는 투쟁에 나서도록 독려하는 시를 썼던 것입니다. 카프는 예술을 무기로 하여 조선 민족을 계급적으로 해방시키자는 목표를 세웠지만, 프롤레타리아 해방에 매달리다 보니 예술성을 상실하게 되었습니다. 그래서 프로시에는 좋은 평가를 받는 작품이 거의 없습니다.

카프가 급진적인 사회주의 노선으로 선회하기 전에 발표된 작품을 한 편 읽어보겠습니다.

지금은 남의땅 — 빼앗긴들에도 봄은오는가?

나는 온몸에 해살을 밧고
푸른한울 푸른들이 맛부튼 곳으로
가름아가튼 논길을짜라 꿈속을가듯 거러만간다.

입슐을 다문 한울아 들아
내맘에는 내혼자온것 갓지를 안쿠나
네가끌엇느냐 누가부르드냐 답답워라 말을해다오.

바람은 내귀에 속삭이며
한자욱도 섯지마라 옷자락을 흔들고
종조리는 울타리넘의 아씨가티 구름뒤에서 반갑다웃네.

고맙게 잘자란 보리밧아
간밤 자정이넘어 나리든 곱은비로
너는 삼단가튼머리를 깜앗구나 내머리조차 갑븐하다.

혼자라도 갓부게나 가자
마른논을 안고도는 착한도랑이
젓먹이 달래는 노래를하고 제혼자 엇게춤만 추고가네.

나비 제비야 깝치지마라
맨드램이 들마꼿에도 인사를해야지
아주까리 기름을바른이가 지심매든 그들이라 다보고십다.

내손에 호미를 쥐여다오
살찐 젓가슴과가튼 부드러운 이흙을
발목이 시도록 밟어도보고 조흔땀조차 흘리고십다.

강가에 나온 아해와가티
짬도모르고 끗도업시 닷는 내혼아
무엇을찻느냐 어데로가느냐 웃어웁다 답을하려무나.

나는 온몸에 풋내를 씌고
푸른웃슴 푸른설음이 어우러진사이로
다리를절며 하로를것는다 아마도 봄신령이 집혓나보다.
그러나 지금은—들을빼앗겨 봄조차 빼앗기것네

—이상화, 「빼앗긴 들에도 봄은 오는가」

이 시는 일제 강점기의 대표적인 저항시입니다. 저항시인으로 이름난 이육사와 윤동주가 1930년대 후반, 1940년대 초반에 활동했다면, 이상화1901. 5. 22.~1943. 4. 25.는 그들보다 앞서 1920년대에 활동한 시인입니다.

「빼앗긴 들에도 봄은 오는가」는 흘러넘치는 낭만주의적 호흡, 몽환적이고 아름다운 시상, 거침없고 자유로운 저항 정신이 어우러진 뛰어난 작품입니다. 일체의 관념성을 배제하고 생동하는 봄 들판을 대상으로 국토에 대한 사랑을 노래함으로써 조국 상실의 비애와 강한 저항 의지를 예술적으로 표현했습니다. 시인의 비판 정신은 서두에 놓인 "빼앗긴 들에도 봄은 오는가"라는 수사적 질문에 응축되어 있고, "들을 빼앗겨 봄조차 빼앗기겠네"라는 결구를 통해 진정한 봄(=삶)을 누리기 위해 빼앗긴 들(=조국)을 되찾아야 함을 역설했습니다. 저항 의지를 숨김없이 드러낸 탓에, 발표 직후 일제의 검열에 걸려 시를 실었던 잡지 《개벽》이 판매 금지를 당하고 압수되기도 했습니다.

---

**이상화李相和, 1901. 5. 22.~1943. 4. 25.**

이상화는 중앙학교(중동) 시절에는 야구부 명투수였고, 추후에 교편을 잡았을 때는 학생들에게 권투를 권했을 만큼 운동을 좋아하였다.

19세였던 1919년 3·1 운동에 학생들을 동원하기 위한 시위 준비에 적극 가담하였다. 다른 이들은 모두 사전 검거되었으나 이상화만은 탈출하였는데, 이후 요시찰 인물이 되어 제약을 받게 되었다. 국내에서는 가망이 없다고 판단한 그는 프랑스 유학을 가기 위해 일본으로 건너가 도쿄에 있는 아테네 프랑세에서 2년간 프랑스어를 수학하였다. 하지만 1923년 9월 1일에 도쿄를 중심으로 관동대지진(진도 7.9의 강진)이 발생하자 혼란을 틈타 조선인이 폭동을 일으키고 방화를 했다는 유언비어가 퍼졌다. 이에 일본인들이 자경단(自警團)을 만들어 무참히 조선인을 학살하는 사태가 일어났는데, 이상화는 일본인에게 붙잡혀 가다가 극적으로 탈출하여 귀국하였다.

그는 일본 유학 즈음부터 퇴폐적 낭만주의를 보여준 백조(白潮)파 시인으로 활동하고 있었다. "아름답고 오랜 것은 꿈속에만 있어라"라는 독일 낭만주의 시인 실러의 시를 부제로 단 「나의 침실로」를 동인지 《백조(白潮)》(1923년 9월 호)에 발표하여 국내 문단에 충격과 반향을 일으키기도 하였다.

---

사회 변혁을 목적으로 하는 시는 대중을 선동하기 위해 격한 표현을 사용하기도 합니다. 우리나라 작품 중에는 적절한 예가 없어서 프랑스의 국가 「마르세유의 노래La Marseillaise」를 소개합니다.

가자, 조국의 자녀들아,
영광의 날이 왔다.
우리의 적 압제자
피 묻은 깃발이 올랐다
피 묻은 깃발이 올랐다
들리는가, 저 들판의
흉포한 군인들의 함성
그들이 닥쳐온다
아들과 아내의 목을 자르려고

무장하라, 시민들이여
대열을 갖추라
행군하라, 행군하라
놈들의 더러운 피가
밭고랑에 흐르도록

Allons enfants de la Patrie,
Le jour de gloire est arrivé!
Contre nous de la tyrannie,
L'étendard sanglant est levé,
L'étendard sanglant est levé,
Entendez-vous dans les campagnes

Mugir ces féroces soldats?
Ils viennent jusque dans vos bras
Égorger vos fils, vos compagnes!

Aux armes, citoyens
Formez vos bataillons
Marchons, marchons!
Qu'un sang impur
Abreuve nos sillons!

—클로드 조제프 루제 드 릴Claude Joseph Rouget de Lisle, 「마르세유의 노래La Marseillaise」 1절

프랑스 혁명 중이던 1792년, 클로드 조제프 루제 드 릴Claude Joseph Rouget de Lisle은 프로이센과의 접경지역인 스트라스부르에 주둔하고 있었던 프랑스군 장교였습니다. 당시 오스트리아와 프로이센 등이 프랑스 왕실을 옹호하며 혁명을 무산시키려 했기 때문에, 프랑스는 이들 국가와 전쟁을 벌이게 되었습니다. 스트라스부르의 시장은 군대의 사기를 높일 만한 새로운 군가가 있으면 좋겠다고 생각하고, 시와 음악에 재능이 있었던 장교 루제 드 릴에게 부탁했습니다. 루제 드 릴은 하룻밤 만에 노래를 완성한 뒤 「라인 군을 위한 노래」라는 이름을 붙였습니다. 이것이 4월 25일의 일입니다.

이후 전쟁에서 프랑스는 패배를 거듭했고, 의회는 국민의 애국심에 호소하며 프랑스 전역에서 의용군을 모집했습니다. 마르세유에서 의용군 모집을 담당하던 프랑수아 미뢰르François Mireur라는 젊은 의사는 사람들의 지원을 독려하기 위해 이 노래를 보급했습니다. 그리고 한

달 뒤인 7월, 600여 명의 마르세유 의용군이 이 노래를 부르며 파리에 입성했고, 이로 인해 사람들은 이 노래를 「마르세유의 노래」로 부르게 되었습니다. 「마르세유의 노래」는 다른 지역에서 온 의용군과 파리 시민들에게 빠르게 전파되어 혁명의 노래가 되었습니다. 8월 10일 군중들이 국왕 일가가 거주하던 튈르리 궁을 공격할 때도, 9월 20일 의용군이 주축이 된 프랑스군이 오스트리아-프로이센 연합군을 무찔러 승리를 거둘 때도 「마르세유의 노래」가 함께했습니다.

「마르세유의 노래」는 혁명 정부에 의해 국가로 제정되었으나 나폴레옹에 의해 금지되는 등 우여곡절을 겪은 끝에 1879년에 정식 국가로 채택되었습니다. 「마르세유의 노래」는 프랑스 혁명 정신을 상징하는 노래일 뿐만 아니라, 유럽의 다른 나라에서도 시위가 있을 때마다 애창되었던 저항의 노래입니다. 지나친 호전성, 국수주의, 외국인 혐오 등의 논란이 있지만 아직까지 프랑스 국가로 사용되고 있으며, 잔혹한 적대자를 설정함으로써 군중의 마음을 격동시키고 전의를 불러일으키는 효과가 매우 뛰어납니다.

사회 변혁에는 다양한 스펙트럼이 있습니다. 이번에는 농민들의 비참한 삶을 조금이라도 개선하기 위해 헌신한 농촌운동가의 시를 살펴보도록 하겠습니다.

비에도 지지 않고
바람에도 지지 않고
눈에도 여름 더위에도 지지 않는
튼튼한 몸으로

욕심 없이
결코 화내지 않으며
늘 조용히 웃고
하루에 현미 네 홉과
된장과 채소를 조금 먹고
모든 일에
자기 잇속을 따지지 않고
잘 보고 듣고 알고
그래서 잊지 않고
들판 소나무 숲 그늘 아래
작은 초가집에 살고
동쪽에 아픈 아이 있으면
가서 돌보아 주고
서쪽에 지친 어머니 있으면
가서 볏단 져다 날라 주고
남쪽에 죽어가는 사람 있으면
가서 두려워하지 말라 말하고
북쪽에 싸움이나 소송이 있으면
별거 아니니까 그만두라 말하고
가뭄 들면 눈물 흘리고
냉해 든 여름이면 허둥대며 걷고
모두에게 멍청이라고 불리는
칭찬도 받지 않고
미움도 받지 않는
그러한 사람이
나는 되고 싶다.

雨にもまけず
風にもまけず
雪にも夏の暑さにもまけぬ
丈夫なからだをもち
欲はなく
決して怒らず
いつもしずかにわらっている
一日に玄米四合と
味噌と少しの野菜をたべ
あらゆることを
じぶんをかんじょうに入れずに
よくみききしわかり
そしてわすれず
野原の松の林の蔭の
小さな萱ぶきの小屋にいて
東に病気のこどもあれば
行って看病してやり
西につかれた母あれば
行ってその稲の束を負い
南に死にそうな人あれば
行ってこわがらなくてもいいといい
北にけんかやそしょうがあれば
つまらないからやめろといい
ひでりのときはなみだをながし
さむさのなつはオロオロあるき
みんなにデクノボーとよばれ
ほめられもせず

くにもされず
そういうものに
わたしはなりたい

―미야자와 겐지宮沢賢治, 「비에도 지지 않고雨にもまけず」

이 시는 일본의 동화 작가이면서 시인이었고, 교육자이자 과학자이며 농촌운동가였던 미야자와 겐지1896. 8. 27.~1933. 9. 21.의 작품입니다. 미야자와 겐지는 농업학교 교사의 안정적인 삶을 포기하고 가난한 농민들의 삶을 개선하는 데 일생을 바쳤습니다. 그는 토질 개량 등 새로운 농업 과학을 연구, 보급하는 데 힘을 쏟았을 뿐 아니라, 농민들에게 예술을 강의하고 체험하도록 하여 삶의 질을 높이고자 노력했습니다. 물질과 정신이 모두 풍요로운 이상적인 농촌 사회를 건설하는 것이 그의 목표였다고 할 수 있습니다.

그는 건강이 좋지 않았고 자주 과로에 시달렸으나 창작 활동도 게을리하지 않았습니다. 37세의 나이로 사망하기까지 100여 편의 동화와 400여 편의 시를 남겼는데, 그의 작품들에는 이타심, 공동체 의식, 자기희생, 자연과의 교감, 생명 존중, 평화 애호의 사상이 흘러넘칩니다. 생전에는 인정을 받지 못했지만 사후에 대부분의 작품들이 출간되면서 지금은 일본에서 가장 사랑받는 동화 작가이자 시인이 되었습니다. 대표작인 『은하철도의 밤』은 애니메이션 「은하철도 999」의 원작이기도 합니다.

「비에도 지지 않고」는 1931년 병상에 누워 있을 때 쓴 작품으로, 미야자와 겐지가 소망하는 이상적인 인간상이 담겨 있습니다. 그는

강인하고, 소박하고, 이타적이고, 겸손한 사람이 되기를 기원합니다. 그리고 그런 사람을 '멍청이デクノボー'라고 부릅니다. 인간이면 누구나 가지게 마련인 사욕이나 이기심이 전혀 없기 때문에 남들이 비웃을 정도의 선한 존재를 표현한 것입니다. 이러한 '멍청이'는 미야자와 겐지가 꿈꾼 이상적인 농촌 사회를 건설하는 데 반드시 필요한 인간형이었을 것입니다. 이 시는 공자가 『시경』에 대해 말한 '사무사思無邪, 생각에 사특함이 없다'를 떠올리게 합니다.

## 시 읽기의 최저 수준을 넘어서

17세기의 철학자 존 로크John Locke, 1632. 8. 29.~1704. 10. 28.는 녹이는 힘과 녹는 힘에 대하여 이야기한 바 있습니다.[9] 흔히 권력, 힘이라고 하면 다른 존재에게 영향을 미치는 것, 타인을 자기 뜻대로 움직이게 하는 것을 생각하기 쉽습니다. 하지만 로크는 영향을 받을 줄 아는 것도 힘power이라고 하였습니다. 영향을 받을 수 있는 것은 아주 중요한 능력입니다. 영향을 받을 수 없다면 아무것도 배울 수 없을 것이고, 아무것도 창조해내지 못할 것입니다.

독자에게 어떤 영향을 준다는 것은 기본적으로 시인이 독자보다 우월한 위치에 있다는 것을 전제하고 있습니다. 시는 시인의 것이고, 독자의 시 읽기라는 것은 시인이 의도한바, 시인이 주려는 가르침을

9 존 로크(John Locke), 추영현 역, 『인간지성론』, 동서문화사, 2015, 281~282면.

받아들이는 수동적인 과정에 불과했습니다. 하지만 수용미학에서는 독자를 매우 능동적인 주체로 보고 있습니다. 시인이 아니라 독자가 작품을 완성한다는 것입니다. 시는 더 이상 시인의 것이 아니라 그 시를 필요로 하는 독자의 것이고, 시인이 의도한 바가 있겠지만 독자는 그 의도를 받아들이는 존재가 아닙니다. 독자마다 시를 다르게 이해하고 감상하며 시는 읽힐 때마다 매번 다르게 완성됩니다.

그렇다면 고등학교 때까지 학창시절 내내 국어 시간에 왜 시인의 의도를 배우고 답을 찾아 왔느냐는 물음이 생겨날 것입니다. 짐작하건대 고등학교까지 국어교육의 목표가 감수성과 상상력 그리고 창의성을 목표하기보다는 의사소통능력과 공동체 감각을 신장시키는 데에 있기 때문일 것입니다. 이를테면, '어둠'은 부정적 상징이라거나, "내가 바라는 손님은 고달픈 몸으로 청포를 입고 찾아온다고 했으니이육사, 「청포도」"라는 구절이 '조국의 광복'을 의미한다는 것을 배우고 찾아내도록 하는 것입니다. 역사와 문화를 공유하고 있는 민족 공동체로서 최소한의 공동체 감각과 의사소통을 위해 이 시구를 이렇게 이해할 수 있어야 할 것입니다. 다시 말하면 학창시절의 국어교육은 시 읽기의 최저수준을 목표로 하고 있습니다. 이 이상의 풍부한 감상과 읽기는 그 이후에 이루어져야 하는 것입니다.

같은 책을 읽어도 생각과 상상을 끼워 넣으면서 두껍게 읽는 사람이 있는가 하면, 책에서 원하는 답만을 검출해내는 방식으로 얇게 읽어버리는 사람도 있습니다. 전자의 경우에는 책을 읽고 아주 많은 것을 얻어내고 느낄 수 있지만, 후자의 경우에는 몇 백 권의 책을 읽어도 배우는 것이 없습니다.

"해석은 지성intellect이 세계에 가하는 복수다"

수전 손택Susan Sontag, 1933. 1. 6.~2004. 12. 28.이 「해석에 반대한다」에서 한 말입니다. 그는 예술은 무언가를 전달하는 매체가 아니라 스스로 존재하는 것이라고 생각했습니다. 그는 "진짜 예술에는 우리를 안절부절 못 하게 하는 구석이 있다"라고 하면서 "해석은 예술을 다루기 쉽고 안락한 것으로 만드는 것이다"라고 하였습니다. 해석은 '세계the world'를 '이 세계this world'로 만들면서 다른 모든 가능성을 삭제해버린다고 지적하기도 하였지요. 그러면서 그는 "비평의 기능은 예술작품이 무엇을 의미하는지 보여주는 것이 아니라, 예술작품이 어떻게 예술작품이 됐는지, 더 나아가서는 예술 작품은 예술작품 그 자체라는 사실을 보여주는 것"이라고 하였습니다.[10]

시집을 읽으면 바로 뒤에 덧붙은 비평가의 해설을 읽고 나서 바로 그 해석을 작품에 대한 자신의 감상으로 받아들이는 경우가 있습니다. 이는 새로운 사람을 만난 후 제3자가 그 사람에 대해 해준 이야기를 그대로 자신의 생각으로 받아들이는 것과 같습니다. 상대의 입장에서 보면 부당하고 폭력적일 수도 있는 태도입니다.

한편, 흔히 "예술은 각자 마음대로 느끼면 되는 것"이라고 합니다. 그런데 이 말은 작품을 아끼고 사랑하는 마음도 없이 마음대로 생각해도 된다는 뜻으로 사용되는 것 같습니다. 이런 식의 접근은 손택이 가장 경계한 것입니다. 손택은 예술을 직접 "더 잘 보고, 더 잘 듣고,

---

10 수전 손택(Susan Sontag), 이민아 역, 『해석에 반대한다』, 이후, 2013, 23~35면 참조.

더 잘 느끼는 것"을 강조하였으며, 이를 위해 우리에게 필요한 것은 "erotics of art"라고까지 하였습니다.

가까이, 가까이 밤새도록
연인들은
잠 속에서
함께 뒤척이고

책 속
두 페이지처럼 가까이
어둠 속에서
서로를 읽고

각자가 아는 것을
모두 알아
마음에 새긴다
머리부터 발끝까지

—엘리자베스 비숍Elizabeth Bishop[11]

한편 바슐라르Gaston Bachelard, 1884. 6. 27.~1962. 10. 16. 역시 대상에 대한 이해와 해석의 부정적인 측면에 대하여 이야기한 바 있습니다. 하지만 바슐라르는 예술작품이나 대상 그 자체에 집중해야 한다고 주장한 손택과 달리 대상에서 비롯되지만 점차 그로부터 해방되어 가는 무한한 상상

---

11 Elizabeth Bishop, Alice Quinn ed., "Close close all night", *Edgar Allan Poe & the juke-box : uncollected poems draft, and fragment*, Farra Straus Giroux, 2007, 141면.

력을 강조하였다는 점에서 다릅니다. 마지막으로 바슐라르의 말을 인용하고자 합니다.

"우리는 너무 빨리 이해하기 때문에 상상하기를 잊어버린다."[12]

---

12 가스통 바슐라르(Gaston Bachelard), 장영란 역, 『공기와 꿈』, 민음사, 1997, 115면.

## 더 읽어볼 시 1

어딘가 내가 모르는 곳에
보이지 않는 꽃처럼 웃고 있는
너 한 사람으로 하여 세상은
다시 한 번 눈부신 아침이 되고

어딘가 네가 모르는 곳에
보이지 않는 풀잎처럼 숨 쉬고 있는
나 한사람으로 하여 세상은
다시 한 번 고요한 저녁이 온다

가을이다, 부디 아프지 마라.

—나태주, 「멀리서 빈다」

## 더 읽어볼 시 2

경인고속도로를 타고 가다
인천으로 빠지는 길가
섬처럼 버려진 조그마한 악기공장이 있다 콜트악기다
전자기타를 만들었다

경부고속도로를 타고 가다
대전 지나 계룡IC로 빠지면
또 문 닫힌 공장 하나가 있다 콜텍악기다
통기타를 만들었다

그곳에서 30년 동안
사람들 몰래 세상을 튜닝하며
아름다운 선율을 만들던 이들이 있다
세계 기타의 삼분의 일을 생산했다
하나같이 시골 장터 옹기처럼 수더분한 사람들
짝눈이도 있고 3급 장애인도 있다

그들은 자신의 지문을
기타 몸체처럼 잔금 하나 없이 반질반질하게 만들었다
창문 하나 없던 공장에서 유기용제를 다루며
자신의 폐를 기타통 속처럼 숭숭 구멍 내
작은 호흡에도 울리게 했다

사장은 그런 노동자들의
지문과 기침과 땀과 눈물을 화폐로 바꿔

1000억대의 자산가가 되었다 더 값싼 기계들을 찾아
공장을 인도네시아와 중국으로 빼돌렸다
화폐의 가치만이 신기루처럼 쌓여가는 세상에서
1000일째 갈 곳 잃은 사람들

지금은 문 닫힌 공장
그러나 한때 이곳은 세상의 모든 아름다운 노래를 낳던
희망의 공장이었다 세상의 모든 혼돈을
가지런히 조율하던 사랑과 연민의 공장
세상의 모든 가녀린 목소리들을 하나로 묶던
연대의 공장이었다

노래가 노래를 배반하지 않아도 되는 세상을 위해
삶이 삶을 배반하지 않아도 되는 세상을 위해
이 공장을 살려내라
이 공장은 우리 모두의
꿈의 공장

—송경동, 「꿈의 공장을 찾아서」

# 누가 왜 시를 쓰는가

"나는 시란 강렬한 느낌들의 자연스러운 발로라고 말한 바 있다. 그것은 고요함 속에 회상되는 감정에서 비롯된다."

I have said that Poetry is the spontaneous overflow of powerful feelings: it takes its origin from emotion recollected in tranquillity:

– 윌리엄 워즈워드William Wordsworth, 『서정민요집*Lyrical ballads*』 서문 중에서[1]

고전주의는 그리스, 로마의 고전을 전범으로 여기고 시공을 초월하는 기준과 법칙을 추구했습니다. 고전주의자들은 최고의 예술적 요소

1 William Wordsworth, Michael Gamer and Dahlia Porter ed., "Preface", *Lyrical Ballads 1978 and 1800*, broadview, 2008, 183면.

중의 하나로 적격適格, decorum을 들었는데, 적격은 적정률適正率이라고도 합니다. 적정률은 원래 '정황에 알맞은 처신', '예의'라는 뜻이었으나, 문학에서는 장르와 등장인물의 행동과 말, 문체 등이 잘 어울리는 것을 의미하게 되었습니다. 문학 작품에 등장하는 사자는 '사자는 이런 것'이라고 모두가 동의할 수 있는 사자다움으로 표현되어야 하고, 왕자는 왕자답게 옷을 입고 행동하고 말해야 한다는 것입니다. 그러나 적정률에만 매달리는 예술은 독창성과 진실성을 결여하게 됩니다.

낭만주의 시인들은 고전주의의 적정률을 파괴함으로써 시인의 개성과 독창성을 드러내고자 하였습니다. 낭만주의자들에게 시는 적정률을 재현하는 것이 아니라 시인의 영감과 상상력에 의해 창조되는 것이었습니다.

영감은 고대 그리스에서도 중요하게 생각되었습니다. 고대 그리스 시인들은 예술적, 지적 창조력을 담당하는 여신 무사Mousa=뮤즈에게서 영감靈感, inspiration을 받아야 시를 잘 쓸 수 있다고 여겼습니다. 그래서 호메로스는 "노래하소서 여신이여, 펠레우스의 아들 아킬레우스의 분노를"[2]이라는 구절로 『일리아스』를 시작했고, "들려주소서 무사 여신이여! 트로이의 성스러운 도시를 파괴한 뒤 많이도 떠돌아다녔던 임기응변이 뛰어난 그 사람의 이야기를"[3]로 『오뒷세이아』를 시작했습니다. 작품 서두에 무사 여신에게 도움을 청하는 형식은 이후 헤시오도스Hesiodos 등에게 계승되어 그리스 서사시의 전통이 되기도 했습니다.

2 호메로스(Homeros), 천병희 역, 『일리아스(*Ilias*)』, 도서출판 숲, 2015, 25면.
3 호메로스(Homeros), 천병희 역, 『오뒷세이아(*Odysseia*)』, 도서출판 숲, 2015, 23면.

무사 여신 대신 아폴론을 부르는 경우도 있는데, 이것은 아폴론이 무사 여신들을 거느리는 시와 음악의 신이기 때문입니다.

플라톤은 시인을 비판하기 위해서 영감론을 주장하였습니다. 그는 시인의 활동이 기술이나 지식에 근거해 있는 것이 아니라 신적인 힘에 의존해 있다고 보았습니다. 자석이 주변에 있는 쇠반지를 끌어당기고 그 쇠반지가 다른 쇠반지들을 끌어당겨 사슬을 만들듯이 무사 여신은 시인에게, 시인은 음유시인에게, 음유시인은 관객에게 신적인 힘영감을 전달한다는 것입니다.[4] 결국 시인은 예언자나 점쟁이와 유사하기 때문에, 철학자에 비해 신뢰할 수 없고 위험하다는 논리였습니다.

> 광인, 연인, 시인은 모두
> 상상력으로 가득 찬 사람들이지요.
> 광대한 지옥에 있는 악마들보다 더 많은 악마를 보는 자가
> 바로 미치광이랍니다.
> 연인은 모두 제정신이 아니어서,
> 집시 여인에게서도 헬렌의 아름다움을 보지요.
> 시인의 눈동자는 순수한 광란으로 흔들리며
> 천상에서 지상까지, 지상에서 천상까지 훑어본답니다.
> 그리고 상상력이 미지의 것들을 그려내면,
> 시인의 펜은 그에 따라
> 그것들을 형체로 바꾸고 그 공허하고 존재하지 않는 것에
> 장소와 명칭을 부여하지요.

---

4 플라톤(platon), 천병희 역, 『이온/크라튈로스』, 도서출판 숲, 2014, 22~25면 참조.

The lunatic, the lover and the poet

Are of imagination all compact.

One sees more devils than vast hell can hold:

That is, the madman. The lover, all as frantic,

Sees Helen's beauty in a brow of Egypt.

The poet's eye, in fine frenzy rolling,

Doth glance from heaven to Earth, from Earth to heaven.

And as imagination bodies forth

The forms of things unknown, the poet's pen

Turns them to shapes and gives to airy nothing

A local habitation and a name.

– 윌리엄 셰익스피어William Shakespeare, 「한 여름 밤의 꿈*A Midsummer Night's Dream*」 5막 1장 중에서[5]

셰익스피어1564. 4. 26.~1616. 4. 23.는 상상력을 중요하게 보았습니다. 광인, 연인, 시인은 존재하지 않는 것을 볼 수 있는 상상력을 가졌다는 점에서 동급입니다. 그러나 광인이나 연인과 달리, 시인은 자신이 상상해 낸 것들을 형상화하고 구체적인 설정을 덧붙여 다른 사람들도 볼 수 있게 하는 존재입니다.

낭만주의의 특징은 세상에 없는, 먼 곳에 있는 것에 대한 동경입니다. 그래서 '낭만적'이라는 말은 '현실적'이라는 말의 반대 의미로 사용되기도 합니다. 낭만주의의 또 다른 특징을 이야기하면서 낭만주의

5 William Shakespeare, *A Midsummer Night's Dream*, Oxford University Press, 2008, 231면.

시인 셸리Percy B. Shelley는 시인을 이 세상의 입법자라고 한 바 있습니다. 낭만주의자들은 시인을 공허한 대상에게 이름을 부여함으로써 존재하게 하는 자로 여기거나, 대상의 진리를 밝히는 예언자로 여기기도 하였습니다.

고대의 시인들은 영감靈感, inspiration을 무사Mousa=뮤즈에게서 얻는다고 하였습니다. 호메로스와 헤시오도스 등 고대 그리스의 시인들은 시 창작에는 신적인 힘이 관여되어 있다고 주장하였고, 서정시인인 핀다로스Pindaros는 습득한 숙련보다 타고난 재능이 더 우월하다고 하였습니다. 시는 제작법을 훈련하는 것이 아니라 어떤 도취 상태에서 생성된다는 것이 고대 그리스 시인들의 일반적인 견해였습니다.

비록 시의 위험성과 열등함을 말하기 위함이었지만 플라톤 역시 영감론을 이야기했습니다. 시인이 자신의 행위에 관하여 알지 못하기 때문에 자신의 작품에 대하여 설명을 할 수가 없는 데에 반하여 철학자는 자신의 행동을 명확하게 인식하고 있는 데 있다고 하였습니다. 정말 시는 시인이 영감과 접신하여 자기도 모르게 쓰게 되는 것일까요?

> 나는 상상한다 한밤중 이순간의 숲을
> 다른 무엇인가가 살아 있다
> 시계의 고독과
> 내 손가락이 움직이는 빈 페이지 외에
>
> 창밖으로 별 하나 보이지 않는다
> 무엇인가가 더 가까이
> 더 깊이 어둠속에서

고독 속으로 들어오고 있다

차가운, 어두운 눈雪처럼 섬세하게,
여우의 코가 잔가지를, 잎사귀를 건드린다.
두 눈眼이 움직인다, 지금
또 지금, 또 지금, 또 지금

또렷한 발자국을 찍는다 나무 사이 눈 속에,
그리고 그루터기 옆 움푹 팬 곳에서
감히 나오려는 몸 하나
그 조심조심 절뚝이는 그림자가 걷는다

빈터를 건너서, 눈眼 하나,
넓어지고 깊어지는 푸르름,
찬란하게, 집중적으로,
제 일을 하려 한다.

갑작스럽고 날카로운 뜨거운 여우의 냄새로
그것이 머리의 어두운 구멍 속에 들어올 때까지.
창에는 여전히 별이 없다 시계가 똑딱인다,
페이지가 씌어졌다.

—테드 휴즈Ted Hughes, 「생각_여우The Thought_Fox」[6]

이 시는 시작 과정에 대한 시입니다. 어두운 밤, 방 안에서 시인은 탁상시계와 아무것도 쓰지 못한 백지를 앞에 두고 고독하게 앉아 있습

6 Ted Hughes, "The Thought-Fox", *Collected Poems*, Farra, Straus and Giroux, 2005, 21면.

니다. 그는 영감이 오는 과정, 시가 오는 과정을 여우가 조심조심 다가오는 것으로 상상하고 있습니다. 이 시는 여우가 오는 과정을 묘사하기 위해 청각적인 요소를 매우 고려한 시로도 유명합니다. 소리 내어 영어로 된 원문을 읽어보면 더 생생하게 느낄 수 있습니다.

시인은 어둠 속에서 보이지 않는 여우의 움직임을 듣기 위해 숨죽이고 집중하며 기다리고 있습니다. 마지막 연에서 "갑작스럽고 날카로운 뜨거운 여우의 냄새"로 묘사되는 강렬하고 생생한 감각이 머릿속으로 들어오면서 순간적으로 시인은 시를 썼습니다.

"이 작품은 어린 시절의 기억의 갑작스런 회상의 산물이다. 그리고 이 시를 읽을 때마다 여우는 다시금 어둠 속에서 나와 나의 머릿속으로 걸어 들어온다. 누군가 이 시를 읽을 때마다 여우는 어둠 속 어딘가로부터 나와 그들을 향해 걸어올 것이다.

그러니 어떤 의미에서 나의 여우는 일상의 여우보다 더 낫다. 그것은 영원히 살아남을 것이며 결코 굶주림이나 사냥개 때문에 고통받지도 않을 것이다."[7]

이 작품 속의 여우는 경험적으로 존재하는 실제 여우이기도 하고, 여우가 은유하고 있는 영감이기도 합니다. 휴즈는 시를 쓰는 과정에 대하여 말하면서 누군가 자신의 시를 읽을 때마다 시가 되살아날 것이라고 하였습니다. 이것도 시인이 시를 쓰고 싶도록 만드는 이유 중의 하나입니다. 상징주의 시인인 보들레르는 정신에 의해 창조된 것이 현실보다 위대하다고 주장하였던 것도 이런 맥락일 것입니다.[8] 시인

---

7 Ted Hughes, *Poetry in the making*, Faber and Faber, 2008, 19~20면.

들은 자신이 창조한 세계－시가 생명력과 불멸성을 지니게 되는 것에서 만족감을 느낍니다.

시인들에게 시를 왜 쓰게 되었는가, 시를 언제 쓰는가 물어보면 대부분 간절히 하고 싶은 말이 있어서, 쓰지 않을 수 없는 말이 있어서 시를 쓰게 되었다고 답합니다. 어떤 정서에 사무쳐 있거나 몰입해 있었음을 의미합니다. 시인들은 계절마다 여행을 많이 다니고 사진에 남길만한 풍경을 바라보며 시를 쓸 것이라고 생각하지만, 자신의 방 책상 앞에 앉아 어떤 사물에 대해 깊이 몽상하다가 시를 쓴다고 답하는 경우가 많습니다. 고요함 속에서 어떤 정서나 혹은 사물에 대하여 깊이 몽상할 때, 뇌 속의 뉴런이 연결되는 것을 두고 영감이 찾아오는 것이라고 표현했던 듯합니다.

낭만주의자들은 이렇게 영감이 떠오르면 그것이 저절로 흘러 넘쳐서 시가 된다고 하였습니다. 어떤 주제로 시를 쓸지 정하고 그것을 어떤 규칙에 의해 제작하는 것이 아니었습니다.

## 시는 곧 시인

인위적인 시작詩作을 배제한다는 점에서 시는 시인의 내면이 고스란히 흘러나온 것이었고, 이런 관점에서 시와 시인은 떼려야 뗄 수 없게 되었습니다. 시는 시인의 기질과 삶에 대한 자세가 그대로 표현된

---

8 샤를 보들레르(Charles Pierre Baudelaire), 윤영애 역, 『화가와 시인』, 열화당, 2007, 30~36면 참조.

것이라고 보는 시론을 표현론적 관점이라고 합니다. 표현론에서는 시인의 개성과 상상력, 개별적인 시인의 내면이 얼마나 진실하게 표현되었는지가 시의 기준이 되기 때문에 필연적으로 시를 읽을 때에 시인의 삶에 비추어보게 됩니다.

나 보기가 역겨워
가실 때에는
말없이 고히 보내드리우리다

영변에 약산
진달래꽃
아름따다 가실길에 뿌리우리다

가시는 걸음걸음
놓인 그 꽃을
사뿐이 즈려밟고 가시옵소서

나 보기가 역겨워
가실 때에는
죽어도 아니 눈물 흘리우리다

－김소월, 「진달래꽃」

이 작품은 '한'을 담은 민요시의 절창이라고 평가되어 왔습니다. '한'이라는 것은 해결할 수 없는 슬픔, 풀릴 길 없는 억울함이 응어리진 마음을 의미합니다. 다시 말해 '한'은 절대적인 약자의 감정입니다.

이 시가 '한'을 보여준다고 하는 이유는, 사랑의 절대 약자인 화자가 슬픔을 표현할 수조차 없음을 보여주고 있기 때문입니다. 화자는 자신의 마음과 정반대인 이별의 상황이 닥치면 자신의 마음은 억누른 채 그 상황을 받아들일 것이며, 심지어 꽃을 뿌려 축복하며 고이 보내주겠다고 말하고 있습니다.

하지만 이 작품을 읽을 때마다 이해가 되지 않았던 부분이 두 군데 있었습니다. 하나는 '역겹다'는 표현을 사용한 것이었고, 다른 하나는 아직 오지 않은 이별의 상황을 굳이 가정하면서 극단적인 슬픔과 극단적인 절제를 상상하고 있다는 것이었습니다. 이 작품을 표현론적인 관점에서 읽어본다면 어떨까요? 다음은 한 학생이 수업 시간에 제출한 김소월의 일기입니다.

---

**김소월의 일기**

1934년 12월 24일 새벽

강창묵[9]

특별할 것 하나 없는 하루였지만 참으로 특별한 하루가 될 것이다. 아내는 함께 술을 마시다 먼저 잠들었다. 나 또한 잠들어도 이상하지 않을 만큼 많이 마셨지만 아직은 잠들 때가 아니다. 사방이 고요하고 오직 바람소리만 가득하다. 마치 겨울이 만물의 생명을 거둬가고 나와 바람만 살려둔 것 같다. 새벽바람은 유일하게 남은 벗이 떠날까 두려워 차갑고 날카로운 소리를 외치고 있는 걸까. 하지만 겨울은 다음 차례로 나를 지목했고, 바람 소리조차 겨울의 뜻을 거스를 수는 없을 것이다.

다른 선택의 여지가 없다. 하지만 갚지 못한 빚이 너무 많아 무작정 떠나기엔 발이 무겁다. 잠든 내 아내에게 나는 빚을 지고 있다. 어린 나이에 시집와 여태껏 내 몫의 고통까지 짊어지고 살아왔다. 아내에게 용서를 받는 게 가능할까. 용서를 받는 건 둘째 치고 용서를 구걸할 자격이나 있을까. 없다. 슬프게도 저지른 죄는 많고 용서를

9 GIST 화학과 학생. 이 자료는 2014년 2학기에 한국현대시인론 수업 시간에 발표한 글.

구할 자격은 없다. 어디 아내뿐이랴. 자식들을 다정하게 품지 못하는 아버지는 아버지가 아니었고, 정신병 걸린 아버지를 존경하지 못하는 불구의 아들은 아들이 아니었으며, 할아버지의 기대에 반도 못 미치는 손자는 손자가 아니었다. 또한 스승을 잘 따르는 제자도 아니었고, 숙모의 은혜를 기억하는 조카도 아니며, 친구의 마지막에 곁을 지키는 친구도 아니었다. 그래서 나의 마지막 선택은 떳떳하지 못하다는 걸 나도 안다. 오히려 큰 빚만 하나 더 남기는 일이라는 것 또한 안다. 그럼에도 내 결정을 바꿀 수 없는 이유는 이보다 나은 결정이 없기 때문이다. 부족한 나의 결정들은 매번 용서를 구하기 위한 몸부림이었지만, 광산일도 신문일도 고리대금업도 그 무엇도 용서는커녕 오히려 죄를 더해갔다. 만약 이번이 죄를 짓는 마지막일 수 있다면 이보다 좋은 선택지가 남아 있을까. 남아 있는데 내가 찾지 못하는 것일까. 어느 쪽이든 정말로 역겨운 인생이다.
사실 지금 나의 숨통을 더 강하게 조여 오는 것은 선택할 길이 하나밖에 없다는 생각보다, 그 선택을 실행할 순간이 왔다는 스스로의 확신이다. 의심이라도 할 수 있으면 애써 외면하고 숨통을 좀 트일 수 있을지도 모르겠다. 하지만 최근에 시 한 편 못 쓰는 나 자신을 두고 어떻게 날 기만할 수 있을까. 시 한 편은 고사하고 한 줄 쓰는 것조차 어려운데 어떻게 감히 날 속여 넘길 수 있을까. 과거에는 지금처럼 절박한 순간에 시를 썼다. 시를 쓰는 순간은 다가온 현실과 담담하게 마주하고 그것을 인정할 수 있었다. 비록 아프고 힘들지만 무너지지 않을 의지도 있었기에 아픔을 받아들일 수 있었다. 그렇게 마주하다가 너무 힘들 때면 때로는 평온한 삶의 모습을 그려서 그곳으로 들어가면 그만이었다. 그런데 지금 나는 시를 쓰던 연필을 들고, 시가 쓰이던 종이 위에 고작 유언인지 일기인지도 모를 잡소리만 써내려가고 있다. 시를 쓰고 싶은데 그럴 때마다 손이 움직이질 않는다. 더는 시와 함께 현실을 받아들이지도 못하고, 시 속으로 피하지도 못할 만큼 모든 게 망가져 버렸다. 지금 실행의 순간이 왔다. 그렇기에 지금 할 수 있는 최선의 태도는 놓아주는 것이다. 외길의 낭떠러지가 눈앞에 있고, 운명이란 힘은 내 멱살을 쥐고 그 끝에 끌어 놨다. 꽃이 떨어지고 눈이 내리는 것처럼 그렇게 떨어지는 것이 가장 아름답다는 걸 받아들여야 한다. 솟아오르는 다양한 감정들을 뒤로하고 나와의 이별을 마주할 때가 왔다. 생각해보면 언제나 이별을 준비하던 내가 아니었던가. 나보기가 역겨워 떠나야 할 때, 죽어도 눈물 흘리지 않겠다고 하지 않았던가. 주머니 한 줌 아편은 내가 즈려밟고 갈 진달래꽃이 되어줄 것이다.

---

위의 글은 김소월이 자살로 생을 마감하던 새벽의 상황을 허구적으로 구성해본 것이지만, 그의 전기적 사실을 그대로 사용한 faction입니

다. 김소월본명 김정식은 1902년 평안북도 구성에서 아버지 김성도와 어머니 장경숙 사이에서 태어났습니다. 그가 겨우 두 살이 되었을 때, 아버지는 일본인들에게 폭행을 당해서 정신병을 앓게 되었습니다. 김소월은 주로 광산업을 하던 조부의 사랑과 가르침을 받으며 자라났습니다. 숙모 계희영이 어린 시절 노래를 많이 가르쳐주고 이야기도 많이 들려주었습니다. 14세에 홍단실과 결혼하였고, 오산학교를 다니며 스승 김억을 만나 시인으로 성장하였지만, 3·1 운동 당시 민족주의적 성향이 짙었던 오산학교도 폐교되었습니다.

김소월은 경성으로 유학을 떠나 배제고등보통학교에 편입하여 졸업하였는데, 여기서 소설가 나도향본명 나경손을 만나 우정을 나눕니다. 이즈음부터 6년간 김소월은 본격적이고 집중적인 시작 활동을 하였습니다. 1920년 동인지 《창조》에 작품을 발표한 이래 한 해에 십여 편씩 시를 발표하였고 특히 1922년에는 40여 편, 1923년과 1924년에도 각각 30편 가까이 시를 쏟아냅니다. 김소월의 유일한 문인 친구였던 나도향은 집안의 가업인 의술을 잇기 위해 경선의전에 입학하였지만 문학 공부를 하겠다며 등록금을 가지고 동경에 가버리기도 했던 열혈 문학청년이었습니다. 나도향은 폐병으로 1926년 25세의 나이로 세상을 떠났습니다.

1923년 김소월은 할아버지의 기대에 부응하기 위해 동경상과대학현재 一橋大學, 히토쓰바시대학으로 유학을 갔다가 관동대지진이 일어나자 할아버지의 요청으로 귀국하였습니다. 귀국 후 경성에 잠시 머물기도 했지만 귀향하여 할아버지의 광산업을 돕다가 실패하였고, 1926년 가계가 어려워져서 동아일보 지국을 경영하였지만 이 역시 실패한 뒤 실의에 빠져 술에 의존하였습니다. 이후 시를 거의 발표하지 못했습니다. 33세에 요절한 그의 죽음의 원인에 대해서는 여러 가지 설이 있지만 일반적으로 술과 아편을 먹고 스스로 세상을 떠났다고 알려져 있습니다.

이 학생은 김소월의 일기를 통해서 김소월의 「진달래꽃」에 등장하는 이별은 죽음을 의미하는 것이며, "나보기가 역겨워 가실 때에는 죽어도 아니 눈물 흘리우리다"라는 시구는 삶에 염증을 느낀 시인이 자살을 생각하는 내용이라고 주장하고 있습니다. 이런 해석은 시인의 삶에 대한 전체적인 이해를 바탕으로 그것이 시에 고스란히 표현된 것이라는 표현론을 전제로 가능한 것입니다. 실제로는 「진달래꽃」의 발표 시기1922년 7월 《개벽》에 발표와 김소월의 죽음의 시기가 동떨어져 있기는 하지만 이 해석은 독창적이며 탁월합니다.

김소월 시의 포에지를 계승한 시인으로 서정주가 있습니다. 서정주는 김소월에 대한 논문을 여러 편 쓰기도 했는데, 김소월 시의 사랑과 이별을 각각 삶과 죽음의 문제로 언급한 바 있습니다. 특히 사랑하는 님의 죽음으로 인한 이별 상황과 님이 떠나는 길에 진달래 꽃비가 내리는 상황 등이 설정되어 있는 「귀촉도」에는 「진달래꽃」의 영향이 변주되어 묻어 있습니다.

시를 곧 시인으로 보는 관점은 시인이 평범하지 않고 남다른 사람이라는 생각을 하게 합니다. 표현론은 특이한 삶을 산 시인들의 시를 읽을 때 더 많이 적용됩니다.

나 하늘로 돌아가리라
새벽빛 와 닿으면 스러지는
이슬과 더불어 손에 손을 잡고,

나 하늘로 돌아가리라
노을빛 함께 단둘이서
기슭에서 놀다가 구름 손짓하면은,

나 하늘로 돌아가리라
아름다운 이 세상 소풍 끝내는 날
가서, 아름다왔더라고 말하리라……

— 천상병, 「귀천歸天」

새벽빛에 스러질 이슬, 밤이 오면 스러질 노을은 짧은 시간 존재할 뿐이지만 그 영롱함과 아름다움으로 오래 여운을 남깁니다. 이슬과 손잡고 노을과 어울리며 놀기 위해 잠깐 나온 소풍으로 비유된 세상살이 역시 짧았지만 오래 마음에 간직할 만한 아름다운 삶이었음을 짐작할 수 있습니다. 그리고 시인은 스스로를 원래 하늘에 속한 사람이며, 아름다웠다고 말할 수 있는 삶을 살았다고 생각한다는 것도 알 수 있습니다. 표현론적인 관점에서 시를 볼 때, 천상병이 아무런 아픔이나 번뇌도 없이 풍족하게 아름다운 삶을 살았다면, '아, 그래서 이런 시를 쓸 수 있었구나'라고 고개가 끄덕여질 것입니다.

하지만 천상병은 몹시 굴곡진 삶을 살았습니다. 그는 학생 때 시인으로 등단하였고, 평론가로서도 인정받았습니다. 영어와 일본어에 능통하였고, 서울대 상과대학을 다닌 엘리트였습니다. 일찍이 이형기, 박재삼 등과 함께 시단을 이끌 젊은 시인으로 촉망받는 문인이었고, 그의 시와 천진난만한 성격을 사랑하는 친구들도 많았습니다. 훌륭한 사람이 나락으로 떨어지는 일, 아무 이유 없이 불행한 처지에 떨어지는 그리스 비극에서 일어날 법한 일이 천상병에게 일어납니다.

그는 동백림 사건에 연루되어 모진 고문을 받고 억울한 옥살이를 했습니다. 선고유예로 풀려났지만 고문 후유증에 시달리다 음주와 영양실조로 거리에서 쓰러진 뒤 행려병자로 오인되어 서울 시립 정신병원에 입원하기도 했습니다. 병원에 있는 동안 친구들은 연락이 끊긴 시인이 그만 길에서 세상을 떠났다고 생각하고 유고시집遺稿詩集을 내주었습니다. 시집이 나오고 얼마 뒤 천상병이 병원에서 퇴원하여 돌아오면서 그는 살아서 유고시집을 낸 유일한 시인이 되었습니다.

천상병은 전기 고문을 당하여 아이를 가질 수 없는 몸이 되었고, 말도 표정도 어눌해졌습니다. 억울한 일을 당하는 것만큼 사람의 마음을 파괴하는 것은 없습니다. 그럼에도 그는, 이러한 모든 일을 겪고도 「귀천」이나 「나의 가난은」과 같은 아름다운 시를 썼습니다. 이런 배경을 알고 그의 시를 다시 읽어보면 시가 다르게 읽히면서 형언할 수 없는 감동을 느낄 수 있습니다. 헤밍웨이Ernest Hemingway가 "A man can be destroyed but not defeated"[10]라고 썼듯이, 천상병은 파멸 당할지언정 삶에서 아름다움과 행복을 찾으려는 시혼을 꺾지 않았습니다.

---

**천상병**千祥炳, 1930. 1. 29.~1993. 4. 28.

1930년 일본 혼슈의 중앙에 있는 효고현(兵庫県, 현 고베) 히메지(姫路市)에서 태어나 조선과 일본을 옮겨 다니며 유년을 보냈다. 네 살 때 조선으로 건너와 초등학교 2학년까지 부모님 고향인 창원에서 살다가 다시 일본으로 건너가 지바현(千葉県)에서 중학교 2학년 때까지 거주하던 중 해방을 맞아 귀국하였다. 1949년 마산중학교 5학

---

10 Ernest Hemingway, *The Old Man and the Sea*, Scribner, 2003, 103면.

년 때 담임교사인 김춘수 시인의 주선으로 「강물」 등을 《문예》에 발표하였다.

한국 전쟁 중 미군 통역관으로 6개월 동안 근무하기도 하였고, 전란 중 부산에 피난을 와 있던 서울대 상과대학(경영, 경제, 무역 등 상업 관련 학과가 소속된 단과 대학)에 입학하였다. 동인지 《처녀지》를 발간하며 시창작을 계속하였고, 《문예》에 「나는 거부하고 저항할 것이다」 라는 평론을 발표하며 평론 활동도 시작하였다. 1954년 대학을 그만두고 본격적인 시작 활동과 평론 활동, 번역 활동 등을 펼쳤으며 이형기, 박재삼, 최계락과 더불어 4인의 젊은 기수로 시단의 기린아로 촉망받게 되었다. 천상병은 심성이 무구(無垢)하여 친구들의 사랑을 받았다. 그는 친구들의 집에 들러 백 원씩 천 원씩 얻어 생활하였지만, 이는 상대의 형편에 맞게 당당하게 요구했던 '세금 걷기'였고, 친구들도 천진난만한 그에게 웃으며 돈을 내어주었다고 한다. 그날그날 국밥 한 그릇과 막걸리 한 잔으로 배를 따뜻하게 하고 두둑한 담배 한 갑이면 행복하다는 시를 쓰기도 하였다.

그런데 이러한 생활이 빌미가 되어 1967년 일어난 동백림 사건에 천상병이 연루되어 체포되었다. 동백림 사건은 당시 동독과 서독으로 분단되어 있던 독일의 '동베를린(동백림)을 거점으로 한 북괴대남공작단 사건'의 줄임말이다. 프랑스 체류 중이던 화가 이응노와 독일에 체류 중이던 작곡가 윤이상, 그리고 독일 유학생들이 동베를린을 방문하고 돌아왔는데, 이들이 동베를린에서 북한 인사를 접촉하고 대남공작을 지시받은 간첩단이라고 중앙정보부에서 발표한 사건이었다.

천상병은 서울대 상과대학 동문인 강빈구가 간첩이라는 것을 알고 이를 이용하여 수차례 돈을 갈취하면서 수사기관에 신고하지 않았다는 혐의로 체포되었다. 중앙정보부에서 3개월간 전기 고문 등 모진 고문과 취조를 받았고, 3개월간 교도소에서 억울한 옥살이를 한 뒤, 선고유예로 풀려났으나 심신이 망가질 대로 망가진 상태였다. 이 사건에 대해 2006년 국가정보원 과거사 진상규명위원회는 박정희 정부가 67년 6·8 총선의 부정선거 의혹이 확산되자 이를 반전시키기 위해 혐의가 미미한 사람까지 혐의를 확대하는 등 사건을 확장하고 과장했다고 밝힌 바 있다.

천상병 시인은 1970년 음주와 영양실조로 거리에서 쓰러진 뒤 발견되어 서울 시립 정신병원에 입원하게 되었다. 초라한 행색과 고문 후유증으로 어눌해진 표정과 말을 보고 행려병자로 오해받았던 것이다.

친구들은 그가 찾아오지 않자 그가 세상을 떠났다고 여기게 되었다. 그의 시를 사랑했던 시인들은 시집 한 권 내지 못하고 세상을 떠난 천상병을 위해 유고시집을 내주기로 하였다. 원고지에 쓴 원본을 출판사에 우편으로 보내던 시절이니 작품 원고를 모아둔 것이 있을 리 없었다. 출판사에 일일이 연락하여 흩어져 있던 작품 60여 편을 모아 1971년 12월에 조광출판사에서 『새』를 출판할 수 있었다. 얼마 지나지 않아 천상병이 다시 모습을 나타내면서 그는 생전에 유고시집을 낸 유일한 시인이 되었다.

천상병은 1972년 친구의 누이동생인 목순옥 여사와 결혼하였다. 목 여사는 시인을 고등학교 때 처음 보았다고 한다. 이후로도 오빠의 친구로 알고 지냈는데, 천상병이 시립병원에 입원해 있다는 소식을 듣고 사흘이 멀다고 찾아가 간호를 했고 그때 모성애 같은 것이 싹텄다고 한다. 부부는 목 여사의 모친 집에 들어가 살면서 인사동 외진 골목에 자신의 시 「귀천」에서 이름을 따서 자그마한 카페를 열었다. '귀천'은 매우 좁아서 손님들이 자연스럽게 합석해야만 하는 구조였다. 목순옥 여사가 직접 담근 모과차 등을 팔았는데, 천상병은 종종 카페에 나와 앉아 있기도 했다. 시인은 1980년대 이후 4권의 시집을 출판하였으며, 1988년 간경화증으로 시한부 선고를 받았으나 기적적으로 회생하였다가 1993년 4월 28일 세상을 떠났다.
천상병이 세상과 이별했다는 소식에 그의 시를 사랑하는 사람들의 추모행렬이 이어졌다. 평생 큰돈을 만져보지 못했던 그였지만 부의금이 850만 원이나 들어왔는데, 장례를 마칠 때까지 이를 보관할 장소가 마땅치 않았다. 목 여사의 모친은 부의금을 서류봉투에 넣어 아궁이 속에 숨겨두었는데, 이를 몰랐던 목 여사가 아궁이에 불을 지펴 그만 불에 타고 말았다. 다행히 한국은행에서 형체가 남아 있는 450만 원을 새 돈으로 바꾸어주었다. 사람들은 천상병의 시 "저승가는 데도 여비가 든다면 나는 영영 가지도 못하나?(「저승 가는 데도 여비가 든다면」)"를 떠올리며 나머지는 시인이 저승 가는 여비를 가져간 것이리라 이야기하였다.

외롭게 살다 외롭게 죽을,
내 영혼의 빈터에
새날이 와 새가 울고 꽃잎 필 때는,
내가 죽는 날
그 다음 날.

산다는 것과
아름다운 것과
사랑한다는 것과의 노래가
한창인 때에
나는 도랑과 나뭇가지에 앉은
한 마리 새.

정감에 그득 찬 계절,
슬픔과 기쁨의 주일,
알고 모르고 잊고 하는 사이에
새여 너는 낡은 목청을 뽑아라.

살아서
좋은 일도 있었다고
나쁜 일도 있었다고
그렇게 우는 한 마리 새.

– 천상병, 「새」

---

## 성실성

표현론에서는 문학을 시인의 자기표현으로 보며, 얼마나 성실하게 시인의 생각과 감정, 마음의 상태를 표현하였는가가 중요합니다. 이때 성실성이란 꾸밈없이 있는 그대로를 고스란히 보여주는 것입니다. 반영론에서는 대상을 성실하게 반영하는 것을 기준으로 삼지만 표현론에서는 대상보다 대상에 대하여 시인이 어떻게 인식하였는지, 그리고 그것이 성실하게 담겨 있는지가 중요합니다.

어느 사이에 나는 아내도 없고, 또,
아내와 같이 살던 집도 없어지고,
그리고 살뜰한 부모며 동생들과도 멀리 떨어져서,
그 어느 바람 세인 쓸쓸한 거리 끝에 헤매이었다.
바로 날도 저물어서,
바람은 더욱 세게 불고, 추위는 점점 더해 오는데,
나는 어느 목수네 집 헌 샷을 깐,
한 방에 들어서 쥔을 붙이었다.

이리하여 나는 이 습내 나는 춥고, 누굿한 방에서,
낮이나 밤이나 나는 나 혼자도 너무 많은 것 같이 생각하며,
딜옹배기에 북덕불이라도 담겨 오면,
이것을 안고 손을 쬐며 재 우에 뜻없이 글자를 쓰기도 하며,
또 문밖에 나가디두 않고 자리에 누워서,
머리에 손깍지벼개를 하고 굴기도 하면서,
나는 내 슬픔이며 어리석음이며를 소처럼 연하여 쌔김질하는 것이었다.
내 가슴이 꽉 메어 올 적이며,
내 눈에 뜨거운 것이 핑 괴일 적이며,
또 내 스스로 화끈 낯이 붉도록 부끄러울 적이며,
나는 내 슬픔과 내 어리석음에 눌리어 죽을 수밖에 없는 것을 느끼는 것이었다.
그러나 잠시 뒤에 나는 고개를 들어,
허연 문창을 바라보든가 또 눈을 떠서 높은 턴정을 쳐다보는 것인데,
이 때 나는 내 뜻이며 힘으로, 나를 이끌어 가는 것이 힘든 일인 것을 생각하고,
이것들보다 더 크고, 높은 것이 있어서, 나를 마음대로 굴려 가는 것을 생각하는 것인데,
이렇게 하여 여러 날이 지나는 동안에,
내 어지러운 마음에는 슬픔이며, 한탄이며, 가라앉을 것은 차츰 앙금이 되어 가라앉고,
외로운 생각만이 드는 때쯤 해서는,
더러 나줏손에 쌀랑쌀랑 싸락눈이 와서 문창을 치기도 하는 때도 있는데,
저녁 무렵
나는 이런 저녁에는 화로를 더욱 다가 끼며, 무릎을 꿇어 보며,
어니 먼 산 뒷옆에 바우섶에 따로 외로이 서서
어두어 오는데 하이야니 눈을 맞을, 그 마른 잎새에는

쌀랑쌀랑 소리도 나며 눈을 맞을,
그 드물다는 굳고 정한 갈매나무라는 나무를 생각하는 것이었다.

— 백석, 「남신의주유동박시봉방南新義州柳洞朴時逢方」

시는 자신의 마음을 들여다보고 우러나오는 대로 말하는 것입니다. 깊은 마음에서 우러나오는 대로 말하고 마음의 행보를 따라 행하는 일이야말로 시의 삶을 실천하는 길입니다.[11] 시인은 남신의주에 있는 동네인 유동에 사는 박시봉이라는 사람의 집에 홀로 방을 얻어 세를 들어 있습니다. 외부와 단절된 이 방에서 그는 자신의 마음속으로 깊이 들어갑니다. 슬픔, 외로움, 사랑, 자기연민, 수치심, 죽음 충동, 한탄 등등 마치 마음을 해부하듯이 살펴 그 과정을 숨김없이 보여주고 있습니다.

그리고 시인은 서둘러 어떤 결심을 하거나 결정을 하지 않고 여러 날이 지나도록 자신의 마음이 방황하도록 두고, 그 마음이 변화하는 과정도 보여줍니다. 마침내 외로이 눈을 맞고 있는 굳고 정한 갈매나무의 이미지를 일으켜 마음에 세웠을 때, 여기에 어떤 가식적인 포즈pose는 찾아볼 수 없습니다.

시인의 인식 과정이 곧 대상의 존재 여부가 되며, 시인의 인식의 변화가 곧 대대상의 의미가 됩니다. 표현론에서 객관적으로 혹은 절대적으로 존재하는 갈매나무는 무의미합니다. 시인에 의하여 인식되지 않는다면 갈매나무가 어떤 지역에 있다고 한들 그것은 시인에게 존재하지 않는 것입니다. 백석은 갈매나무를 언젠가 본 적이 있을 것입니

11 권영민, 『문학, 시대를 말하다』, 태학사, 2012, 14면.

다. 혹은 어떤 추위와 가뭄, 벼락과 폭풍에도 굴하지 않고 굳게 또 깨끗하고 바르게 자신을 지켜온 이상적인 갈매나무의 이야기를 들었을지도 모릅니다. 하지만 그것은 시인의 인식 속에 진짜 존재하는 것이 아닙니다. 시인이 자신의 마음속에서 마침내 그 나무를 발견하였을 때 그것은 시인에게 의미 있는 존재가 되는 것입니다.

별은 우리가 바라보지 않는다면 빛나지 않습니다. 밤하늘에 무수히 많은 별이 항상 있다고 생각하지만, 그것은 내가 인식하고 바라보지 않는다면 존재하지 않는 것이나 다름없습니다. 중력은 항상 있어 왔지만 뉴턴이 인식하기 전까지 인류에게 중력이 존재하지 않았던 것과 같습니다.

---

**백석白石, 1912. 7. 1.~1996. 1.**

본명은 백기행(白夔行), 조심스러울 기, 갈 행, 특이한 이름이다. 평안북도 정주에서 아버지 백시박과 어머니 이봉우 사이의 장남으로 태어났다. 백석은 김소월이 다녔던 오산학교를 다녔는데, 문학과 영어를 잘했다. 오산학교 스승인 조만식은 백석을 외모가 단정하고 깔끔하였으며, 성격이 차분했으며 친구가 많지 않았다고 회고했다. 백석은 손을 강박적으로 씻는 등 결벽증이 있었다.

오산학교 졸업 후 가정 형편이 어려워 진학하지 못했는데, 1929년 조선일보 장학생에 선발되어 아오야마학원(靑山學院大學, 미국선교사가 세운 도쿄 시부야에 있는 기독교 사립대학)으로 유학을 가서 영어사범과에 들어갔다. 1934년 졸업 후 귀국하여 조선일보 계열 《여성》지 편집 일을 하면서 틈틈이 영문학과 러시아문학 작품을 번역하였다. 1930년 《조선일보》 신춘문예를 통해 이미 등단하였지만 1935년부터 본격적으로 시를 발표하였는데, 백석은 다른 문인들과 어울리지 않았으며 어떤 동인이나 유파 속하지 않고 홀로 시 창작을 하였다. 1936년 시집 『사슴』 출판으로 문단의 호평을 받았다. 1937년 돌연 조선일보사를 그만두고 함경도로 떠나 영생여자고등보통학교에서 교편을 잡았다가 1938년 경성에 돌아와 조선일보에 재입사하였지만 일 년이 못되어 만주 신경(新京)으로 떠난다. 만주를 떠돌면서도 시를 창작하고 발표하였다. 해방 후에 귀국하여 고향에서 지내다가 남북 분단을 맞았고, 북한에서 결혼하여 가정을 이루고 번역과 시창작도 꾸준히 하다가 1995년에 사망한 것으로 전해진다.
백석은 떠돌이 생활을 하며 각 지역의 풍물을 담아 기행시를 남겼는데 그의 방랑이 여인들과의 사랑과 실연 때문이라는 이야기가 있다. 백석은 조선일보사에서 근무하던 시절에 친구 허준의 결혼식에서 친구 신현중의 소개로 인사하게 된 통영 출신의 이화여고 학생 박경련에게 반하고 만다. 내성적인 성격이었던 백석은 말을 붙이기는커녕 이름조차 부를 수가 없어서 '란(蘭)'이라고 칭했는데, '란(蘭)'을 만나러 통영에 세 번이나 찾아갔지만 「통영」, 「남행시초」 같은 시만 쓰고 돌아왔다. 영생여자고보에서 교편을 잡은 뒤 겨울 방학이 되자 함경도에서 통영까지 란을 찾아가 청혼을 하였는데, 박경련 집안의 반대로 이루어지지 못하였고, 박경련은 이때 동행하였던 백석의 친구 신현중과 결혼하였다. 백석은 충격을 받고 방황하다가 학교 회식자리에서 만난 기생 김영한과 사랑에 빠져 그에게 '자야(子夜)'라는 이름을 지어주고 함께 살았다. 이번에는 백석 집안의 반대로 헤어질 것을 강요받던 중 만주로 함께 떠나자고 했지만 자야가 듣지 않자 혼자 만주로 떠났다.

가난한 내가
아름다운 나타샤를 사랑해서
오늘밤은 푹푹 눈이나린다

나타샤를 사랑은하고
눈은 푹푹 날리고
나는 혼자 쓸쓸히 앉어 소주를 마신다
소주를 마시며 생각한다
나타샤와 나는
눈이 푹푹 쌓이는밤 흰당나귀 타고
산골로가쟈 출출이 우는 깊은산골로가 마가리에살쟈

눈은 푹푹 나리고
나는 나타샤를 생각하고
나타샤가 아니올리 없다
언제벌서 내속에 고조곤히와 이야기한다
산골로 가는 것은 세상한데 지는것이아니다
세상같은건 더러워 버리는것이다

눈은 푹푹 나리고
아름다운 나타샤는 나를 사랑하고

어데서 흰당나귀도 오늘밤이 좋아서 응앙 응앙 울을 것이다.

— 백석, 「나와 나타샤와 흰당나귀」

나타샤가 실제 누구인지는 중요하지 않다. 아마 백석이 사랑했던 여러 여인들일 것이고, 그가 사랑했던 모든 것일 듯하다.
참고로 자야는 평생 백석을 그리워하여 그의 생일인 7월 1일에는 식사를 하지 않았으며, 에세이집 『내 사랑 백석』을 출간하기도 하였다. 창작과비평사에 기금을 내어 1997년부터 운영 중인 백석문학상을 제정하였다. 그는 성북동에 대원각이라는 고급 요릿집을 운영하였는데, 법정 스님에게 그 부지와 재산을 모두 기증하여 절을 짓고 싶다고 거듭 요청한 끝에 길상사가 지어졌다. 당시 기증한 부지의 가격이 신문에 오르내렸다. 한 기자가 기부한 재산이 아깝지 않느냐고 물었더니 자야는 "백석의 시 한 줄만 못하다"고 답하였다.

---

바람이 어디로부터 불어와
어디로 불려가는 것일까,

바람이 부는데
내 괴로움에는 理由가 없다.

내 괴로움에는 理由가 없을까,

단 한女子를 사랑한 일도 없다.
時代를 슬퍼한 일도 없다.

바람이 작고 부는데
내발이 반석우에 섰다.

강물이 작고 흐르는데
내발이 언덕우에 섰다.

— 윤동주, 「바람이 불어」

시인은 자신의 마음을 들여다보고 괴로움을 말합니다. 화자는 짐짓 모르는 체하지만, 그가 괴로운 이유는 바람 때문입니다. 바람이 자꾸 불고, 강물이 자꾸 흐르는데, 자신이 반석넓고 평평한 돌 위에, 언덕 위에 멈춰 서 있는 것이 괴롭습니다. 흔히 반석과 언덕은 안전함을 의미하기에 긍정적으로 해석하기 쉽지만, 이 시에서는 바람과 강물이 상징하는 흐름과 움직임으로부터 동떨어진 장소를 의미하기 때문에 부정적인 의미로 보아야 합니다.

반석은 바람에 불려 날아가지 못하도록 화자를 보호하면서도 구속하며, 언덕은 평지보다 높아서 강물이 범접하기 어려운 곳이므로, 강물로부터 화자를 보호하면서도 차단합니다.

여자를 사랑하거나 시대를 슬퍼하는 것은 바람과 강물의 흐름에 몸을 내맡기는 일이기 때문에 반석이나 언덕 위에서는 경험할 수 없습니다. "내발이 반석/언덕우에 섯다"로 보아, 반석이나 언덕은 외부에서 강제된 것이 아니라 화자가 지금까지 견지해온 성향과 태도입니다. 따라서 괴로움의 정체는 스스로의 방관적 자세에 대한 염증입니다. 그는 자신의 삶의 태도에 대하여 '이렇게 살아도 괜찮은가'라는 질문을 진실하게 던진 시인입니다.

니체F. W. Nietzsche는 『선악의 저편*Jenseits von Gut und Böse*』에서 깊은 고통은 사람을 고귀하게 만든다고 하였습니다. 부나 명예가 아니라 얼마나 깊이 고통받고 고뇌할 수 있는가 하는 기준으로 인간의 위치가 결정된다는 것이지요.[12] 개인이 경험하고 실감하는 고통의 크기나 무게를

12 프리드리히 니체(Friedrich Wilhelm Nietzsche), 김정현 역, 『선악의 저편·도덕의 계보』, 책세상, 2014, 295면.

비교할 수는 없을 것입니다. 고귀한 어떤 시인들은 크나큰 고통을 겪고, 고귀한 또 다른 시인들은 세상의 일들을 잘 살펴 알고 예민하게 느끼며 깊이 고통받습니다.

## 시인의 자질

낭만주의 시인 J. 키츠John Keats는 시인은 부정적 수용 능력Negative Capability이 필요하다고 하였습니다. 부정적 수용 능력이란 "사실과 이성에 도달하고자 성급하게 굴지 않고 불확실한 것들, 알 수 없는 것들, 또는 의심스러운 것들 속에 처해 있을 수 있는 상태"를 의미합니다.[13] 이 말은 두 가지 측면으로 나누어 뜻을 생각해볼 수 있습니다. 하나는 성급하게 단정하지 말라는 의미입니다. 대상을 무엇이라고 정의하는 순간 다른 가능성들을 모두 닫아버리고 대상을 단순화하게 됩니다. 이런 오류를 피하여 대상의 실체에 다가가려면 어떤 판단이나 정의도 궁극적인 것으로 받아들이지 않고 부정하면서 끝없이 대상을 탐구하며 정의하는 과정을 지속해야 합니다.

송홧가루 날리는
외딴 봉오리

윤사월 해 길다
꾀꼬리 울면

13 John Keats, *Selected Letters*, John Barnard ed., Penguin Classics, 2014, 79면.

산지기 외딴집
눈먼 처녀사

문설주에 귀 대이고
엿듣고 있다

—박목월, 「윤사월」

알면 알지 못하는 상태를 상상하기 어렵습니다. 성급하게 안다고 단정해버리면 진짜 알 수 있는 길이 없습니다. 학문을 하는 태도, 우주의 본질에 다가가는 태도, 윤리적이고 성숙한 인간의 태도, 한 사람을 사랑하는 대도 역시 이러한 부정적 능력에서 비롯됩니다.

다른 하나는 불명확한 의식 속에서 상상력을 개방하고 감수성을 높일 때 시적인 암시를 받을 수 있다는 의미입니다. 시인은 모호함 속에서 상상하고 암시를 찾아내는 능력이 필요합니다. 시를 쓸 때 흔히 '사물을 말을 듣는다'고 합니다. 주관의 그물을 던져서 손쉽게 사물의 특징을 포획하고 그것으로 시를 써서는 부족합니다. 이런 시는 대상에 대한 접근이 일방적이고 폭력적이어서 거부감을 줍니다. 그리고 시인이 이미 가지고 있는 생각의 차원을 벗어나지 못해 시 정신이 빈곤하고 조악해지기 쉽습니다. 시인이 의도한 바를 충실히 시에 담는 것도 쉬운 일이 아니지만 탁월한 시는 시인과 독자로 하여금 시인이 애초에 지녔던 의도를 뛰어 넘을 수 있도록 합니다. 탁월한 시는 사물의 말을 듣는 과정에서 얻어집니다. 사물에 대하여 기존에 알고 있는 관념들을 부정하며 알지 못하는 상태를 견디면 사물은 시인이 전에 생각하지 못했던 암시를 던져줍니다.

시와 사랑은 여러 가지 공통점이 있습니다. 시가 세계와 자아 사이에서 동일성을 발견하는 데에서 성립하는 것처럼, 사랑은 서로 다른 두 사람 사이의 공통점을 찾아내는 눈에 의해서 성립합니다. 호감이 없는 두 사람에게 억지로 함께 시간을 보내도록 하면서 사랑을 기대할 수 없듯이, 시도 억지로 읽고 쓰게 할 수는 없습니다. 키츠가 말한 부정적 능력은 시인에게 필요한 것이지만, 사랑에서도 필수적인 것입니다.

누군가를 잘 모르지만 계속 생각한다면 사랑에 빠진 것입니다. 불명확한 상태에서 상대방이 어떤 사람일지 상상하고, 그 사람이 한 말과 행동의 의미에 대하여 이런저런 추론을 하고 다시 부정하는 것은 사랑에 빠진 사람의 특징입니다. 상대방의 실체, 사랑의 실체에 다가가기를 바란다면 키츠가 말한 부정적 능력을 발휘하여 최대한 아껴 사랑하기 바랍니다. 가능한 한 빨리 상대방을 알아버리고 싶다며 마음껏 소비하고 성급하게 정의해버린다면 그 이전으로 돌아갈 수 없습니다. 불명확한 상태에 오래 머물며 상대에 대하여 상상할 여지를 남겨둘 것을 권합니다.

> 바람도 없는 공중에 수직의 파문을 내이며 고요히 떨어지는 오동잎은 누구의 발자취입니까.
> 지리한 장마 끝에 서풍에 몰려가는 무서운 검은 구름의 터진 틈으로 언뜻언뜻 보이는 푸른 하늘은 누구의 얼굴입니까.
> 꽃도 없는 깊은 나무에 푸른 이끼를 거쳐서 옛 탑 위의 고요한 하늘을 스치는 알 수 없는 향기는 누구의 입김입니까.

> 근원은 알지도 못할 곳에서 나서 돌부리를 울리고 가늘게 흐르는 작은 시내는 굽이굽이 누구의 노래입니까.
> 연꽃 같은 발꿈치로 가이없는 바다를 밟고, 옥 같은 손으로 끝없는 하늘을 만지면서 떨어지는 날을 곱게 단장하는 저녁놀은 누구의 시입니까.
> 타고 남은 재가 다시 기름이 됩니다. 그칠 줄을 모르고 타는 나의 가슴은 누구의 밤을 지키는 약한 등불입니까.
>
> ―한용운, 「알 수 없어요」

대상의 실체는 끝내 그 모습을 드러내지 않을 수도 있습니다. 「알 수 없어요」는 총 6행으로 구성된 시입니다. 각 행은 모두 시인이 던진 질문으로 끝나는데, 시의 제목이 '알 수 없어요'이므로 시 속에서 제기된 질문들은 모두 답을 알 수 없습니다.

1~5행은 시인이 발견한 세상의 아름다움이 누구의 흔적인지 궁금해하며 질문을 던지고 있습니다. 그리고 마지막 행에서는 이러한 발견과 질문이 끝없이 계속될 것임을 말하고 있습니다.

불명확 속에서 견딘다는 말은 여러 가지 가능성을 포기하지 않는다는 의미이기도 합니다. 사실 선택하는 것은 쉽습니다. 빨리 선택하면 마음이 편해집니다. 그리고 어떤 기준으로 선택하느냐가 곧 그 사람이 누구인지를 말해줄 것입니다. 선과 악을 가려서 선한 것을 선택할 수 있습니다. 옳고 그름을 가려 옳은 것을 선택할 수도 있으며, 합법적인가 불법적인가를 가려 합법적인 것을 선택할 수도 있습니다. 신자본주의 사회에 접어들면서 이익이 되는지 손해가 되는지를 가려서 이익이 되는 것을 선택하는 것이 대중적인 기준이 되었습니다. 하지만 손익을 떠나서 좋아하는 것을 선택하기도 하고, 그저 재미있는 것을 선택하기도 합니다. 한 번의 선택은 우연일 수 있지만, 같은 기준으로 선택을 반복하게 된다면, 습관적인 선택을 하는 그 기준이 그 사람이 지닌 윤리입니다. ethics의 어원이 관습이나 사회적 습관을 의미하는 ethos와 같은 것은 이러한 이유입니다.

시인은 어느 것도 포기 하지 않고 갈등을 견디는 사람입니다. 갈등의 공존은 폭발적 에너지를 가져올 수 있습니다. 사람은 태어나면 누구나 무지ignorant하고 순수innocent합니다. 이 둘은 동전의 앞뒷면처럼 붙어 있는 것입니다. 모르니까 순수한 것이지요. 하지만 언제까지나 무지할 수는 없습니다. 배우고 익혀서 학식 있는 사람the learned이 되어야 합니다. 무지가 떨어져나가면 순수함도 위협받습니다. 하지만 알면서도 순수하기 위하여 이 둘을 각기 다른 손에 붙들고서 찢겨지는 사람들이 있습니다. 낭만주의자들입니다.

이것은 소리 없는 아우성
저 푸른 해원海原을 향하야 흔드는
영원한 노스탈쟈의 손수건
순정은 물결같이 바람에 나부끼고
오로지 맑고 곧은 이념의 표ㅅ대 끝에
애수哀愁는 백로처럼 날개를 펴다.
아아 누구던가
이렇게 슬프고도 애닯은 마음을
맨 처음 공중에 달 줄 안 그는.

－유치환, 「깃발」

깃발은 시인의 초상입니다. 그는 깃대에 묶여 있지만 온몸으로 그리움을 말하고 있습니다. 시인은 포기하지 않고 견딥니다.

---

**유치환**柳致環, 1908. 7. 14.~1967. 2. 13.

청마(靑馬)는 그의 아호이다. 유치환은 1908년 통영에서 한의원이었던 아버지 유준수와 어머니 박우수의 5남 3녀의 둘째로 태어났다. 형은 극작가인 동랑 유치진이다. 유치환은 어려서 한문 공부를 하다가 11세에 통영초등학교에 입학하였으며 졸업 후 15세의 나이로 도쿄의 도요야마(豊山)중학교로 유학을 갔다. 이후 가계가 기울자 귀국하여 동래고등보통학교로 편입한 후 연희전문학교 문과에 진학하였다. 대학시절 별다른 목표를 찾지 못하자 중퇴하고 일본으로 다시 건너가서 사진 기술을 배운 뒤 귀국하여 아버지의 약국 2층에 사진관을 차리기도 하였다.

그리고 1929년 21세 때 기독교 계열 유치원의 교사였던 권재순과 결혼하였다. 권재순과는 초등학교를 같이 다니며 좋아했는데 졸업 후 각자 타지역으로 유학을 가게 되자 오래 연서를 주고받으며 자유연애를 하였고, 신식 결혼을 하였다. 이 결혼의 화동 중의 하나가 훗날 시인이 된 김춘수였다. 참고로 작곡가 윤이상 역시 통영에서 태어났으며, 통영초등학교 교가는 졸업생인 유치환이 작사하고 작곡가 윤이상이 곡을 붙였다. 유치환은 일본 아나키스트 시인들의 시와 정지용의 시를 읽고 깊은 감명을 받아 본격적으로 시를 쓰기 시작하였다. 1930년에는 《소제부(掃除夫)》라는 동인지를 발행했다. 장녀와 차녀가 이어 태어났지만 고향에서의 생활은 술친구를 만나며 지내는 답보 상태였고, 이를 걱정한 아내의 설득으로 새로운 생활을 찾기 위해 평양으로 이주하게 되었다. 그러나 두 달 만에 부산으로 내려와 협성상업학교 교사가 되어 동인지 《생리(生理)》(1937)를 발행했다. 꾸준한 시 창작 끝에 유치환은 부산 영도 출신 시인인 김소운의 소개로 화가 구본웅의 부친이 운영하는 청색지사에서 첫 시집 『청마시초(靑馬詩抄)』(1939)를 상재했다. 이 시집의 「서(序)」는 "이 시는 나의 출혈(出血)이오, 발한(發汗)이옵니다"로 시작하며 생명파의 출현을 선언하고 있다. 이 시집에 대표작 「깃발」이 수록되었다.

중일전쟁에 이어 태평양 전쟁을 앞두고 조선의 상황이 극도로 나빠지고 있었던 1940년에 그는 가족을 모두 데리고 북만주로 빈강성으로 떠났다. 형의 처가에서 마련해둔 농장을 관리한다는 명목이었지만 속으로는 인생을 재건해보겠다는 슬픈 결의가 가득했다고 회고한 바 있다. 이 시기 북만주 체험을 바탕으로 쓴 시들을 묶어 『생명의 서』(1947)를 출판하였다.

1945년 6월 귀향하여 해방을 맞았다. 아내는 통영문화유치원 원장이 되어 가계를 꾸렸고, 유치환은 통영여자중학교 교사로 취직하는 한편 통영문화협회 총무를 맡아 윤이상 등과 교유하였다. 해방 후 문단에서도 좌우익의 이념 대립이 시작되었는데, 좌익의 조선문학가동맹 출현에 대응하여 1946년 조선청년문학가협회가 발족되었다. 초대 회장으로 김동리가 선출되었으며 유치환이 부회장으로 선출되었다. 유치환은 1947년 회장으로 선출되었지만 계속 통영에 거주하였다. 술을 좋아하고 사람을 좋아하여 그를 찾아오는 시인도 많았고, 김동리, 김달진, 서정주, 조지훈 김춘수, 허만하 등 교유한 시인이 많았다.

시조 시인 이영도(아호 정향)와 20년에 걸린 인연도 유명하다. 이영도는 경북에서 태어나 21세에 박기주와 결혼하여 대구에서 풍요롭고 다정한 신혼생활을 하였지만 남편이 폐결핵에 걸리자 1944년 요양을 위해 언니가 약국을 운영하고 있던 통영으로 거처를 옮겼다. 남편은 채 일 년이 되지 않아 세상을 떠났고, 이영도는 통영여자중학교 가사 교원으로 부임하였다. 유치환과 이영도는 직장 동료이면서 시인으로 서로를 알게 되었다. 1947년부터 유치환은 이영도에게 연서를 보낸 것으로 알려졌는데 1967년 교통사고로 사망하기까지 20년에 걸쳐 5천 통의 편지를 보냈다고 한다. 가정이 있는 유치환의 연서를 받고 이영도는 마음을 굳게 닫았으나 3년이 지나면서 답장을 주었다. 이들의 이야기는 일부 아는 사람도 있었지만 유치환 사후, 이영도 여사가 200여 통의 편지를 묶은 서간집 『사랑하였으므로 행복하였네라』를 출판하면서 알려지게 되었다. 출판 당시 파장이 있었지만 그 내용이 한 여성에 대한 개인적인 사랑고백이라기보다 사색적이라는 점에서 소실점과도 같은 그리움의 대상, 혹은 오랜 우정으로 보는 이들도 많다.[14]

> 사랑하는 것은
> 사랑을 받느니보다 행복하나니라
> 오늘도 나는
> 에메랄드빛 하늘이 환히 내다뵈는
> 우체국 창문 앞에 와서 너에게 편지를 쓴다.
>
> 행길을 향한 문으로 숱한 사람들이
> 제각기 한 가지씩 생각에 족한 얼굴로 와선
> 총총히 우표를 사고 전보지를 받고
> 먼 고향으로 또는 그리운 사람께로
> 슬프고 즐겁고 다정한 사연들을 보내나니

---

14 문덕수, 『청마유치환평전』, 시문학사, 2004 참조.

세상의 고달픈 바람결에 시달리고 나부끼어
더욱 더 의지 삼고 피어 헝클어진
인정의 꽃밭에서 너와 나의 애틋한 연분도
한 방울 연련한 진홍빛 양귀비꽃인지도 모른다.

사랑하는 것은
사랑을 받느니보다 행복하나니라
오늘도 나는 네게 편지를 쓰나니
그리운 이여, 그러면 안녕
설령 이것이 이 세상 마지막 인사가 될 지라도
사랑하였으므로 나는 진정 행복하였네라.

–유치환, 「행복」

---

## 창조력의 창조

시인은 자신의 마음을 들여다보고 우러나오는 대로 저절로 흘러넘친 것을 씁니다. 자신의 마음을 글로 쓰면 끓어 넘치던 마음도 해소되고 무언가를 만들어냈다는 성취감도 느끼게 되어 만족감을 느끼게 됩니다. 시를 쓰게 되면 그 과정에서 시가 시인을 뛰어넘는 순간이 옵니다. 시 쓰기는 그 시를 쓰는 시인조차 하지 못했던 생각을 할 수 있도록 해주고, 시인이 의도하지 않은 표현을 할 수 있게 해주며, 미처 인식하지 못했던 세계로 인식의 차원을 끌어올려 줍니다. 이게 무슨 말이냐고요?

오래전 내가 어릴 적에, 저녁이 평안함으로 대지를 덮듯이 그대는 사랑으로 나를 감싸 주었습니다.
저녁이 그 마력을 가르쳐 준 것이었을까요?
당신이 나의 마음속을 들여다보면 별들이 모두 나타나기에.
그대는 내 자신의 숨겨진 보물을 내게 보여 주었고 한 마디도 노래 부르지 않고 오늘 내가 알고 있는 모든 노래를 나에게 가르쳐 주었습니다.

–R. 타고르R. Tagore, 『저녁의 노래*Sandhya Sangeet*』에 수록된 헌시

이 시는 '그대의 사랑'을 '저녁'에 비유하였습니다. 이것이 시의 시작입니다. 이렇게 시가 시작되면 시인은 저녁이 대지를 덮으며 어두워지는 모습과 어두워진 후에 별이 반짝이는 모습, 그리고 어두워지기 전에는 별이 그 자리에 있었는지 알지 못했음을 떠올리게 됩니다. 이러한 저녁에 대한 연상이 각각 '그대의 사랑'과 결합하여 사랑이 시인에게 가르쳐준 것이 무엇인지 생각하도록 해주는 것입니다.

시는 창조력을 창조하는 행위입니다. 시인이 시를 시작하면 시는 창조력을 가지고 시인에게 많은 것을 창조하여 보여줍니다. 호세 오르테가 이 가세트Jose Ortega y Gasset는 이를 두고, 마치 신이 인간을 창조하다가 그 속에 넣어두고 잊어버린 창조의 도구인 것 같다고 하였습니다.[15] 시적 영감이나 접신술에 대한 많은 이야기들은 시 창작이 지닌 창조력, 시인을 넘어서는 시에 대한 경험에서 온 것입니다.

열심히 궁리하여 시인이 생각해낸 것을 표현하고자 한 대로 표현해 냈다면 그것도 좋은 일입니다. 하지만 시인이 생각한 것보다 더 위대

---

15 José Ortega Y Gasset, Helene Weyl tr., *The Dehumanization of Art*, Princeton University Press, 1972, 33면.

한 생각을, 표현하고자 한 것보다 더 풍부하고 참신하게 쓰게 된다면 큰 기쁨을 느낄 수 있습니다. 벽돌 깨기 게임을 생각해보세요. 공을 쳐서 벽돌을 맞춘 만큼 벽돌이 깨지고, 공을 놓치지 않고 잘 받아쳐서 계속 벽돌을 맞춘다면 좋겠지만, 어느 순간 공이 벽돌과 빈 공간 사이로 들어가서 저절로 여기저기 부딪치며 벽돌이 깨져나갈 때 느끼는 기쁨은 더욱 클 것입니다.

시인들은 시로 쓰지 않을 수 없는 무언가가 마음에 흘러넘쳐서 시를 씁니다. 자신을 진실하게 표현하면 마음에 끓어 넘치는 것이 해소되기 때문에 시를 씁니다. I. A. 리차즈는 이를 정서적 평형상태equilibrium라고 하였습니다. 또한 시인은 자신의 존재 증명을 위해 시를 씁니다. 무언가를 창조했다는 만족감 때문에 시를 씁니다. 일단 쓰기 시작하면 시가 더 많은 것을 들려주고 이끌어주기 때문에 시를 씁니다. 그것이 아름답고 위대한 경우 말할 수 없는 만족감을 느끼기에 시를 씁니다. 게다가 시는 독자가 읽을 때마다 시가 되살아나며 불멸성을 지니게 됩니다. 시를 쓰지 않을 이유가 없을 것 같습니다.

## 더 읽어볼 시 1

이 세상 모든 책이
그대를 행복하게 해주진 않아
그러나 몰래 알려주지
그대 자신 속으로 되돌아가는 길을

필요한 모든 것이 거기에 있지
해와 별과 달.
그대가 찾던 빛이
그대 자신 속에 있기 때문이지

오랫동안 도서관에서 구하던 지혜
펼치는 책장마다 빛나리
이제 그대의 것이니까

Alle Bücher dieser Welt
Bringen dir kein Glück,
Doch sie weisen dich geheim
In dich selbst zurück.

Dort ist alles, was du brauchst,
Sonne, Stern und Mond,
Denn das Licht, danach du frugst,
In dir selber wohnt.

Weisheit, die du lang gesucht

In den Bücherein,

Leuchtet jetzt aus jedem Blatt –

Denn nun ist sie dein.

—헤르만 헤세Herman Hesse, 「책Bücher」[16]

16 Hermann Hesse, Ludwig Max Fischer tr., "Book", *The Seasons of the Soul*, North Antlantic Books, 2011, 34면 참조.

5

# 존재 그 자체

"Rose is a rose is a rose is a rose."

–거트루드 스타인Gertrude Stein, 「신성한 에밀리Sacred Emily」 중에서

시는 세계를 반영하여 보여주는 거울도 아니요, 독자에게 빛을 쏘아 이끌어주는 램프도 아니요, 다만 그 자체로 존재하는 독립적인 세계라고 보는 관점이 있습니다. 작품 외적인 일체의 것들이 편견을 낳는 데에 영향을 미치므로, 작품 고유의 본질을 밝히기 위해서는 작품 자체를 분석하는 데에 집중해야 한다는 것입니다.

1940년대에 등장하여 지금까지 문학교육에 지대한 영향을 미치고 있는 신비평New Criticism이론가들의 이러한 관점은, 19세기와 20세기 초반의 역사·전기 비평에 대한 반동으로 생겨났습니다. 역사·전기 비

평은 저자의 삶과 저자가 살았던 시대를 통하여 작품 속 저자의 의도를 밝히고자 하였습니다. 시인의 편지, 일기, 에세이 등을 읽고, 시인의 가족, 친구, 적, 동료, 연인, 교육, 경험 등이 작품에 반영되었다고 보는 것이지요. 이를테면, 이육사가 살았던 시대와 이육사의 생애에 대하여 공부하고 나면, 「절정」의 의미를 이해했다고 보았던 것입니다. 문제는 막상 작품은 제대로 읽지 않은 채 문학작품을 시인과 시대의 부산물로 바라본다는 데에 있습니다. 이에 반해 신비평은 텍스트 그 자체만을 문학작품의 해석을 입증하는 원천으로 보았습니다.[1]

이를 위해서는 일단 시를 시인으로부터 독립시키는 작업이 필요합니다. 시인에게서 시가 독립되지 않으면, 당연히 그 시인이 시를 창작했던 시대 상황의 영향에서도 자유로울 수 없기 때문입니다. 이는 어떤 사람이 가족이나 환경의 영향을 받을 수 있지만, 그것이 그 사람의 모든 것을 결정하는 것이 아니므로 그를 독립된 존재로서 보아야 한다는 것과 같습니다.

시인에게서 시를 독립시키기 위하여 두 가지 작업이 필요합니다. 하나는 시인과 시 속에서 말하는 이가 당연히 일치할 것이라는 전제를 지우기 위해 시적 화자의 개념을 도입하는 것입니다. 시적 화자는 시인과 같을 수도 다를 수도 있습니다. 다른 하나는 시를 시인의 정서로부터 분리하는 것입니다. 시 쓰기를 시인이 자신이 쓰고자 하는 바에 대해 심리적 거리를 두고 제작하는 것으로 보는 관점입니다.

---

1 로이스 타이슨(Lois Tyson), 윤동구 역, 『비평이론의 모든 것』, 앨피, 2012, 295~297면 참조.

## 시적 화자, 시적 주체, 시인

시적 화자詩的 話者는 시 속에서 말하는 사람입니다. 시적 화자의 개념은 시 속에서 말하는 사람을 곧 시인이라고 생각하는 기존의 전통에서 벗어나기 위한 장치입니다. 이는 배우가 작품마다 다른 배역을 맡는 것과 같습니다. 물론 그 배역을 연기하는 데에 실제 배우의 경험과 성격이 개입하겠고, 전기 영화나 다큐 영화에서는 본인 역을 할 수도 있겠지만 일반적으로 배우와 작품 속 배역은 다릅니다. 이처럼, 시인도 다른 시에서 각기 다른 화자로 나타날 수 있습니다.

시를 창작하는 시인의 입장에서 볼 때, 시적 화자의 도입은 하고자 하는 말을 더 잘 표현할 수 있는 변호사나 대리인을 구하는 일과 같습니다. 시적 화자를 페르소나persona라고 부르기도 합니다. 페르소나는 고대 그리스 비극에서 배우들이 썼던 가면에서 유래한 말인데 심리학에서 외적 인격을 의미하는 개념으로 쓰이다가 문학의 개념으로 수용되었습니다.

---

스위스의 분석심리학자 칼 구스타프 융(Carl Gustav Jung, 1875~1961)은 인간의 마음구조가 의식(das Bewuβtsein, the consciousness)과 무의식(das Unbewuβte, the unconscious)으로 이루어져 있다고 보았다. 무의식이 바다와 같은 것이라면 의식은 자그마한 섬과도 같은 것으로, 의식은 인간 정신의 극히 일부만을 대표한다. 의식의 중심에는 자아(Ich, ego)가 존재하는데, 자아는 외부 세계, 내부 세계와 모두 관계를 갖는다. 인간에게는 사회나 현실 같은 외부 세계에 적응하기 위하여 역할이 주어지는데, 이는 집단이 공유하는 것으로 개인 특유의 것이 아니다. 융은 집단이 개인에게 준 역할, 의무, 행동양식 등을 페르소나(Persona)라고 명명했다. 페르소나는 외부 세계와의

관계에서 필요한 개인의 외적 인격이다.[2]

페르소나는 개성이라고 착각하기 쉬운 가면이다. 여러 가면 중에서 무엇을 받아들일지 선택하고 타협했는가 하는 점에서 개인의 특징이 나타나지 않는 것은 아니지만 결국 가면은 집단정신의 일부이다. '남들에게 보이는 나'인 페르소나를 진정한 자기(Selbst, Self)와 혼동하고 맹목적으로 동일시하면 문제가 생긴다.

외적 인격에 대응하는 내적 인격이 인간의 마음속에 존재하며, 남성의 내적 인격을 아니마Anima(Seele), 여성의 내적 인격을 아니무스Animus(Geist)라 한다. 아니마와 아니무스는 자아가 무의식과 관계할 수 있게 하는 매개체이다.

무의식은 개인적 무의식(das persönliche Unbewuβte)과 집단적 무의식(das kollektive Unbewuβte)으로 이루어져 있다.[3] 프로이트(Sigmund Freud, 1856~1939)는 의식으로부터 억압된 것이 무의식이 된다고 보았지만, 융은 억압 없이 잊어버린 것과 그 영향이 미미하여 의식되지 못한 것도 모두 무의식의 층을 이룬다고 보았으며, 이를 개인적 무의식이라고 하였다. 개인적인 무의식은 그 내용이 후천적 경험에 의해 이루어지고 개인마다 다르다. 한편, 모든 인간에게 선천적으로 존재하며 의식되지 못한 상태이지만 정신작용에 영향을 주는 것을 집단적 무의식이라고 한다.

의식과 무의식으로 이루어진 마음의 구조 전체에서 의식의 중심일 뿐인 자아는 아주 작은 부분에 불과하며, 인간의 내면 가장 깊은 곳에는 마음의 분열을 지양하고 통합시켜나가려는 본연의 요소가 존재하는데 이를 자기(Selbst)라고 한다. 그리고 이러한 마음의 통합과정을 자기실현의 과정이라고 한다. 자기실현을 위해서 자아는 무의식적인 것을 차례로 깨달아나가는데, 이 과정에서 처음 부딪치는 것은 개인적 무의식의 표면 아래 존재하는 그림자(Shatten, Shadow)이다. 그림자를 의식화하고 나면 그 다음에 아니마/아니무스의 의식화가 이루어질 수 있다. 그러나 모든 무의식을 의식화할 수는 없으며, 자기실현의 과정은 완전성과 완벽성을 추구하는 것이 아니라 원만함, 온전함을 추구하는 것이다.

무의식은 개체의 전체 정신을 실현시키기 위해 의식으로 하여금 무의식을 의식하도록 요구하는데, 이를 의식이 외면하면 무의식은 의식을 해리(解離)시키거나 무의식 콤플렉스가 의식을 사로잡게 된다.[4]

---

2 C. G. 융(Carl Gustav Jung), 한국융연구원 C. G. 융 저작번역위원회 역, 『인격과 전이』, 솔출판사, 2007, 54~61면 참조.

3 C. G. 융(Carl Gustav Jung), 한국융연구원 C. G. 융 저작번역위원회 역, 『인격과 전이』, 솔출판사, 2007, 17~31면 참조.

4 이부영, 『분석심리학 C. G. 융의 인간심성론』 제3판, 일조각, 2017, 73~141면.

시적 화자는 페르소나 외에 시적 자아라고 부르기도 하며, 서정적 자아라고 부르기도 합니다. 시적 화자가 시 속에서 말한다는 것은 그의 말을 듣는 청자를 전제로 하고 있습니다. 시인이 시적 화자와 분리되었듯이, 각 편의 시에서 가정된 청자 역시 그 시를 읽는 독자와 분리되어 있습니다.

> 봉제공장 박사장이 팔십반 원 떼먹고 도망을 안 가부렀냐 축 늘어신 나무 맹키로 가로수 지나다 이걸 안 봤냐. 히말라야믄 외국이닝께 돈도 솔차니 더 줄 것이다., 안 그냐. 여그봐라 아야 여그 봐야, 시방 가로수 잎사구에 히말라야 시다 구함이라고 써 잉냐 니는 여즉도 흐느적거리는 시 나부랭이나 긁적이고 있냐 그라지말고 양희은의 여성시대나 글 보내 봐야, 그라믄 대학고 사년 대학원 이년 글 쓴다고 독허게 징했으니께 곧장 뽑힐 거시다 거그는 김치냉장고도 준다니께 그나저나 아야 거그 전화 좀 걸어 봐야 누가 시다 자리 구했음 어찌냐 히말라야도 조응께 돈만 많이 주믄 갈란다, 아따 가스나 전화 좀 해 봐야 포돗이 구해온 것이랑께 여그 볼펜 놔두고, 그려
>
> —윤진화, 「히말라야시다 구함」

이 시의 시적 화자는 어떤 사람입니까? 이 시는 시적 화자가 청자에게 하는 말로 이루어져 있습니다. 짧은 시이지만 화자와 청자에 대해서 많은 것을 알 수 있을 만큼 함축적입니다.

히말라야시다Hymalaya Cedar는 나무이름으로 개잎갈나무, 개이깔나무, 히말라야삼나무, 설송雪松 등의 이름으로 불리기도 합니다. 히말라야산맥이 원산지이고 30~50m까지 자라는 침엽수로 축축 늘어진 가지가 특징입니다. 화자는 '히말라야시다 구함'이라는 문구가 쓰인 종이를

보고 히말라야로 일하러 갈 시다시다바리의 줄임말, 보조원의 속된 표현를 구하는 구인광고로 생각하여 집으로 가져왔습니다. 이 시의 화자는 히말라야시다라는 나무는 들어본 적이 없지만 스스로를 축 늘어진 나무, 히말라야시다와 부지 간에 동일시하고 있습니다. 절망의 상태에서 주워온 종이 한 장을 가지고 히말라야까지라도 시다 자리를 구할 수 있다면 가겠다는 화자는 돈을 많이 줄지도 모른다는 희망에 들떠서 누가 먼저 자리를 구할까봐 초조해하기도 합니다.

이 시의 청자는 누구입니까? 화자에게 대답 한 마디 하지 않는 청자는 대학교 4년에 대학원 2년 동안 글을 쓴다고 공부를 했고 지금은 집에서 시를 쓰는 '가스나'입니다. 이 시의 제목 '히말라야시다 구함'은 중의적이면서 반어적입니다. 먼저 설송 나무를 사고 싶다는 구매의사자의 광고로도, 히말라야에 일하러 갈 시다를 구한다는 구직자 모집 광고로도 읽히고 있기에 중의적입니다. 여기에 돈을 떼먹히고(그 돈은 시적 화자에게는 매우 큰돈일 것입니다), 축 늘어진 나무, 즉 '히말라야시다'가 되어버린 시적 화자를 절망에서 '구한다'는 의미가 더해집니다. 그러나 이 희망은 화자의 무지와 오해에서 비롯된 것이라는 것을 알고 있는 독자에게 이 시의 제목은 반어가 되고 안타까움을 느끼게 합니다. 독자는 화자에게뿐만 아니라 묵묵부답인 청자에게도, 그들이 처한 시적 상황에도 이런 감정을 느낄 수 있습니다. 이 시를 쓴 시인은 봉제공장에 다니는 사람도 시를 쓰는 딸이 있는 사람도 아니며 이 작품에서 그런 페르소나를 선택하였을 뿐입니다.

시인은 누구도 될 수 있어야 합니다. 비록 시는 1인칭 독백을 기본으로 하는 시적 양식이지만, 시인은 시 속에서 남자도 여자도, 노옹老翁도

어린 아기도 됩니다. 동물이나 나무, 심지어 무생물이 될 수도 있습니다. 페르소나가 이렇게 바뀌어도 그 시가 말하는 감정은 시인이 경험한 진실한 것일 수 있습니다. 시인 자신의 얼굴을 노출하지 않고 페르소나를 사용하는 것은 시를 더 효과적으로 '제작'하기 위함입니다. 그리고 시인이 시와 '거리'를 둠으로써 시를 '제작'할 수 있는 시각을 확보하기 위해서입니다.

한편, 시적 주체라는 것도 존재합니다. 시적 주체는 여러 편의 시를 통해 귀납적으로 검출되는 주체입니다. 작품마다 화자가 있지만 한 시인의 시집을 읽어나가다 보면 어떤 특성이 보입니다. 이를테면 시인 이상李箱의 시작품들을 계속 읽어나가면 분열된 주체, 병적 주체, 탈주脫走하는 주체 등을 검출할 수 있습니다. 이를 두고 거꾸로 시적 주체가 각 시편들에서 다양한 자아의 모습으로 나타난다고 할 수도 있습니다. 시적 주체 역시 시인과는 분리된 개념입니다.

## 정서적 거리, 체험의 정도

시인과 화자를 분리하는 것은 시가 곧 시인이라거나, 시인의 삶이나 내면이 그대로 흘러나온 것이라는 낭만주의적 시관을 배제하기 위해서입니다. 시인의 감정이 그대로 드러나는 시도 있으며, 독자들은 그런 시에 더욱 쉽게 다가가고 공감할 수 있습니다. 하지만 그렇지 않은 작품들도 있습니다. 시인이 자신이 시로 쓰려는 것에 대해 '거리'를 두는 경우입니다. 너무 가까이 있는 대상은 볼 수가 없습니다. 뿐만 아니라 너무 가까이 있으면 그 주변의 것도 볼 수가 없습니다. 유리창에 묻은 얼룩에 집착하면 그 너머의 풍경을 보지 못하는 것과 같습니다.

'거리'를 두게 되면 대상을 관찰할 수 있게 됩니다. 그리고 관찰을 통하여 알아낸 특성으로 시를 '제작'할 수 있습니다. 스페인 철학자이자 예술비평가인 오르테가 이 가세트Jose Ortega y Gasset는 위대한 인물의 죽음을 관찰하는 네 사람의 심리적 거리를 예로 들며, 창작을 촉발시키는 대상에 대해 시인이 체험하고 느끼는 거리의 정도를 설명하였습니다. 저명인사의 부인과 담당의사, 그리고 리포터와 화가는 같은 사건에 대하여 다른 관점을 가지고 있으며 그것을 구분하는 차원은 감정적 거리로 측정될 수 있습니다. 부인의 경우에는 일어나고 있는 사건에 대하여 감정적 거리가 없습니다. 마치 자신에게 일어나는 일처럼 슬픔을 이기지 못하고 죽음을 '살고' 있습니다.

부인은 사건을 '살아내고lives' 있으며, 의사는 직업적인 의무에서 사건에 개입되어 있습니다. 하지만 리포터는 이 사건에 대해 감정적으로 자유로우며 그는 '관찰'을 할 뿐입니다. 나아가 화가는 이 사건과는 완전히 무관하며 그에게 의미 있는 것은 오직 색과 빛, 그림자뿐입니다. 가세트는 이들 가운데에서 화가가 보여주는 '비인간화된 관찰'이 현대 예술의 특징이라고 주장하였습니다.[5]

---

5 José Ortega Y Gasset, Helene Weyl tr., *The Dehumanization of Art*, Princeton University Press, 1972, 14~19면.

烏瞰圖 李箱 3

詩第四號

患者의容態에關한問題

1234567890•
123456789•0
12345678•90
1234567•890
123456•7890
12345•67890
1234•567890
123•4567890
12•34567890
1•234567890
•1234567890

診斷 0:1
26·10·1931
以上 責任醫師 李 箱

－이상, 「오감도 시제4호」

1934년 7월 28일 조선중앙일보에 발표된 「오감도 시제4호」입니다. 잘 보이시나요? 시의 첫 행은 '환자의용태에관한문제'입니다. 그 다음에 놓인 숫자판은 환자의 상태를 시각화해놓은 것이며, 그 아래에는 진단 결과와 진단 날짜, 그리고 진단한 의사의 이름을 적어두었습니다.

잘 알려져 있듯이 이 시의 숫자판은 좌우가 바뀌어 있는데, 이는 거울에 비친 상이기 때문입니다. 진단한 의사의 서명란에 "책임 의사 이상"이라고 써진 것을 보면 이것은 이상이 자신의 모습을 거울을 통하여 관찰하고 내린 진단서라는 것을 알 수 있습니다.

환자의 상태를 보면 일단 가로 세로 열 개씩 총 100개의 숫자로 표현된 환자의 모습 한가운데로 크고 검은 점이 대각선으로 가로지르고 있는 것이 눈에 띕니다. 이 시는 세로쓰기로 발표되었으므로 왼쪽부터 위에서 아래로 읽어야 합니다. 첫 행은 1이 열 개 나열되어 있고, 검은 점이 있습니다. 2행은 위에서부터 2가 아홉 개 나열되어 있고 검은 점이 놓이고 1이 하나 놓여 있습니다. 3행은 8개의 3과 검은 점, 그리고 두 개의 2가 나열되어 있습니다. 이를 깔끔하게 수식화한 글을 빌려 오면 n과 n−1이 점을 경계로 배열되어 있는데, n−1의 개수가 점점 늘어나 마지막에 이르면 n−1에 해당하는 숫자 0이 행 전체를 차지하게 된다는 것을 알 수 있습니다.[6]

환자로 지칭되는 거울 속 화자의 병은 하나씩 모자란 무언가가 점점 침윤해 들어와 전체를 잠식해가는 증상을 보이고 있습니다. 이 시에서 시인이 자기 자신에 대하여 이야기하고 있지만 어떠한 정서적 개입을 찾아볼 수 없습니다. 자기 자신에 대한 내용이지만 의사가 환자를 관찰하고 진단한 진단서의 형태로 제작되어 있습니다. 심지어 환자의 상태를 진술하는 부분은 숫자로 제시되어 있어서 엑스레이 사진을 첨부한 느낌을 주기도 하고, 사람을 극단적으로 비인간화하여 수식으로 만들어놓은 느낌을 줍니다.

---

**이상李箱, 1910. 9. 23.~1937. 4. 17.**

본명은 김해경(金海卿)이며, 1910년 경성(현재 서울 종로구 사직동)에서 아버지 김연창과 어머니 박세창의 장남으로 태어났다. 아버지는 구한말 궁내부 활판소에서 일하다가 손가락이 절단되어 일을 중단하고 이발관을 차려 생계를 꾸렸다. 1913년, 큰아버지인 김연필이 본처와 소생이 없어 당시 4살인 이상을 양자로 데려가 함께 살게 되었다. 김연필은 관립 공업전습소 금공과(金工科) 1회 졸업생으로 1910년 한일강제병합 이후 총독부 상공과 하급기술관으로 근무하였다.

1921년에 인왕산 밑에 있던 누상동 신명학교를 졸업하고 불교에서 운영하는 동광학교에 입학하였다. 동광학교는 현재 종로구 조계사 터에 있었는데, 입학한 다음 해에

6 신형철, 「이상 시에 나타난 시선의 정치학과 거울의 주체론」, 『이상문학 연구의 새로운 지평』, 역락, 2006, 305~306면.

보성고보와 합병되면서 자연스럽게 보성고보 편입생이 되었다. 보성고보는 당시 화가 고희동이 미술 교사로 있었고 이종우, 장발, 고유섭 같은 화가들을 배출한 곳으로 미술교육을 잘 하는 곳이었다. 이상은 화가를 꿈꾸었고 교내 미술 전람회에서 「풍경」으로 1등으로 뽑히기도 하였다. 하지만 큰아버지의 간곡한 설득으로 경제적으로 걱정할 필요가 없는 이공계 기술인이 되기로 진로를 변경하였다.

1926년 이상은 현재 서울 공대의 전신인 경성고등공업학교 건축과에 입학하였는데 학창 시절 내내 성적이 매우 우수하였고, 영어를 특히 잘하였다. 1929년 일본 학생들을 제치고 수석 졸업하면서 총독부 내무국 건축과 기수로 발령받았다. 조선인이 조선총독부 내무국에서 근무하는 것이 전에 없던 일이었으나 경성고공 수석 졸업생을 채용하는 관례상 학교의 추천으로 발령받게 되었다. 이상은 건축과 회화뿐만 아니라 표지 디자인과 글자 디자인에서도 탁월한 실력을 발휘하였다. 조선에 체류 중인 일본인 건축기술자가 결성한 조선 건축회의 일본어 학회지 《조선과 건축》의 표지 도안 현상 모집에 1등과 3등으로 동시에 당선되었는데, 월간지인 이 학회지는 1930년 1년간 이상의 도안을 표지로 사용하였다. 이상은 1931년 이 잡지에 일본어 시 「이상한 가역반응」, 「조감도」 등 20여 편을 발표하였고, 같은 해 자신의 상반신을 그린 서양화 「자상」을 출품하여 제 10회 조선미술전람회에 입선하기도 했다.

직업적으로도 예술적으로도 막 피어오르던 1931년, 이상은 폐결핵 진단을 받았다. 당시 폐결핵 진단은 시한부 삶, 잠정적인 사망선고와 같이 여겨지고 있었다. 그러나 이상은 더욱 자신을 몰아붙여서 직장생활을 병행하면서도 창작에 열정을 보인다. 1932년에도 일본어 연작시 「건축무한육면각체」를 발표하는가 하면, 단편소설을 발표하기도 하였고, 디자인 작업도 계속하여 《조선과 건축》 표지도안 현상 공모에 가작으로 입상하였다.

1933년 병이 깊어지자 조선총독부 근무를 그만두고 봄에 황해도 배천 온천에서 요양하였다. 이때 첫사랑인 금홍을 만나 종로에서 다방 '제비'를 함께 개업한다. 이상이 스물네 살, 금홍이 스물한 살 때였다. 금홍은 기생으로 알려져 있는데, 남겨진 사진을 보면 체격은 자그마하지만 목이 길고 단발을 한 세련된 모던 걸의 모습을 하고 있다. 그리고 이 해에 구인회(九人會) 멤버들과 교유하면서 정지용의 주선으로 《가톨릭청년》에 우리말 시를 발표하였다.

1934년에 구인회의 멤버가 되었고, 조선중앙일보 학예 부장이었던 이태준의 주선으로 연작시 「오감도」를 8월 1일부터 9월 19일까지 15편 연재하였다. 사실 총 30편 연재를 기획하였으나 독자들의 강한 항의와 비난으로 중단되었는데 연재를 중단하며 이상이 게재한 글에서 "언제까지 뒤처져 있을 것이냐"는 말이 유명하다. 박태원의 「소설가 구보씨의 일일」이 신문연재될 때 삽화를 그리기도 하였다.

1935년에는 경영난으로 '제비'를 폐업한 후 금홍과 헤어지고 심신이 피폐하여 8월 성천으로 요양을 다녀온다. 이때 성천 여행의 체험이 수필 「산촌여정」과 「권태」에 담기게 된다. 이후에도 종로 1가에서 다방 '69', '무기' 등을 차려보지만 금새 문을 닫아야 했다. 웨이트리스였던 권순옥과 잠시 사귀는 듯하였으나 권순옥을 짝사랑하던 소설가 정인택이 음독자살을 기도하자 이상은 권순옥과 정인택을 맺어주고 두 사람의 결혼식 사회를 맡기까지 하였다.
건강도 사랑도 돈도 바닥으로 내리 닫게 되는데, 어린 시절부터 친구였던 화가 구본웅이 손을 내밀어준다. 그의 아버지가 경영하던 출판사인 창문사에 취직을 시켜주어 형편이 풀리게 된 것이다. 1936년 기운을 차린 이상은 문학과 삶에 의욕을 보이며 창문사에서 구인회의 동인지 《시와 소설》 창간호(이자 종간호)를 내는 데에 결정적인 역할을 하였다. 이 시기 구본웅 계모의 이복여동생인 변동림을 만나게 된다. 변동림은 이화여전을 나온 문학도였는데 이상에게 큰 힘을 주었음에 틀림없다. 이상은 변동림과 결혼식을 올리고 소설을 쓰겠다고 큰 소리를 친 후, 소설 「날개」와 「지주회시」를 발표하면서 문단의 주목을 받게 된다. 그는 이 해 가을에 홀로 일본 동경으로 유학을 떠났는데, 먼저 가 있으면 변동림이 와서 함께 프랑스 유학을 갈 계획을 가지고 있었다. 이 시기 「종생기」, 「실화」 같은 단편소설과 「권태」, 「슬픈 이야기」, 「실락원」, 「동경」 같은 수필이 창작된다.
그러나 진짜 근대를 보겠다던 동경에서는 환멸을 느꼈으며, 프랑스 유학을 가기에는 건강이 나빠지고 경제적으로 어려움을 겪게 되었고, 초현실주의 문학을 추구하던 유학생들의 모임인 《삼사문학》 동인들과 이따금 만났지만 결국 병과 고독과 싸우는 처지가 되었다.
1937년 2월 12일 이상은 일본 경찰에 사상 혐의로 검거된 뒤 조사를 받다가 폐결핵이 악화되어 동경제국대학 부속병원으로 옮겨졌다. 위독하다는 전보를 받고 변동림이 임종하기 위해 도일하였지만 마지막으로 먹고 싶다고 한 멜론을 사러 나간 사이 세상을 떠났다고 한다. 임종 직후 데드마스크를 떴다고 하지만 그 행방은 묘연하다.
변동림은 후에 김향안으로 개명하였고, 프랑스로 유학을 가서 미술평론가가 되었으며 화가 김환기와 결혼하여 뉴욕에 정착하였다가 김환기 사후 귀국하여 국내 최고 사립미술관인 환기미술관을 세웠다.

---

가세트는 현대 예술의 특징은 감정과 정서, 정열을 제거하는 것, 예술을 비인간화하는 경향이라고 하였습니다. 현대 예술가에게 있어서 미적 쾌락은 '인간적인 요소에 대한 승리'에서 나온다는 것입니다.

현대시 중에서 정서적으로 다가가기 힘든 시들은 그것을 의도한 것입니다. 현대시는 현실을 서툴게 모방하기를 목표로 하지 않고, 현실을 분해하고 허물어뜨려서 새로운 것을 창조하고자 합니다. 하지만 이것은 시인에게는 매우 도전적인 일입니다. 모본이 없는 무언가를 창조해내면서 의미 있는 것을 구성하는 데에는 '천재성'이 필요하기 때문입니다. 그리고 이러한 것을 목표로 써지는 현대시를 읽는 것 또한 매우 도전적인 일입니다. 목표는 원대하였으나 실패한 작품들도 많기 때문입니다. 그리고 아예 현대적 예술의 목표 따위는 알지 못하고 그저 무의미한 말들을 주워 모아놓은 경우도 있습니다.[7]

## 제작

> "제가 말하려고 했던 것은 그게 아니에요.
> 그게 아니에요, 전혀요."
>
> –T. S. 엘리엇T. S. Eliot "The Love song of J. Alfred Prufrock" 중에서[8]

미국의 신비평 이론가인 윔서트W. K. Wimsatt와 비어즐리M. C. Beardsley는 '의도의 오류The Intentional Fallacy'와 '영향론적 오류Affective Fallacy'를 지적하면서 작품의 본질을 밝히기 위해서는 작품의 객관적인 언어, 운율, 이미지 등과 같은 구조에 초점을 맞추어야 한다고 주장하였습니다. 이는 일반 독자에게 요구되는 것이라기보다는, 작품의 가치를 평가하는 비평가

---

7 José Ortega Y Gasset, Helene Weyl tr., *The Dehumanization of Art*, Princeton University Press, 1972, 21~23면.
8 T. S. Eliot, "The Love Song of J. Alfred Prufrock", *Collected Poems 1909-1962*, Harcourt, 1991, 6면.

에게 주는 주의사항 같은 것이었습니다.

'의도의 오류'는 시인의 의도와 작품에서 성취된 의도 사이에 차이가 있다는 점을 놓치면 범할 수 있는 오류입니다. 아무리 시인의 생애와 그가 살았던 시대, 동시대인들에 대한 자료를 살핀다고 하더라도 시인의 의도를 확실히 알기란 어렵습니다. 더러 시인이 작품에 담으려고 한 의도를 문서로 작성하여 두었다고 하더라도 그것은 그가 원했던 것이지 성취한 것은 아니라는 점에서 문제가 있습니다. 때문에 시인의 생애나 시인이 추구한 바는 작품에 대하여 말해주는 바가 없으며, 시인의 의도와 시의 의미가 동일하다고 평가하는 것은 잘못이라는 내용입니다. 의도가 아니라 결과작품를 보아야 한다는 것이지요.

'영향론적 오류'는 독자가 받은 영향이나 독자의 반응을 작품의 의미로 평가하는 것은 잘못이라는 내용입니다. 독자는 작품이 실제로 전달하는 바에 반응할 수도 있고, 반응하지 않을 수도 있습니다. 같은 작품을 읽어도 독자마다 개인적인 경험에서 비롯된 개인적인 연상 등을 통해 다르게 반응할 수도 있습니다. 때문에 비평가는 자신이 받은 영향이 아니라, 어떤 영향을 만들어내는 기법 분석에 치중해야 한다고 하였습니다.

다시 말해서 작품의 특성을 만들어내는 어조와 운율, 이미지와 상징, 비유의 체계와 구성 등 언어화된 증거들을 중심으로 작품에 대해서 이야기해야 한다는 것입니다. 시에 담고자 하는 의식이나 정서 그 자체보다는 그것이 어떻게 구현되었는지 형식을 분석하고 평가한다는 의미에서 이런 관점을 형식주의적 관점이라고도 합니다.

이 관점에서 문학작품은 시간을 초월하여 존재하는 자율적인자기충족적인 언어적 대상입니다. 독자와 해석은 달라질 수 있지만 문학 작품, 텍스트 그 자체는 객관적으로 실재하며 변하지 않고 남는다는 것이지요. 특수한 관계를 형성하며 배치된 특수한 낱말들인 텍스트는 토씨 하나라도 바꾸면 결코 재생될 수 없는 것이며 약간의 변형만으로도 다른 작품이 되어버린다고 보았습니다.[9]

작품을 분석한다고 말씀드렸는데요, 분류와 분석 그리고 해석의 차이에 대하여 먼저 말씀드리겠습니다. 분류는 인간이 잘 모르는 낯선 대상을 접했을 때, 그것을 이해하기 위하여 가장 먼저 이루어지는 인식의 과정입니다. 분류는 넓은 의미의 분류가 있고 좁은 의미의 분류가 있습니다. 구분은 어떤 기준을 가지고 대상을 나누는 일입니다. 좁은 의미의 분류는 어떤 기준을 가지고 대상을 묶는 일이지요. 이 둘은 반대되는 인식의 과정인 것 같지만, 사실 나누는 일과 묶는 일은 동시에 일어나기 때문에 구분과 좁은 의미의 분류를 넓은 의미의 분류로 통칭하는 것입니다.

한편 분석은 어떤 대상을 하나의 총체적인 구조와 체계로 인식하고 복잡하게 얽혀 있는 것을 부분들로 나눕니다. 그리고 부분과 부분이 어떻게 관계 맺고 있는지, 각 부분은 전체에서 어떤 역할을 하고 있는지 파악하는 사고방식입니다. 시 작품을 분석할 때 제목과 시의 관계, 행과 행, 연과 연의 관계, 이미지와 비유의 체계, 음운의 체계와 운율, 시상 전개 방식 등등을 탐구합니다.

시를 읽고 감상하는 것과 분석하는 것은 차이가 있습니다. 감상은

---

9 로이스 타이슨(Lois Tyson), 윤동구 역, 『비평이론의 모든 것』, 앨피, 2012, 298~300면.

감상 주체의 주관적인 느낌과 생각을 중심으로 이루어지지만, 분석은 분석 대상을 부분들로 쪼갠 뒤, 전체와의 관계를 객관적으로 탐구함으로써 이루어집니다. 그리고 해석은 분석을 통해서 파악한 부분과 전체의 구조를 통해 전체의 의미를 이해하고 평가하는 것입니다.

작품의 구조를 분석하고 해석하기에는 한 번 읽어서 모든 것을 파악할 수 있는 단순하고 쉬운 시보다는 복잡하게 얽혀 있는 시가 적당합니다. 흔히 생각하는 어려운 시, 이해하기 힘든 현대시들이 등장하게 된 것입니다.

신비평에서 시의 가치기준은 복잡성과 질서입니다. 삶의 복잡성과 모순을 반영하면서도 작품의 모든 형식요소들이 하나의 작품으로서 기능하게 하는 질서를 갖추어야 한다는 것이지요. 이제 역설, 반어, 상징모호성, 뜻겹침, 비유와 이미지, 행가름과 연구분, 생략과 시적 긴장이 중요한 시의 요소가 됩니다.

미국의 신비평은 1950년대 이후 우리나라에 전파되면서 주류 문학 연구 방법론이 되었고, 문학 연구뿐만 아니라 작품 창작, 그리고 문학 교육에도 지대한 영향을 미쳤습니다. '작품은 작품으로만 보아야 한다'는 시각은 이른바 순수 문학의 이론적 근거가 되기도 하였습니다.

좋은 의도로 써졌더라도 작품성이 떨어지면 좋은 시가 아니라는 당연하고 평범해 보이는 의견은 작품성이 뛰어나면 작품 외적인 요소를 배제하고 그 뛰어남을 평가해야 한다는 의미이기도 합니다. 이러한 이유로, 시는 곧 시인이므로 시인의 인격과 가치관 역시 훌륭하고 본받을 만해야 한다는 대중의 기대와 충돌하는 시인의 작품을 이야기할 때 이 관점이 적극 활용되기도 하였습니다.

**Marcel Duchamp, *Fontaine*(1917)**

프랑스와 미국에서 활동했던 예술가 뒤샹(H. R. M. Duchamp, 1887. 7. 28.~1968. 10. 2.)의 「샘」이라는 작품을 찾아보자. 뒤샹은 철물점에서 소변기를 산 다음 'R. Mutt'라는 가명을 사인하고, 출품연도를 적어서 독립미술가협회 전시장에 출품하였다. 이 작품은 출품을 거부당하였는데 아무도 찾아가지 않자 전시회 기간 동안 전시장 구석에 방치되었다.

뒤샹은 자신이 출품자가 아닌 척하면서 출품자와 작품을 옹호하기도 했는데, 일상의 사물이 현실적이고 실용적인 목적을 버리고 새로운 목적과 관점에 의해 새로운 아이디어로 창조된 것이라는 내용이었다.

전시장을 청소하던 사람이 「샘」 옆에 빗자루와 쓰레받기를 옆에 세워두었다고 해보자. 이는 예술인가? 지나가던 사람이 휴지를 쓰레받기에 내려놓았다고 해보자. 이는 또 어떠한가?

이 작품은 예술과 예술가의 정의에 대한 몇 가지 논쟁을 가져왔다. 예술가가 직접 작업하지 않고 발상이나 아이디어만으로 인정받을 수 있는가, 그렇다면 예술가가 작품을 만들지 않고 제품을 선택해도 되는가, 그렇다면 전시장에 있는 소변기와 철물점에 있는 소변기는 무슨 차이가 있는가 등등. 이런 논쟁은 어떤 것을 예술로 인정해주는 주체는 누구인가 하는 문제로 이어졌다. 이에 대하여 자신의 생각을 이야기해보자. 또 의도의 오류와 영향론적 오류의 관점에서 이 작품에 대하여 이야기해보자.

---

인간은 입체적인 존재이며, 어떤 면을 지녔다고 해서 그것이 그의 전부는 아닙니다. 인간에게는 다양한 자아가 있으며, 이러한 자아들은 새로 생겨나기도 하고 사라지기도 합니다. 인간에게는 현실과 만나는 다양한 외적 인격으로서의 페르소나가 있을 뿐만 아니라 각자 추구하는 이상적인 자아상도 있습니다. 시에 어떤 자아를 등장시키는가는 그때그때의 선택이기에 그것이 시인의 다른 자아에 비추어볼 때 진실하다 아니다라고 말하기 힘들다는 점도 고려해야 합니다. 숭고함에 대한 시를 썼다고 해서 시인이 반드시 숭고한 삶을 사는 것은 아니듯이, 분열적인 시를 쓴 시인이 곧 정신적인 문제가 있는 것은 아닙니다.

이러한 점을 생각해보면 작품을 시인과 떼어서 읽어야 한다는 관점은 유효합니다.

그럼에도 시인은 필연적으로 자신이 몸담고 있는 사회의 영향을 받으며, 시인의 어떤 면이건 필연적으로 시에 담긴다는 것을 부정할 수는 없습니다. 신비평은 이런 영향을 부정한다기보다는 그 영향력의 절대성에 대하여 항의하는 관점을 제시한 것으로 보는 것이 온당할 것입니다.

내 마음속 우리님의 고운 눈섭을
즈믄 밤의 꿈으로 맑게 씻어서
하늘에다 옮기어 심어 놨더니
동지섣달 날으는 매서운 새가
그걸 알고 시늉하며 비끼어 가네

–서정주, 「동천冬天」

5행짜리 짧은 시입니다. 눈으로만 읽어도 음악성이 느껴집니다. 읽기 좋게 다듬어진 글자수와 어울리는 소리들로 구성된 시행이 리듬과 하모니를 만들어냅니다. 3행까지의 부드러운 소리들로 진행되고 4행에서 끼어드는 날카로운 소리는 5행에서 다시 부드러운 소리들과 어울리게 됩니다.

읽으면 바로 선명한 이미지가 그려지는데 정적인 이미지가 아니라 역동적인 그림입니다. 자연을 그냥 모방한 것이 아니고, 역동적인 상상력을 통해서 재구성하고 있기 때문입니다. 시적 화자는 달을 보고 부재하는 님을 떠올리는 것이 아닙니다. 이 시에서 달은 밤마다 늘

떠 있는 달도, 외로워서 홀로 밖에 나와 고개를 들면 보이는 달도 아닙니다. 이 시의 달은 화자가 거기에 심어놓은 달입니다. 화자는 이 시 속에서 전능한 존재입니다.

화자는 부재하는 '님'을 부재한다고 생각하지 않고 '내 마음속'에 있다고 긍정하고 있습니다. 화자는 님에 대한 자신의 마음을 눈썹으로 치환한 다음 이것을 다시 즈믄 밤의 꿈에 맑게 씻는다고 하였습니다.

'씻다'의 의미를 사전에서 찾아보면, '1. 물이나 휴지 따위로 더러운 것을 닦아내다, 2. 누명, 오해, 죄과 따위에서 벗어나 떳떳한 상태가 되다, 3. 원한을 없애서 마음의 응어리를 없애다' 등의 풀이를 찾을 수 있습니다. 맑게 씻는다고 하였으므로 즈믄 밤의 꿈은 자연히 물의 은유가 되고, 님의 눈썹은 물에 씻을 수 있는 것으로 사물화되었습니다.

화자는 님에 대한 자신의 마음을 꿈에서 맑게 헹구어냄으로써, 응어리진 감정은 다 사라지고 깨끗하게 승화된 마음만이 남았음을 감각적으로 보여줍니다. 이런 승화는 간단이 이루어진 것이 아니라 천 번으로 비유되는 아주 많은 밤의 꿈이 필요했다는 것도 알 수 있습니다. 화자는 이런 과정을 간결하게 함축적으로 담담하게 말하고 있습니다.

이 시의 압권은 그 마음을 자신이 하늘에 옮기어 심어놓았고 그것이 달이라고 말하는 과감한, 그리고 우주적인 상상력에 있습니다. 현실의 모방에서 현실의 창조로 시의 기능을 전도顚倒시키며 화자는 전능한 존재가 됩니다. 이는 낭만주의 시인 셸리가 '세계의 입법자'라고 칭한 시인의 지위에 부합하는 것입니다.

이 짧은 시에서 또 놀라운 부분은 4행에서 등장하는 매서운 새로 인한 갑작스러운 긴장감과 그것을 능청스럽게 해소하는 5행의 반전입니다.

매서운 새의 등장은 3행까지 이루어놓은 낭만주의적 전능함이 환상일 뿐이며 경험적으로 불가능한 것이라는 점을 인식시키는 계몽적 자아의 개입을 의미합니다. 매서운 새로 상징되는 낭만적 아이러니로 인하여 시 속에서 창조된 세계, 맑게 승화된 세계는 위협받게 됩니다.

---

**낭만적 아이러니**

낭만주의자들은 근본적으로 그들의 세계관에 모순-이율배반을 지니고 있었다. 그들은 신을 주관화시켜 낭만적 주관이 그 스스로 세계를 생성하고 변혁시킨다고 믿었다. 그러나 현실에서 개인은 신이 될 수 없으며 그 스스로 이 세계를 생성시킬 수도 변혁시킬 수도 없다. 경험적 자아의 입장에서 볼 때 낭만적 주관이란 하나의 환상이며 꿈이라 할 수 있다. 낭만주의자들이 세계 인식에 있어서 세계를 이렇게 주관과 객관, 관념과 현실, 유한성과 무한성의 모순으로 인식하는 것을 낭만적 아이러니라고 한다.[10]

---

동짓달은 음력 11월, 섣달은 음력 12월이므로 동지섣달은 가장 밤이 긴, 새해가 오기 전인 한 겨울입니다. 이 긴 겨울의 밤은 화자가 겪고 있는 어려운 계절입니다. 화자는 님이 부재하지만 마무리되지 못한 마음으로 길고 추운 겨울밤에다가 님의 눈썹을 심어서 밝히어 두었습니다. 이런 밤하늘을 날아가는 새는 화자의 전능함과 그가 창조한 세계를 찌르거나 가로지르며 공격할 수 있는 존재입니다. 화자는 그 매몰차고 날카로운 새의 침입에 두려움을 느끼고 있습니다.

어렵게 창조해낸 조화로운 세계에 침입한 매서운 새로 인하여 세계

10 오세영, 『문학과 그 이해』, 국학자료원, 2003, 144~146면 참조.

가 붕괴될 수도 있다는 두려움과 긴장감은 그러나 5행에서 큰 충돌 없이 슬쩍 해결됩니다. 새가 매섭게 날아가지만, 자신이 창조한 세계가 만들어진 과정을 알고서 가로지르는 시늉만을 하며 실제로는 비끼어 간다는 것입니다.

「동천」으로 형상화된 상황을 일상의 산문으로 써보자면 '오랫동안 잊지 못하던 님에 대한 마음에서 풀려나와 겨울 밤하늘을 올려다보았는데 달이 떠 있고 새가 날아갔다', 더 풀어 써보자면 '오랫동안 괴로웠던 님에 대한 마음에서 헤어 나와 겨울 밤 하늘을 바라보았는데 다시 괴로운 생각이 들 뻔 했지만 잘 넘겼고 괜찮을 것 같다' 정도일 것입니다. 이런 내용을 「동천」처럼 쓸 수 있는 시인은 서정주뿐입니다.

잘 알려져 있듯이 서정주는 1943년을 전후하여 친일 문학 활동을 하였습니다. 해방 후에는 그 정통성이나 정당성에 대한 고려 없이 권력자를 찬양하는 시를 쓰기도 하였습니다. 나중에 서정주는 이러한 행적에 대하여 질문을 받으면 그 당시에는 일본이 그렇게 빨리 망할 줄 몰랐다거나 권력자에 대한 찬양 역시 써달라고 하면 그까짓 것 써주마 하며 써주었다고 답했습니다. 그때그때의 권력이 요구하면 시늉하며 비끼어 갔다는 변명인 셈입니다.

이러한 그의 행적은 서정주가 창조한 세계에서는 그 옳고 그름의 판단이 무화됩니다. 그곳에서는 세월 속에 때 묻은 존재마저 오랜 생명력을 통해 맑게 거듭나기 때문입니다. 「외할머니의 뒤안 툇마루」에서 툇마루는 외할머니의 손때와 그 딸들의 손때가 날마다 칠해져서 번질번질한 먹오딧빛이 되었는데 그 검고 맑은 툇마루를 거울삼아 자신의 얼굴을 비추어보는 것이 그렇습니다. 「상가수上歌手의 소리」에서 똥오줌 항아리는 더러운 것이 아니라 하늘의 별과 달도 언제나 잘 비치는 명경明鏡으로 여겨집니다.

## 더 읽어볼 시 1

내 고장 칠월은
청포도가 익어가는 시절

이 마을 전설이 주절이 주절이 열리고
먼데 하늘이 꿈꾸려 알알이 들어와 박혀

하늘 밑 푸른 바다가 가슴을 열고
흰 돛단배가 곱게 밀려서 오면

내가 바라는 손님은 고달픈 몸으로
청포를 입고 찾아온다고 했으니

내 그를 맞아 이 포도를 따 먹으면
두 손은 함뿍 적셔도 좋으련

아이야 우리 식탁엔 은 쟁반에
하이얀 모시 수건을 마련해 두렴

—이육사, 「청포도」

## 더 읽어볼 시 2

네가 나의 눈동자를 훅 불어주었을 때
나의 가장 긴 속눈썹은 너의 가슴에 박혔다

내가 새끼 고양이처럼 떨고 있는데
너는 문고리처럼 차가운 미소를 던지고

너의 애인에게 나를 이끌고
구두코의 빛나는 아름다움을 알게 하고

내가 고약한 겨드랑이에서 시시한 날개를 꺼내자
새장의 새들이 너의 목소리로 노래하기 시작했다.

황금 열쇠를 분질러 한 조각씩 삼키고
우리는 나란히 새장을 이해했지만

나는 사냥물처럼 조용하고 따뜻한 피를 흘리고
너는 총알처럼 빠르게 나를 낳아주기에 바쁘다

새로운 냄새를 풍기는 너의 입술에 닿고 싶었지만
너는 녹아서 따뜻한 시럽처럼 흘러내리고 새해가 왔다.

—이근화, 「연하장」

「연하장」에서 “네가 나의 눈동자를 훅 불어주었을 때 나의 가장 긴 속눈썹은 너의 가슴에 박혔다”라는 첫 연은 너무나 명확한 사랑이 느낌을 담고 있습니다.

이 시는 어떤 사건을 쓰고 있지만 그 사건의 ‘느낌’을 쓰고 있기 때문에 실제 어떤 사건이 있었는지 알 수 없습니다. 이런 느낌을 사건으로 번역하고자 추적하는 일은 무의미합니다. 이런 식의 읽기는 시를 쉽게 읽어버리려는 마음에서 비롯된 것입니다.

시험은 빨리 답을 찾고 끝내는 것이 좋지만, 놀이와 게임은 오래 즐기는 것이 좋습니다. 시는 답을 찾는 시험이 아니라 오래 즐기고 상상하는 놀이입니다. 물론 시인이 그 시를 쓴 의도답가 없진 않겠지만 그것을 찾는 것이 유일한 목적인 읽기는 빈곤하고 불쌍한 읽기입니다. 시를 읽을 때는 의도를 추적하는 방향뿐만 아니라 시인이 말한 느낌을 증폭시키는 방향으로 읽어야 합니다.

“황금 열쇠를 분질러 한 조각씩 삼키고 우리는 나란히 새장을 이해” 했다는 것은 어떤 느낌일까? 다른 시인들은 어떤 식으로 이런 느낌을 이야기했었나?

나는 언제 이런 느낌을 가져보았을까? 나라면 그것을 어떻게 표현할 수 있나?

모든 것을 진실하게 말했지만 아무 말도 하지 않는 시도 있습니다. 어떤 시들은 추상화 같습니다.

살아남기 위해
우리는 피를 흘리고
귀여워지려고 해
최대한 귀엽고
무능력해지려고 해

인도와 차도를 구분하지 않고
달려보려고 해
연통처럼 굴뚝처럼
늘어나는 감정을 위해

살아남기 위해
최대한 울어보려고 해
우리는 젖은 얼굴을
찰싹 때리며
강해지려고 해

—이근화, 「엔진」

# 시의 언어

시의 언어는 우리가 일상에서 사용하는 언어와 다를까요? 시에서는 일상어에서 사용하지 않는 다른 방법으로 언어를 사용하기도 하지요. 예전에는 일상의 언어는 시에 사용될 수 없다고 여겨지기도 하였습니다. 이와는 반대로 시의 언어와 일상의 언어는 별개로 존재하는 것이 아니며 다만 다른 목적을 지향한다고 보기도 합니다. 한편 시의 언어가 훼손된 것이 일상의 언어라고 보는 견해도 있습니다. 이에 대해 하나씩 살펴보겠습니다.

## poetic license

먼저 시인은 시를 쓸 때 일상에서 사용하는 것과는 달리 단어나 문장 등을 사용할 때 문법을 벗어날 수 있는 면허를 가지고 있습니다. 바로 시적 허용poetic license입니다. 문법과 논리의 파괴는 오로지 미적 효과를 성공적으로 성취하기 위해서만 사용해야 합니다.[1]

머언 산 청운사靑雲寺
낡은 기와집

산은 자하산紫霞山
봄눈 녹으면

느릅나무
속잎 피어가는 열두 굽이를

청노루
맑은 눈에

도는
구름

—박목월, 「청노루」

이 시의 첫 행에 등장하는 "머언 산"은 '먼 산'이라고 쓰는 것이 문법적으로 올바릅니다. 하지만 시인은 더욱 거리가 먼 느낌을 만들어내기 위하여 문법을 파괴하였습니다. 흔히 시적 허용은 시어의 비문법적인

---

1 Edward Hirsch, "poetic license", *A Poet's Glossary*, Houghton Mifflin Harcourt, 2014, 472면.
Jack Myers and Don Wukasch, "poetic license", *Dictionary of Poetic Terms*, University of North Texas Press, 2003, 282면.

사용으로 여겨지지만, 시어뿐만 아니라 더 큰 차원에서 문법 그리고 논리를 벗어나는 시의 언어적 특성까지 포함하는 용어입니다. 「청노루」는 간결한 미적 효과를 위하여 많은 것을 생략하였습니다. 이를테면 1연은 "먼 산에 있는 청운사는 낡은 기와집이다"라고 표현해야 옳겠지만 오로지 명사만 남겨두었을 뿐입니다. 그리고 3연의 "느릅나무 속잎 피어가는 열두 구비를" 다음에 어떻게 한다는 것인지 써야 할 것 같지만 시인은 이를 극적으로 생략하였습니다. 일반적으로 "느릅나무 속잎 피어가는 열두 굽이를" 뒤에 '걸어간다'거나 '바라본다'와 같은 서술어가 이어져야 문법적으로 올바른 문장 구조와 논리가 성립되겠지만 생략되었습니다. 이런 시의 언어적 특성은 독자들을 일반적인 맥락에서 벗어나도록 하고 시의 언어와 시 자체에 집중하도록 합니다.[2]

이 밖에도 이 시는 푸른 구름이나 푸른 노루가 현실에 존재하지 않음에도 청운사와 청노루 같은 단어를 조어造語하고 있습니다. 이런 단어들은 자하산의 보랏빛 노을과 어울리는 색채 이미지를 위하여, 그리고 청각 이미지를 위하여 허용되고 선택된 것입니다.

## poetic diction

과거에 서양에서 시는 당대의 일상적인 대화에서는 잘 쓰이지 않는 단어, 구, 비유 등을 포함하는 시어로 써졌습니다. 시라고 하면 우아한

---

2 Tom Jones, *Poetic Language*, Edinburgh University Press, 2012, 3면 참조.

문체나 예쁜 표현, 혹은 옛날 투의 말을 떠올리는 이유가 여기에 있습니다. 이를 시어법poetic diction을 구사한다고 합니다. 어법diction이란 단어, 구句, 비유 등을 선택하는 방법mode of expression을 의미합니다.

특히 18세기 서양의 신고전주의 시인들은 적정률decorum을 시 창작의 기반으로 삼았습니다. 때문에 정해진 시어법에 자신의 시를 맞추고자 하였습니다. 18세기 시어법의 두드러진 특징으로 예스러운 말투인 의고체archaism, 擬古體와 반복되는 형용어의 사용을 들 수 있습니다.[3]

한편, 동양에서도 시를 쓰려면 유래가 있는 옛 일을 표현한 어구인 고사古事를 인용하는 것用事이 중요했습니다. 특히 우리나라 한시는 당나라와 송나라의 한시를 모범으로 삼고 있었기 때문에 용사는 작시법의 핵심적인 부분이었습니다.

하지만 현대시에서 이러한 시어법의 사용은 찾아보기 힘듭니다.

## 시어법의 부정

낭만주의 시인인 윌리엄 워즈워스William Wordsworth는 콜리지S. T. Coleridge와 함께 낸 공동 시집 『서정시집』의 개정판(1800) 서문에서 "산문과 운문의 언어 사이에는 본질적인 차이가 없다"라면서 "시골 가난한 사람들이 사용하는 소박하고 친근한 언어야말로 시에 알맞은 언어"라고 썼

---

3 Edward Hirsch, "poetic diction", *A Poet's Glossary*, Houghton Mifflin Harcourt, 2014, 471~472면. Alex Preminger and T. V. F. Brogan co-ed., "archaism", *The New Princeton Encyclopedia of Poetry and Poetics*, Princeton University Press, 1993, 94~95면.

습니다.[4] 당대의 시에 나타나는 인위적인 비유와 표현, 적정률 사용에 의한 언어의 계층화를 비판하고 상류층의 언어, 우아한 문체 사용을 비판한 것입니다. 그는 대신 강렬한 정서가 저절로 흘러나온 시어, 소박하고 친근한 시골 사람들의 언어가 시어에 적합하다고 주장하였습니다. 이 서문은 낭만주의 선언문과도 같은 역할을 하였으며 이후의 시에 큰 영향을 미쳤습니다.

## 시적으로 사용된 말

20세기 초 영국의 비평가 I. A. 리처즈Ivor Armstrong Richards는 일상어와 시어는 구분이 없으며, 모든 말이 다 시의 언어가 될 수 있다고 하였습니다. 다만 '시적으로 사용된 말'은 일상적 언어와는 다른 목적을 지향하므로 다른 방법으로 사용된다고 하였습니다. 일상적 언어는 지시 대상을 정확히 지시하고 설명하는 데에 목적이 있습니다. 그 언어를 접한 모든 사람들이 같은 의미로 받아들여야 하는 과학적인 언어이지요. 이를테면 새로 산 제품의 사용설명서와도 같은 것입니다. 반면 시적으로 사용된 시의 언어는 정서를 환기하는 것을 목적으로 합니다.[5]

언어의 의미는 외연denotation, extension과 내포connotation, intension로 나눌 수 있습니다. 외연이란 객관적이고 사전적인 의미로, 어떤 말이 연상시킬 수 있

4 William Wordsworth, Michael Gamer and Dahlia Porter ed., "Preface", *Lyrical Ballads 1978 and 1800*, broadview, 2008, 174~179면.

5 I. A. Richards, *The Philosophy of Rhetoric*, Oxford University Press, 1965, 118~120면 참조.

는 느낌이나 태도 등과 분리된 정확한 의미만을 뜻합니다. 일반적인 일상의 언어나 과학의 언어가 사용하는 것은 언어의 외연적 용법입니다.[6]

반면 내포는 말에 암시되어 있거나 그 말을 둘러싼 맥락에서 나오는 이차적 의미입니다. 시의 언어는 언어의 내포적 용법을 사용합니다. '별'이라는 어휘는 '밤하늘에 빛을 내는 작은 점과 같이 보이는 천체'라는 외연을 갖지만, 시 속에서 사용되었을 때 희망, 숭고함, 탁월함 등등의 다양한 내포를 지닐 수 있습니다. 내포는 2차적인 의미이기 때문에 1차적인 의미인 외연조차 이해할 수 없다면 당연히 내포는 이해할 수 없을 것입니다.[7]

시의 내포를 한 가지로만 이해하는 것을 알레고리적 반응이라고 하는데, 이는 시가 지닌 다양한 의미, 나아가 의미의 무한한 가능성을 짓밟는 행위입니다.

## 모호성

I. A. 리차즈는 명료성이 언어의 유일한 목적이 아니라는 점을 주장하였습니다.[8] 그의 제자였던 W. 엠프슨William Empson은 이런 생각을 이어서 시어에 '모호성ambiguity'이라는 개념을 본격적으로 도입하였습니다. 엠프슨은 시에서 사용된 모호성을 7가지로 나누어 분석하였으며, 모호성은 서로

6 Monroe C, Beardsley, *Aesthetics:Problems in the Philosophy of Criticism*,

7 Jack Myers and Don Wukasch, "connotation", *Dictionary of Poetic Terms*, University of North Texas Press, 2003, 77면.

8 I. A. Richards, *The Philosophy of Rhetoric*, Oxford University Press, 1965, 40면.

다른 두 가지 이상의 의미, 감정, 태도 등을 모두 포함하고 있는 상태로 필연적으로 긴장감을 수반한다고 하였습니다. 과학의 언어는 모호성을 배척해야 하지만, 시의 모호성은 아름다운 것이며, 모호하게 상상된 힘은 시의 총체성에 필수적이라고 보았습니다.[9] 시는 모호성을 통하여 짧은 길이를 넘어서서 의미를 풍부하게 하고 확장시킬 수 있습니다.

## 사물의 언어

> 마을의 어린애에게 『천자문』을 가르쳐주다가, 읽기를 싫어해서는 안 된다고 나무랐더니, 그 애가 하는 말이
> "하늘을 보니 푸르고 푸른데 하늘 '천天'이라는 글자는 왜 푸르지 않습니까? 이 때문에 싫어하는 겁니다."
>
> —연암 박지원1737-1805, 「창애에게 답함 3」[10]

꼬마의 말은 언어의 관념성에 대한 지적입니다. 꼬마에게 '하늘 천天' 자는 하늘의 본질과 특성을 담고 있지 않습니다. 아무 관계도 없이 그저 하늘을 가리킬 때 사용하는 의미론적 기호에 불과하니 진짜 하늘을 밖에 두고 글자를 하늘이라 칭하기 싫다는 말입니다.

하지만 처음 하늘을 '하늘 천'자로 이름 붙였을 때는 그렇지 않았을 것입니다. 그것은 비온 뒤 갠 하늘의 푸르름, 여름철 폭염과 폭우가

---

9 William Empson, *Seven Types of Ambiguity*, New Directions Paperbook 204, 1966, 234~236면.
10 박지원, 신호열·김명호 역, 『연암집』 중, 돌베개, 2015, 379면.

지나간 후 찾아온 가을 하늘의 높이와 공간감, 오래 갇혀 있던 사람의 눈에 쏟아지는 광활함과 눈부심을 고스란히 담고 있었을 것입니다. 최초의 언어는 원시인들이 감각한 대상 그 자체를 지칭하기 위한 명명命名 행위였기 때문입니다.

바필드Owen Barfield는 원시인의 언어는 '사물-언어'의 형태로 언제나 사물과 구분될 수 없도록 밀착되어 있다고 하였습니다.[11] 이를테면 원시인 A가 길에서 처음 보는 사물을 발견하였다고 합시다. 그런데 그 사물을 보니 기분이 좋아졌습니다. 가까이 다가가서 바라보았는데 색이 아주 예쁘고 선명하였습니다. 만져보니 나비 날개처럼 보드라웠고 냄새를 맡아보니 달콤하고 아찔한 향기가 났습니다. 코를 더 들이대니 재채기가 나왔는데 웃음이 터졌고 행복한 기분에 휩싸였지요. A는 이 사물을 '꽃'이라고 부르기로 했습니다. '꽃'이라는 말은 A가 발견한 사물을 언어로 대체한 것입니다. 이런 최초의 명명 행위, 1차적 비유는 사물의 다양한 감각과 그것이 환기시키는 감정을 고스란히 담고 있습니다. 최초의 언어인 '꽃'은 그것이 지칭하는 사물의 존재 그 자체였습니다.[12] 루소가 최초의 언어는 감정의 언어이며, 비유의 언어라고 한 것 역시 이러한 의미로 볼 수 있습니다.[13]

---

11 Owen Barfield, *Poetic Diction A Study in Meaning*, Barfield Press, 2010, 53~54면.

12 김준오, 『시론』, 삼지원, 2004, 59면 참조.

13 장 자크 루소(Jean-Jacques Rousseau), 주경복·고봉만 역, 『언어 기원에 관한 시론』, 책세상, 31~32면.

## 존재의 언어

시인은 이름 없는 것의 이름을 부르는 자이며, 그전에 그 사물을 발견하는 자입니다. 하이데거에 따르면 존재는 분절하는 차이의 언어 속에서 구획되며, 우리는 언어를 통해서 언어 속에서만 존재를 경험할 수 있습니다.[14]

> 내가 그의 이름을 불러 주기 전에는
> 그는 다만
> 하나의 몸짓에 지나지 않았다.
>
> 내가 그의 이름을 불러주었을 때
> 그는 나에게로 와서
> 꽃이 되었다.
>
> 내가 그의 이름을 불러 준 것처럼
> 나의 이 빛깔과 향기에 알맞는
> 누가 나의 이름을 불러다오.
> 그에게로 가서 나도
> 그의 꽃이 되고 싶다.
>
> 우리들은 모두
> 무엇이 되고 싶다.
> 너는 나에게 나는 너에게

---

14 김동규, 『하이데거의 사이-예술론』, 그린비, 2014, 153~167면 참조.

잊혀지지 않는 하나의 눈짓이 되고 싶다.

-김춘수, 「꽃」

시인은 이름을 부름으로써 존재자를 존재하게 합니다. 「꽃」에서 화자가 명명한 '이름'은 대상의 속성과 특징, 본질을 고스란히 담고 있는 대상 그 자체입니다. 이때 이름[언어]은 존재의 집입니다. 그러나 이름[언어]은 시간이 지나면서 의사전달을 목적으로 한 수단이 되고 의미론적 기호로 변질됩니다. 이런 의미론적 기호로서의 이름[언어]은 껍데기 구조물만 남고 그 안에 살아야 하는 존재가 사라진 빈집 같은 것입니다. 언어가 널리 사용됨에 따라서 존재를 상실한 상태로 유통되는 것은 언어의 운명입니다.

---

**이름과 존재**

톨킨의 소설을 원작으로 한 영화 「호빗」에서(비록 원작에는 등장하지 않는 장면이지만) 갈라드리엘이 사우론을 물리칠 때, "You have no power here. You are nameless"라고 말한다. 이 두 문장은 '이름'이 곧 '힘'이고, 그 힘을 지닌 '존재자의 존재의 근거'임을 드러내고 있다. 이름이 없다고 외치자 사우론이라는 존재자는 존재하지 못하고 사라진다.

인도의 신화에서는 신들이 상당히 복잡하고 긴 이름을 가지고 있다. 신들이 전쟁을 할 때면, 서로의 이름을 부르는데, 이때 성공적으로 다른 신의 이름을 부르면 호명된 신은 죽어 사라지게 된다.

이름은 이렇듯이 의미론적인 기호가 아니라 대상 그 자체로 여겨졌던 것이다. 언어가 대상 그 자체로 여겨지던 시절에는 언어가 그것이 지칭하는 힘을 그대로 지닌 것으로 여겨졌다.

물론 탈신화화 된 현대사회에서 언어의 힘을 주술적인 것으로 보는 이는 없을 것이다. 하지만 칼 융(C. G. Jung)의 말처럼 인간은 수천 년간 인류의 경험이 저장된 무의식을 가지고 태어나기 때문인지, 오늘날에도 우리는 언어의 힘을 전제한 행동을 흔히 하고 있다. 자신도 모르게 좋아하는 사람의 이름을 되뇌거나 노트에 쓰고 싶어 한다거나, 바라는 일을 자꾸만 말하고 수첩에 쓰며, 간절히 기도하는 것 등이 그 예이다.
사람이 생각하고 상상하고 행동하는 것들이 물리적인 자극뿐만 아니라 화학적이고 전기적인 자극에 대한 반응이라는 최신의 과학 분야 연구 성과들이 있다. 대상을 환기시키는 언어가 실제 힘을 가지고 있다는 생각도 과학적인 측면에서 연구가 가능하지 않을까?

---

예를 들어 '사랑'이라는 말 대해 생각해보겠습니다. 자꾸 마음이 쓰이고 찾게 되는 사람이 있습니다. 그 사람의 표정이나 기분을 살피게 되고, 그 사람이 했던 말과 행동의 의미를 찾기 위해 어떤 장면을 떠올리기를 반복하기도 합니다. 또 그 사람의 말과 행동에는 아무런 의미 없다며 스스로를 설득하려고 합니다. 자신의 감정과 싸우기 시작한 것이지요.

하지만 그 사람에 대한 자신의 마음이 부정할 수 없는 '진실'이라는 것을 깨닫고, 고백하기로 결심하게 됩니다. 두려움을 넘어서서 처음으로 발화된 '나는 너를 사랑한다'는 말은 자신이 느끼는 모든 감정과 감각, 다시 말해 사랑의 실체를 고스란히 담고 있습니다. 만약 상대방도 같은 마음이라는 것을 확인하게 되었다면 세상이 빛과 색으로 가득 찬 것 같고 모든 감각이 극대화될 것입니다. 말 자체만으로도 '사랑'의 존재감이 육박해오기 때문에 자꾸 그 말을 하고 싶고, 심지어 혼잣말로 하더라도 행복감을 느낄 수 있습니다.

시간이 흘러서 오래된 연인이 되었다고 치지요. 두 사람은 전화통화를 끊기 전에 "사랑해", "나도"라고 이야기합니다. 이때 이들이 사용한 '사랑'이라는 말은 어떨까요? 그것은 처음 고백하던 순간 그 말이 담고 있던 사랑의 실체와는 거리가 있습니다. 이제 이 말은 그저 연인이라는 관계에서 주고받는 인사말로 전락하였습니다. 딱히 두 사람의 사이가 나빠졌기 때문은 아닙니다. 말이란 처음에 가장 순수하게 존재의 본질을 드러내는 '존재의 집'이었다가도 그 순수성이 훼손되기 때문입니다.

> "시적인 말함이 전락하여 한갓된 '산문'이 되고, 그런 다음 나쁜 '산문'이 되고, 결국 잡담이 된다."[15]

존재의 본질을 망각한 사람들이 일상적인 세계에 빠져들면서 하는 사용하는 말을 하이데거Martin Heidegger, 1889. 9. 26.~1976. 5. 26.는 "잡담"이라고 하였습니다. 일상적인 삶에서 의사소통을 위해 우리가 사용하는 일상적인 말들도 이에 해당합니다. 하이데거는 일상의 언어도 원래는 순수성을 간직한 시어였지만, 그것이 진정한 자기 존재를 드러내는 대신에 평준화되고 획일화된 삶의 매체, 의사전달의 수단으로 전락하면서 존재 개방적인 성격을 상실하게 되었다고 봅니다.

산에는 꽃 피네
꽃이 피네
갈 봄 여름 없이
꽃이 피네

---

15 Martin Heidegger, Joan Stambaugh tr, *Being and Time*, State University of New York Press, 2010, 161~164면. 김동규, 『하이데거의 사이-예술론』, 그린비, 2014, 175~186면 참조.

산에
산에
피는 꽃은
저만치 혼자서 피어있네

–김소월, 「산유화」 부분

김춘수의 「꽃」에서 화자가 이름을 불러주었기에 새로운 존재로 발견되며 생생하게 다가와 의미 있는 존재가 되었던 "꽃"이 김소월의 「산유화」에서는 "저만치 혼자서 피어있"습니다. 그 꽃은 화자와 상관없이 피고 지는 이름 모를 꽃이 아니라 화자에 의해서 꽃으로 발견된 적이 있는 존재이지만 지금은 화자에게서 멀어진 존재로 읽을 수도 있습니다.

존재의 본질을 발견하고 그것에 최초로 명명한 순간이 있나요? 근원적으로 순수한 관계 속에서 느끼는 순진무구한 기쁨을 느껴본 순간은 또 어떻습니까? 왜 이런 전율의 순간, 기쁨의 순간 속에 계속 머무르지 못하고 자꾸만 멀리 떨어져 나와 인간은 일상적인 세계에 빠져드는 것일까요?

이는 우리의 뇌가 환경에 적응하고 정보를 처리하는 방식과 관계가 있다고 여겨집니다. 사람들과 의사소통을 할 때, 단어를 말할 때마다 존재의 본질과 그것이 환기하는 감각들을 생생히 느낀다면 뇌는 쉽게 피로함을 느끼게 될 것이며, 빠르게 의사소통을 하지 못할 것입니다.

때문에 모든 명명된 언어는 본래 지칭하던 대상 존재와 그것을 인식하는 주체가 상호작용하여 만들어내는 감각과 의미 대부분을 상실하고 간략하고 앙상한 관념만을 간직하게 됩니다.

연蓮들이 여린 귀를 내놓는다
그 푸른 귀들을 보고
고요한 수면에
송사리 떼처럼 소리가 몰려온다
물속에 가부좌를 틀고
연蓮들은 부처님같이 귀를 넓히며
한 사발 맛있는 설법을
준비 중이다
수면처럼 평평한 귀를 달아야
나도 그 밥 한 사발
얻어먹을 수 있을 것이다

―길상호, 「연蓮의 귀」

고요한 수면에 연蓮들이 "여린 귀"를 내놓고 있습니다. 여린 귀는 어떤 말도 선입견 없이 받아들이는 부드러운 귀입니다. 귓속으로 송사리 떼처럼 몰려드는 소리의 이미지는 강렬하고 선명합니다. 송사리 떼로 표상된 소리는 일상 세계에서 양산되는 잡담입니다. 시인의 은유인 연蓮은 여린 귀를 수면 위에 내놓고 이 잡담을 유유히 받아냅니다. 그리고 오히려 더 푸르고 평평한 귀를 넓혀가고 있습니다.

인용된 시에서 연蓮은 잡담이 가득한 물속에 가부좌를 틀고 앉아서 몰려드는 잡담의 소리에도 오히려 귀를 더 평평하게 넓히며 한 사발의 설법을 준비하고 있습니다. 시인은 연의 열매인 연밥을 한 사발의 설법說法으로 바꾸어놓고 있습니다. 설법은 '진리를 말하는 것'이므로 '한 사발의 설법'은 인간의 마음을 먹여 살리는 '말의 밥'이라는 의미로 전이됩니다. 이 말밥은 먹을수록 허기지는 잡담이 아니라 나눌수록 배가 부른 진리의 언어이며, 존재의 언어이고, 시의 언어입니다.

---

**잡담과 시어**

인간은 자신이 몸담고 있는 환경세계 속에서 살아가는 현존재이다. 현존재가 환경세계와 만날 때 도구적 관계로 만나게 되면 (대상)세계는 도구로서 자신을 드러내게 된다. 이는 "망치가 망치질을 통해 하나의 도구로 폭로되는 것"과 같다. 이때 망치는 도구적 존재이다. 한편 망치의 도구적 가치를 추상화하여 이를 순순히 물질적 대상인 '쇠'로 대할 수도 있다. 이때 (대상)세계는 도구가 아닌 물질적 존재로 자신을 드러낸다.[16] 인간은 또한 타인과 더불어 살아가며 이 세계를 공유하는 공동 현존재이다. 그런데 인간 역시 타인에 의해서 도구나 물질로 규정될 수 있다. 인간이 존재의 본래성을 상실하고 도구나 물질로 전락하여 비인격화된 삶을 살 때 "일상인"이 된다. 자기 존재를 망각하고 세속에 골몰하며 세속인이 되는 것이다.[17]

이렇게 인간이 자기를 상실하고 '일상적인 우리'의 공동세계에 빠져들면서 양산해내는 말들이 잡담이다. 인간이 공동 현존재로서 일상적인 세계를 살아가는 이유는 죽음이라는 운명을 응시하며 살아가는 것이 불안하기 때문이다. 그런데 일상세계에서 같은 처지에 있는 타인과 어울리면서 위안을 얻는 것에 그치지 않고 불안 자체를 제거하려하고, 제거했다는 환상 속에서 자신의 운명과 죽음을 망각한다. 불안은 자유로운 존재에게 불가피한 것임에도 잡담을 쏟아내며 자기 존재를 망각하려 한다. 시는 이러한 자기 망각 상태에서 벗어나 자기 존재와 대면하게 한다.[18]

> 내가 멸치였을 때,
> 바닷속 다시마 숲을 스쳐 다니며
> 멸치 떼로 사는 것이 좋았다.

---

16 Martin Heidegger, Joan Stambaugh tr,, *Being and Time*, State University of New York Press, 2010, 68~69면.

17 Martin Heidegger, Joan Stambaugh tr,, *Being and Time*, State University of New York Press, 2010, 116~126면 참조.
오세영, 『시론』, 서정시학, 2013, 190~194면 참조.

18 김동규, 『하이데거의 사이-예술론』, 그린비, 2014, 175~186면 참조.

멸치 옆에 멸치, 그 옆에 또 멸치,
세상은 멸치로 이룬 우주였다.
바닷속을 헤엄쳐 다니며
붉은 산호, 치밀한 뿌리 속으로 스미는
바닷속 노을을 보는 게 좋았었다.

내가 멸치였을 땐
은빛 비늘이 시리게 빛났었다.
파르르 꼬리를 치며
날쌔게 달리곤 하였다.
싱싱한 날들의 어느 한끝에서
별이 되리라 믿었다.
핏빛 동백꽃이 되리라 믿었었다.

멸치가 그물에 걸려 뭍으로 올려지고,
끓는 물에 담겼다가
채반에 건져져 건조장에 놓이고
어느 날, 멸치는 말라비틀어진 건어물로 쌓였다.
그리고, 멸치는 실존의 식탁에서
머리가 뜯긴 채 고추장에 찍히거나,
끓는 냄비 속에서 우려내진 채
쓰레기통에 버려졌다.

내가 멸치였을 때,
별이 되리라 믿었던 적이 있었다.

— 이건청, 「멸치」

---

## 물활론

최초의 언어를 사용한 원시인들은 자연을 '그것'이 아니라 '너'로 받아들였습니다. 현대 사회에 살고 있는 우리는 이것을 의인화擬人化 사람이 아닌 것을 사람에 비겨 말하거나 사람이 아닌 것에 사람처럼 생명과 성격을 부여하는 것라는 수사적·시적 장치로 받아들이지만 원시인들은 실제 사람이 아닌 것을 사람과 동등하게 생명과 성격을 지닌 것으로 받아들였습니다. 또한 모든 자연물이 영혼과 생명을 지니고 있다고 받아들였는데 이를 물활론적 세계관이라고 합니다. 물활론은 범신론animism이라고도 하는데요, 우리가 좋아하는 animation도 이와 같은 어원을 가지고 있습니다. animation은 움직이지 않는 그림을 짧은 시간에 여러 장 봄으로써 움직이는 것처럼 보이게 합니다. 그림 속 대상을 살아 움직이게 한다는 점에서 animism과 같은 어원에서 나온 것입니다.

물활론적 세계관 속에서 원시인들은 신, 자연과 공감하며 연결되어 있었습니다. 서로 다른 존재들 속에서 공통점, 동일성을 발견할 때 존재들은 연결될 수 있습니다. 세상의 모든 것이 나와 같은 생명과 영혼을 지녔다고 받아들인다면, 당연히 연결될 수 있습니다.

> 내게 오세요, 더러운 이들에게 물이 말하자
> 너무 부끄럽군요, 그중 하나 답하였어요
> 물이 타이르기를, 그대의 부끄러움을
> 저 없이 어찌 씻어내시겠어요?
>
> —잘랄루딘 루미Jalâluddin Rumi, 「씻겨지다Be Washed」[19]

---

19 Jalâluddin Rumi, Kabir Helminski ed., *The Pocket Rumi*, Shambhala Publication, 2017, 95면 참조.

루미 시의 화자는 물과 사람의 대화를 옮겨놓고 있습니다. 물이 때 묻고 더럽혀진 사람들에게 자연스럽게 말을 걸고, 그 말을 들은 이들 중 한 사람이 물에게 대답합니다.

물론 이 시를 여러 가지 방법으로 읽을 수 있을 것입니다. 오늘날 현대인의 입장에서 아무래도 물과 대화를 나누는 것은 불가능하므로, 물을 신이나 신앙의 상징으로 볼 수도 있을 것이며, 물과의 대화는 사실 더럽혀진 사람의 내면에서 일어나는 갈등과 생각의 과정의 일부를 물에 투사하여 의인화한 것이라고 읽을 수도 있을 것입니다.

하지만 최초의 언어, 원시인의 언어는 인간들 사이에서뿐만 아니라 자연과 인간, 신과 인간 사이의 의사소통 수단이었습니다. 자연과 신과의 교섭도 언어에 의해서 이루어졌고, 인간의 감정이 자연과도 교감될 수 있었습니다. 언어는 대상과 언제나 연결되는 주술적 기능이 있다고 여겨졌습니다. 그리고 원시인은 언어를 통하여 대상과의 연속감과 일체감을 갖는 유기체의 완전한 전체적 느낌을 경험할 수 있었습니다.[20]

> 언제이든가 나는 한 송이의 모란꽃으로 피어 있었다.
> 한 예쁜 처녀가 옆에서 나와 마주 보고 살았다.
>
> 그 뒤 어느 날
> 모란꽃잎은 떨어져 누워
> 메말라서 재가 되었다가
> 곧 흙하고 한 세상이 되었다.

---

20 에른스트 카시러(E. Cassirer), 박찬국 역, 『상징 형식의 철학』, 아카넷, 2016, 113~116면 참조. 김준오, 『시론』, 삼지원, 2015, 58면.

그래 이내 처녀도 죽어서
그 언저리의 흙 속에 묻혔다.

그것이 또 억수의 비가 와서
모란꽃이 사위어 된 흙 위의 재들을
강물로 쓸고 내려가던 때,
땅 속에 괴어 있던 처녀의 피도 따라서
강으로 흘렀다.

그래, 그 모란꽃 사윈 재가 강물에서
어느 물고기의 배로 들어가
그 혈육에 자리했을 때,
처녀의 피가 흘러가서 된 물살은
그 고기 가까이서 출렁이게 되고,

그 고기를, ―그 좋아서 뛰던 고기를
어느 하늘가의 물새가 와 채어 먹은 뒤엔
처녀도 이내 햇볕을 따라 하늘로 날아올라서
그 새의 날개 곁을 스쳐 다니는 구름이 되었다.

그러나 그 새는 그 뒤 또 어느 날
사냥꾼이 쏜 화살을 맞아서,
구름이 아무리 하늘에 머물게 할래야
머물지 못하고 땅에 떨어지기에
어쩔 수 없이 구름은 또 쏘내기 마음을 내 쏘내기로 쏟아져서
그 죽은 샐 사 간 집 뜰에 퍼부었다.

그랬더니, 그 집 두 양주가 그 새고길 저녁상에서 먹어 소화하고,

이어 한 영아를 낳아 양육하고 있기에,
뜰에 내린 쏘내기도
거기 묻힌 모란씨를 불리어 움트게 하고
그 꽃대를 타고 또 올라오고 있었다.

그래 이 마당에
현생의 모란꽃이 제일 좋게 핀 날,
처녀와 모란꽃은 또 한 번 마주 보고 있다만,
허나 벌써 처녀는 모란꽃 속에 있고
전날의 모란꽃이 내가 되어 보고 있는 것이다.

－서정주, 「인연설화조因緣說話調」

이 시는 불교의 인연연기설과 윤회전생설을 바탕으로 하고 있습니다. 무아無我 anātman론적 불교에서 인간은 물질과 정신의 다섯 가지 요소들이 어떤 조건에 의해서 임시적으로 모여 있는 하나의 집합체에 불과합니다. 이를 오온五蘊이라고 하는데, '온'이란 모임, 집합이라는 뜻이지요. 존재는 감각受, 이미지로의 개념화想, 의지行, 이성識과 같은 정신작용과 물질色의 합合일 뿐이며 이들은 늘 생성 소멸하는 변화를 겪습니다.[21] 그러므로 무아론에서는 영원불멸하는 본질과 실체로서의 자아 ātman, 영혼과 같은 것은 없다는 것을 깨닫는 것이 핵심입니다. '내가 존재한다'는 생각을 깨뜨릴 때 애착과 욕심에서 비롯된 근심과 슬픔 같은 고통이 사라집니다.

21 김승동 편저, 「오온」, 『불교사전』, 민족사, 2011, 798~799면.

일반적으로 알려진 윤회는 육체가 죽은 뒤에도 영혼이 지속한다고 믿는 관념에서 파생됩니다. 다시 말해 한 영혼이 다른 몸으로 태어난다고 보는 것입니다. 유아론적 자아의 윤회는 환생reincarnation이며, 환생은 전생과 현생의 자아형식이 같다는 특징이 있습니다.

「인연설화조」에서 화자인 처녀는 "언제든가 나는 한 송이의 모란꽃으로 피어 있었다"고 이야기를 시작합니다. 이는 화자가 이전에도 여러 가지 존재로 이미 존재해왔음을 함축하고 있습니다. 이 작품의 시상詩想은 무아론적 윤회의 외형에다가 지속되는 자아의 환생이라는 유아론적 윤회의 개념을 섞어서 만든 시인의 독특한 사상思想을 따라 전개되어 갑니다.

2연에서 모란꽃이 시들어 마른 재가 되었다고 합니다. 한 존재의 죽음을 그 존재를 구성하는 요소들이 더 이상 그것으로 존재하기를 멈추고, 해방되어 다른 요소들과 결합하면서 지속된다는 사상이 모란꽃의 죽음과 마른 재의 여정을 통해 펼쳐집니다. 재는 흙과 섞여 한 세상이 되었다가, 억수의 비를 타고 흘러가 강물 속을 흘렀고, 강물 속 물고기의 배로 들어가 그 혈육에 자리하였는데, 다시 그 물고기를 잡아먹은 물새를 타고 하늘로 올라가 사냥꾼이 쏜 화살을 맞고 땅에 떨어져 팔려가게 됩니다. 그리고 물새 고기를 저녁으로 먹은 부부가 낳은 갓난아기가 되었고 성장하여 처녀가 되었습니다.

겉으로 보이는 상황은 처녀와 모란꽃이 마주보고 있는 정지된 장면일 뿐입니다만, 처녀가 기억하는 전생의 기억으로 인하여 모란꽃 속에 '전생의 처녀'가 있고, 처녀 속에 '전생의 모란꽃'이 있음이 밝혀집니다. 처녀와 모란꽃은 완전히 동등하며 상호 전환될 수 있는 존재이므로 처녀가 모란꽃을 대상화하여 '바라보고' 있는 것이 아니라 서로 "마주보고 있다"고 말해지고 있습니다. 이 시는 주체와 대상이 아니라 주체와 주체의 관계를 보여줍니다. '나'와 '너'의 상호대등하고 상호주체적인 관계는 반복되고 있는데요, 애초에 자아라는 것이 없다고 본다면 실상 '나'와 '너'의 구분은 무의미할 것입니다. 하지만 「인연설화조」의 화자는 무아론적인 윤회의 외연을 취하면서도 끊임없이 '나'와 '너'를 검출하고 서로 마주보는 관계가 지속됨으로 증명하고 있습니다.

인연因緣에서 인因은 결과를 내는 직접적이고 내적인 원인이고, 연緣은 주변에서 이를 돕는 간접적이고 외적인 원인을 의미합니다. '원인과 조건'인 인연에 의해서 모든 것이 성립하고 소멸합니다. 예를 들면 식물의 씨앗이 인이라면 햇빛과 흙, 물 등의 환경은 연이며, 인과 연이 결합하여 싹을 틔우는 것입니다.[22] 인연과 흔히 어울려 쓰이는 말인 연기緣起는 '~에 의하여 생기는 것', 즉 결과를 뜻합니다. 인연연기는 윤회의 원리라고 볼 수도 있습니다. 이 시에 드러난 윤회의 많은 원인과 결과 속에서 '나'와 '너'가 '마주 보는 관계'가 지속되고 있음을 발견하고 명명하고 존재하게 하는 것은 시인의 의지입니다.

무아론의 핵심을 거부하면서도 무아론의 외연만을 취하는 것처럼 보이는 이유는 시인이 윤회를 근대인의 사유로서 설득해내기 위해 취한 전략으로 보입니다. 존재를 구성하는 물질이 흩어져서 다른 존재를 구성한다는 생각은 근대 과학의 사유와 일치하는 것이기 때문입니다.

실러Friedrich von Schiller는 시인을 자연으로 존재하는 '소박한 시인naive poet'

22 김승동 편저, 「인연」, 『불교사전』, 민족사, 2011, 911~912면.

과 상실한 자연을 추구하는 '감상적 시인sentimental poet'으로 나누었습니다. 그러나 근대 문명의 시대에 살고 있는 현대에 소박한 시인은 더 이상 존재할 수 없습니다. 소박한 시인에게 현실적으로 실재했던 유기체적 총체성the wholeness은 근대인에게는 이상理想으로서만 존재합니다.[23]

---

**Cogito ergo sum**

수학자이며 철학자였던 데카르트(René Descartes, 1596. 3. 31~1650. 2. 11.)는 프랑스에서 태어나 자랐다. 33세 때인 1628년 네덜란드로 건너가 그의 철학적 업적 대부분을 이루었으며, 54세였던 1649년 가을 스웨덴 여왕 크리스티나의 초청을 받아들여 스톡홀름으로 건너갔지만 폐병으로 이듬해 봄에 세상을 떠났다.

데카르트는 마지막 중세인이자 최초의 근대인이며 근대철학의 아버지라고 칭해진다. 이는 그가 신을 인정하면서도 신의 절대성을 인정하지 않고, 자신의 이성 안에서 신의 존재의 합리성을 규명함으로써 중세 철학적 전통과 단절되는 근대 철학에 커다란 영향을 미쳤기 때문이다.

데카르트는 42세 때 『방법서설』로 알려진 『이성(理性)을 올바르게 이끌어, 학문에서 진리를 구하기 위한 방법 서설, 그리고 이 방법에 관한 에세이들인 굴절광학, 기상학 및 기하학』(1637)을 프랑스어로 썼다. 라틴어로 출판하는 것이 일반적인 관례를 깨고 일반인들의 독서를 위해 일상어인 불어로 출판하였는데, 데카르트는 이 책을 1644년에 라틴어로 재출간하였다. 그리고 4년 뒤, 『성찰』로 알려진 『제 1철학에 대한 성찰, 여기서 신의 현존 및 인간 영혼의 불멸성이 증명됨』(1641)의 프랑스어 초판을 출간하였고, 1년 뒤 라틴어 재판 『제 1철학에 관한 성찰, 여기서 신의 현존 및 인간 영혼과 육체의 상이성이 증명됨』(1642)을 출간하였다. 그리고 이어 『철학의 원리』(1644)를 출간했다.

"나는 생각한다. 그러므로 나는 존재한다(Cogito ergo sum)"는 명제는 『방법서설』과 『철학의 원리』에 나온다.

그는 조금이라도 의심의 여지가 있는 것은 처음부터 어느 것도 긍정해서는 안 되며, 감각을 통해 알려진 모든 것, 사물과 그 본질에 관한 견해까지 모두 의심해야 한다고 주장하였다. 이렇게 모든 것을 의심한 끝에 결코 의심할 수 없는 한 가지를 만나게 되는데, 그것은 바로 자신이 의심하고 있다는 사실이었다. 모든 것을 의심하면서 의

---

23 Friedrich von Schiller, Julius A. Elias tr., *Naive and Sentimental Poetry and On the Sublime*, Frederick Ungar Publishing Co., 1966, 110~113면.

심하고 있다고 의식하고 있는 자신의 생각이 존재한다는 것만은 의심할 수 없는, 확실하게 알 수 있는 단순한 것이기 때문이었다.
데카르트의 이러한 이성적 사유는 기존의 세계관, 신의 섭리 아래 만들어진 총체적 세계관을 깨뜨리고 결과적으로 세계를 의심하는 주체인 나, 의심하는 이성, 의심되는 대상 세계로 분리해낸다.

---

'소박한 시인'에게 자아와 세계가 연결된 통일감은 상상이나 이상이 아닌 현실에 실재實在하는 감각이었습니다. 그들은 "별이 총총한 하늘이 갈 수 있고, 또 가야만 하는 길들의 지도인 시대, 별빛들이 그 길들을 훤히 밝혀주는 시대"[24]를 살았습니다. 루카치Georg Lukacs는 이 시대에는 모든 것이 새롭지만 친숙하며, 세계는 자신의 집과 같다고 하였습니다. 그들이 자연과 신에 대하여 쓴 시는 그들이 실감하는 현실을 담고 있습니다.

하지만 근대 이후 인간은 신과 자연, 세계로부터 분리된 '개인'이 되었습니다. 그러나 근대 이후로도 여전히 자연과의 교감에 대하여 시를 쓰는 사람들이 있습니다. 이 '감상적 시인'은 이미 자연과의 총체성을 상실한 채, 다만 그것을 그리워할 수 있을 뿐입니다.

> 임이시여, 나의 임이시여, 당신은
> 어린 아이가 뒹굴을 때에
> 감응感應적으로 깜짝 놀라신 일이 없으십니까.
>
> 임이시여, 나의 임이시여, 당신은
> 세상 사람들이 지상의 꽃을 비틀어 꺾을 때에

---

24 게오르그 루카치(Georg Lukacs), 김경식 역, 『소설의 이론』, 문예출판사, 2007, 27면.

천상의 별이 아파한다고는 생각지 않으십니까.

—남궁벽, 「별의 압흠」

감응이란 어떤 느낌이나 자극을 받아서 움직이고 반응한다는 뜻입니다. 화자는 '임'으로 지칭되는 청자에게 두 가지를 묻고 있습니다. 첫 번째 질문은 청자에게 타자와 직접적으로 연결되어 있는지를 묻고 있습니다. "어린 아이"는 시 속의 화자, 청자와 동일한 범주사람에 포함되는 존재이면서, 인간의 보호 본능을 불러일으키는 연약한 존재로 비교적 쉽게 공감할 수 있는 대상입니다.

그리고 두 번째 질문은 사람이 아닌 존재들끼리도 연결되어 있다고 생각하는지, 그리고 청자가 그런 존재들과도 교감하고 있는지를 묻고 있습니다. 지상의 꽃과 천상의 별은 우주의 끝에 있는 존재로 선택된 시어들입니다. 식물인 꽃과 무생물인 별, 지상과 천상은 극과 극으로 보이지만, 별을 천상에 핀 꽃으로 꽃을 지상에 뜬 별로 본다면 이들은 서로 다르지만 같은 거울상이 됩니다. 위치나 분류로 볼 때에 전혀 교감하지 못할 것 같은 꽃과 별이지만 시인은 이들이 서로 연결되어 있어서 사람들이 꽃을 비틀어 꺾을 때, 별이 아파할 것이라고 생각하고 있습니다.

이 시의 화자는 각 연의 첫 행에서 청자를 세 번이나 호명하고 있습니다. 시인은 사모하는 사람을 칭하는 명사인 '임'을 사용하고, 다시 '사랑하는 임'이라고 강조하고, 마지막으로 '당신'이라고 존중하면서 간곡히 부르는데 이는 세계와 단절되어 돌아서버린 사람들의 마음을 되돌리기 위한 것입니다. 꽃을 비틀어 꺾는 사람들의 무정하고 잔혹한 행동에도 불구하고 시인은 그들에 대한 신뢰의 끈을 놓지 않았기 때문입니다.

의문문의 구조는 시인이 이미 깨진 세계의 총체성과 자연과 단절된 세계를 살아가는 근대인임을 드러냅니다. 세계가 연결되어 있다는 것이 의심되는 사실이기 때문에 의문문을 사용하고 있는 것이지요. 그리고 세계의 총체성이나 자연과의 교감에 대해서는 알지 못하거나 생각해보지 않은 청자의 마음에 화자가 질문을 던짐으로써 문제를 제기하는 것이기도 합니다. 물론 화자가 수사의문문의 형태로 자신의 생각을 전달하려는 것일 수도 있지요. 어느 경우이건 「별의 압흠」에는 실러가 말한 감상적 시인으로서의 남궁벽의 면모가 잘 담겨 있습니다.

---

**남궁벽**南宮壁, 1895~1922

남궁벽은 평안북도 함열에서 태어나 일본에서 공부하고 오산학교 교사로 지내기도 하였다. 염상섭 등과 《폐허》 동인으로 활동하며 시를 발표하기도 하였는데, 작품이 별로 남아 있지 않지만, 그의 시는 짙은 낭만성과 자연 친화력을 보여주고 있다.

---

처마 밑에 놓인 밥그릇
아침엔 까치가 기웃대더니
콩새도 콩콩 깨금발로 다가와
재빨리 한 입,
빗방울이 먹다 간 한쪽은
팅팅 불어 못 먹을 것 같은데
햇살이 더운 혓바닥으로 쓰윽,
저마다 배를 불린다
정작 그릇 주인인 고양이는
잠을 자다 뒤늦게 나와

구석에 남은 몇 알로
공복을 누르지 못해 야아옹,
뒷마당으로 사라지고
고양이가 흘리고 간 한 알
개미들이 기다랗게 줄을 선다
텃밭에서 돌아온 할아버지
텅 빈 밥그릇을 보고 허허,
또 한 그릇 덜어낸 사료 포대처럼
조금 더 허리가 휜다

— 길상호, 「밥그릇 식구」

나른하고 행복한 동화처럼 읽히는 「밥그릇 식구」에는 많은 존재들이 등장하고 퇴장합니다. 이들을 불러들이는 것은 고양이의 사료가 담긴 밥그릇입니다. 까치가 와서 기웃대고, 콩새가 와서 한 입 먹고 갑니다. 빗방울과 햇살도 사료를 먹기 위해 찾아온 존재로 묘사됩니다. 빗방울이 먹고 간 뒤 팅팅 불어버린 사료를 햇살이 더운 혓바닥으로 쓰윽 핥아 먹어 원상복귀시키는 장면은 무릎을 탁 치게 합니다. 고양이가 먹고 흘린 한 알은 개미들에게는 커다란 식량이 됩니다. 나중에 텅 빈 밥그릇을 보고 허허 웃는 할아버지는 이 모든 존재들을 먹이느라 자신을 내어주는 사료 포대 같은 존재입니다. 이들은 모두 밥을 나누어 먹기 때문에 '식구'로 명명됩니다. 이렇게 모두와 연결된 밝고 따뜻한 세계는 시인이 시 속에서 추구한 이상일 뿐이지만, 시를 읽은 독자들이 공감하고 다른 존재와 함께 하는 삶을 실현하려고 한다면 현실이 될 수도 있습니다. 이것이 글자에 지나지 않는 시가 지닌 힘이기도 합니다.

## 역설의 언어

최초의 언어는 존재의 집으로서 존재 그 자체를 가리키는 것이었습니다. 하지만 언어는 사람들이 사용할수록 존재의 본질은 망각되고 관념화되어 보편성을 추구하는 의미론적 기호가 되어버립니다. 니체Friedrich Wilhelm Nietzsche는 「비도덕적 의미에서의 진리와 거짓에 관하여」에서 진리를 가리켜 비유, 환유, 의인관 등과 같은 시적인 언어라고 말하였습니다. 그는 "진리는 마멸되어 감각적 힘을 잃어버린 비유"이며, "그림이 사라질 정도로 표면이 닳아버려 더 이상 동전이기보다는 그저 쇠붙이로만 여겨지는 그런 동전"이라고 하였습니다.[25] 진리의 속성에 대하여 말하기 위해 사용한 비유이지만, 이 동전의 비유는 최초의 언어가 일상어가 되어가는 과정과 그 결과를 감각적으로 설명하고 있습니다. 오래 사용된 동전처럼 마모된 일상 언어는 매우 빈약한 의미만을 지니게 됩니다.

일상의 언어에서 소실되고 망각된 개별성을 복원하는 힘은 시에 있습니다. 시는 언어가 지칭하는 대상에 다가갑니다. 하지만 시의 재료는 오직 언어뿐입니다. 시는 닳아서 희미해진 언어를 사용하여 존재 그 자체가 되고자 합니다. 이렇듯 언어를 통하여 언어를 넘어서고자 한다는 점에서 시를 역설의 언어라고도 합니다. 이는 이미지, 비유, 상징, 역설 등을 통하여 가능합니다.

25 프리드리히 니체(Friedrich Wilhelm Nietzsche), 이진우 역, 『유고(1870~1873) 디오니소스적 세계관·비극적 사유의 탄생 외』, 책세상, 2015, 450면 참조.

내게 진실의 전부를 주지 마세요,

나의 갈증에 바다를 주지 마세요,

빛을 청할 때 하늘을 주지 마세요,

다만 작은 반짝임, 이슬 맺힌 한 가닥, 티끌 하나를 주세요,

목욕 후 물방울을 매단 새같이

한 알의 소금을 품은 바람같이.

―울라브 하우게Olav H. Hauge, 「내게 진실의 전부를 주지 마세요」[26]

---

**산은 산이고, 물은 물이다**

이 법어는 성철(性徹, 1912~1993) 스님이 조계종의 종정(宗正, 최고 정신적 지도자)이 되었을 때 사용하여 우리에게 널리 알려졌지만, 일찍이 당나라 청원유신(靑原惟信) 선사가 제자들에게 남긴 말이다. 그는 다음과 같은 자신의 깨달음을 상당법어(上堂法語, 주지가 정식으로 수미단에 올라 행하는 설법)로써 내놓았다.

> "내가 30년 전에 참선을 시작하기 전에는, 산은 산이고, 물은 물인 것으로 보았다. 그러다가 그 후에 선지식을 친견(親見)하게 되어 참선에 들어서서는, 산은 산이 아니고, 물은 물이 아닌 것으로 보았다. 그리하여, 이제 와서는, 일개 휴헐처(休歇處, 마음이 쉬는 곳)라도 얻고 나니, 다시 전과 마찬가지로, 산은 다만 산이고, 물은 다만 물인 것으로 보인다."

이 법어의 의미는 여러 가지로 읽을 수 있겠지만, 다음과 같이 존재의 언어, 역설의 언어로서 시어를 발견하게 되는 과정으로 읽을 수도 있다.

"참선을 시작하기 전에 산은 산이고, 물은 물인 것으로 보았다"는 것은 일상 언어로 전락한 '산'이라는 말로 산을 지칭하고, 일상 언어로 전락한 '물'이라는 말로 물을 지칭하던 것을 말한다.

"참선에 들어서서는, 산은 산이 아니고, 물은 물이 아닌 것으로 보았다"는 것은 '산'이라는 말이 산의 존재를 망각한 말이고, '물'이라는 말이 물의 존재를 잊어버린 말이라고 보게 되었다는 의미이다.

"이제 와서는 다시 전과 마찬가지로 다만 산은 산이고, 물은 다만 물인 것으로 보인

---

26 Olav H. Hauge, Robin Fulton tr., "DON'T GIVE ME THE WHOLE TRUTH", *LEAF-HUTS AND SNOW-HOUSES*, Anvil Press Poetry Ltd, 2010, 43면.

다!"는 것은 '산'이라는 언어가 존재 그 자체를 지칭하는 시어로 회복되고 나니 그것이 다만 산인 것이 맞고, '물'이라는 언어가 존재 그 자체를 지칭하는 시어로 회복되고 나니 그것이 다만 물인 것으로 보인다는 의미이다.

한편 산은 산이 아니고, 물은 물이 아니라는 부정은, 주관에 의해 포착된 객관이 존재하지 않는다는 것에 대한 깨달음을 의미한다. 존재가 끊임없이 변화하는 오온(五蘊)일 뿐이라는 점을 깨닫게 되면, "나는 없다"는 아상(我想)의 부정을 얻을 수 있다. 이렇게 되면, 너와 나의 구별이 없어지고, 내가 다른 존재보다 우월하다는 생각도 부정할 수 있게 된다. 이런 생각에서 벗어나면 결국 오래 살기를 바라는 마음도 벗어나게 되고, 스스로 생명을 가진 존재라는 생각마저 벗을 수 있게 되어 마침내 주관으로부터 무한한 방생을 얻을 수 있다.

이 짧은 법어는 이러한 자율성의 세계, 그 자체로 존재하는 세계를 바라보고, 그것을 인식하고, 법어로 언어화하는 방식이다. 이는 새로운 언어를 통하여 인식을 새롭게 하고, 그 새로운 인식을 통해 세계를 바라보게 하려는 현대의 시적 시도에 시사하는 바가 크다.

---

## 더 읽어볼 시 1

1

내 그대를 생각함은 항상 그대가 앉아 있는 배경에서 해가 지고 바람이 부는 일처럼 사소한 일일 것이나 언젠가 그대가 한없이 괴로움 속을 헤매일 때에 오랫동안 전해 오던 그 사소함으로 그대를 불러보리라.

2

진실로 진실로 내가 그대를 사랑하는 까닭은 내 나의 사랑을 한없이 잇닿은 그 기다림으로 바꾸어버린 데 있었다. 밤이 들면서 골짜기엔 눈이 퍼붓기 시작했다. 내 사랑도 어디쯤에선 반드시 그칠 것을 믿는다. 다만 그때 내 기다림의 자세를 생각하는 것뿐이다. 그동안에 눈이 그치고 꽃이 피어나고 낙엽이 떨어지고 또 눈이 퍼붓고 할 것을 믿는다.

－황동규, 「즐거운 편지」

## 더 읽어볼 시 2

고한읍 어딘가에 고래가 산다는 걸 나는 몰랐다. 까아맣게 몰랐다. '사북사태' 때도 그냥 어용노조만 거기 있는 줄 알았다. 혹등고래가 산 속에 숨어 탄맥을 쌓고 있는 줄은 몰랐다. 그냥 막장인 줄만 알았다. 창도 깨진 사택들만 남아 있는 줄 알았다. 고래가 사는 줄은 몰랐다. 역전 주점, 시뻘겋게 타오르는 조개탄 난로의 그것을 불인 줄만 알았다. 카지노 아랫마을 찌그러진 주점에서 소주잔을 들어올리는 사람들의 한숨인 줄만 알았다. 검은 탄더미인 줄만 알았다. 그냥 석탄인 줄만 알았다.

－이건청, 「폐광촌을 지나며」

## 더 읽어볼 시 3

봄의 과수원으로 오세요

이곳에 꽃과 술과 촛불이 있어요

당신이 안 오신다면 이런 것들이 무슨 소용이겠어요?

당신이 오신다면 또 이런 것들이 무슨 소용이겠어요?

—잘랄루딘 루미Jalâluddin Rumi[27]

---

27 Jelaluddin Rumi, Coleman Barks tr., *The Essential Rumi*, HarperOne, 2004, 37면 참조.
Jelaluddin Rumi, Ibrahim Gamard and Rawan Farhadi tr., *The Quatrains of Rumi,* Sufi Dari Books, 2008, 270면 참조.

# 2부

# 시 읽기

1

# 시의 음악성

시가 노래와 분리되어 왔으며 더 이상 가창되는 장르가 아님은 앞서 살펴본 바와 같습니다. 하지만 시인이 언어를 고르고 고르며 듣기에 조화롭고 입에 잘 붙는 시를 쓰기 위해 애쓰고 있음은 물론입니다. 노래가 되고자 하지는 않더라도 시는 여전히 음악의 상태를 동경하고 있습니다. 물론 음악과 노래의 개념도 복잡해지고 다양해진 상황에서 음악성에 대한 과거의 기준만으로는 시의 음악성을 이야기하기에는 충분하지 못할 것입니다. 여기서는 시의 음악성을 논할 때 일반적으로 기준이 되는 운율에 대하여 살펴보겠습니다. 그리고 한국시가 음악성이 빈약하다고 여겨지는 이유와 그것이 사실인지에 대해서도 함께 이야기해보도록 하지요.

## 운율(韻律)

먼저 운韻 rhyme에 대하여 살펴보겠습니다. 운이란 소리의 울림을 의미하며, 시에서 소리를 반복적으로 혹은 잇달아 배치함으로써 음악성을 만들어내는 시작법을 압운법押韻法이라고 합니다.

술은 입에서 오고
사랑은 눈에서 오네
그게 우리가 늙어 죽기 전
진실로 알아야 할 전부.
나 술잔을 입까지 들어
당신을 바라보네, 그리고 한숨을 쉬네.

Wine comes in at the mouth
And love comes in at the eye;
That's all we shall know for truth
Before we grow old and die.
I lift the glass to my mouth,
I look at you, and I sigh.

－윌리엄 버틀러 예이츠William Butler Yeats, 「술노래A Drinking Song」

예이츠의 「술노래」의 원문을 읽어보면 각행의 마지막에 같은 소리가 반복되고 있는데요, ababab의 형식으로 두 개의 다른 소리가 번갈아 반복되고 있습니다.

영어나 독일어처럼 단어가 문장 속에서 다양한 형태로 변화하여 활용되는 언어를 굴절어屈折語, inflectional language라고 합니다. 성별, 수數, 시제, 격格, 인칭 등등에 따라서 단어가 변화하기 때문에 굴절어의 경우 압운법에서 특히 각운 사용에 유리하다고 이야기되어 왔습니다.

이에 비하여 한국어는 교착어膠着語, agglutinative language이기 때문에 한 문장이나 어절의 끝음절 음상이 빈약하여 시에서 운이 발달하지 못했다고 이야기되어 왔지요. 교착어는 부착어, 첨가어라고도 불리는데요, 실질형태소실제적 의미를 지닌 최소 단위인 어근語根에 형식형태소문법적 기능을 지닌 최소 단위인 접사를 붙여 만든 단어가 문장 안에서 기능을 가지고 활용되는 특징이 있습니다. 한국어, 몽골어 등이 여기에 속합니다. 한국어가 교착어이기 때문에 단어의 마지막에 붙는 조사나 어미가 제한되어 있어서 압운에 불리하다는 말이 언뜻 듣기에는 그럴 듯합니다. 하지만 이러한 주장은 각운의 경우에만 해당될 터인데, 형식형태소의 제거나 축약, 줄 바꿈 등으로 얼마든지 한국어도 각운을 부릴 수 있습니다.

사실 중국어 같은 고립어孤立語, isolating language, 문장 내에 놓이는 위치에 따라 문법적 기능이 바뀌는 언어는 굴절어처럼 단어의 변화가 있는 것도 아니고, 교착어처럼 형식형태소가 덧붙는 것도 아닌데 자유로이 압운, 각운을 사용하고 있다는 점에서 시사하는 바가 큽니다. 시에서는 산문과 달리 조사와 어미를 모두 생략할 수 있으며 문장 성분의 배치 역시 일반적인 사용과 다르게 할 수 있습니다.

물구슬의 봄새벽 아득한 길
하늘이며 들 사이에 넓은 숲

젖은 향기 붉웃한 잎 위의 길
실 그물의 바람 비쳐 젖은 숲

나는 걸어가노라 이러한 길
밤저녁의 그늘진 그대의 꿈
흔들리는 다리 위 무지개 길
바람조차 가을 봄 걷히는 꿈

—김소월, 「꿈길」 전문

「꿈길」에서는 길숲길숲, 길꿈길꿈으로 배치된 소리들이 각운을 잘 보여줍니다. 각운을 위하여 2연의 1행은 한국어 통사 구문의 구조를 자유로이 변형하고 있습니다. '나는 이러한 길을 걸어가노라'라고 쓰지 않고 '나는 걸어가노라 이러한 길'이라고 씀으로써 매우 자연스럽고 아름답게 읽히며 입에 붙는 음악성을 만들어내고 있습니다. 또한 이 시의 각운인 길과 숲, 길과 꿈이 단순히 교차되는 것이 아니라 비유를 통해 인식이 확장되는 즐거움을 느낄 수 있습니다. 1연의 다양한 길과 숲의 형태를 2연 1행에서 '이러한 길'이라고 받고 있고, 2연 2행에서 그 길이 그대의 '꿈'임을 알 수 있지요.

김소월의 「꿈길」을 통해 교착어임에도 한국어가 각운을 자유로이 사용할 수 있음을 살펴보았습니다. 형식형태소의 제거와 문장 성분의 위치 변경이라는 poetic license가 적절히 사용되면 얼마든지 각운을 부릴 수 있습니다.

한국어가 교착어임에도 압운에 불리하지 않은 두 번째 이유는, 압운에는 각운만 있는 것이 아니기 때문입니다. 소리를 반복적으로 놓는 위치가 시구의 첫머리 부분이면 머리 두자를 사용하여 두운頭韻이라고 하고, 시구의 끝부분이면 다리 각자를 사용하여 각운脚韻이라고 하지요. 또한 자음을 연속적으로 혹은 반복적으로 배치를 하면 자음운子音韻이라고 하고, 모음을 그렇게 사용하면 모음운母音韻이라고 합니다. 한 예로 이어령은 정지용의 「향수」, 특히 아래 인용한 시구를 두고 "다채로운 두운과 모운이 연주하는 황홀한 음악상자"[1]라고 명명한 바 있습니다.

빈 밭에 밤바람 소리 말을 달리고

그는 '빈 밭'과 '밤바람' 두 어휘에 4개의 'ㅂ'과 6개의 'ㅏ'가 반복되고 있음을 주목하고, 자수율에만 의존해 있는 한국시의 층위에서 보면 가히 반란에 가까운 운율 혁명을 보여준다고 평가하고 있습니다. 정지용 시의 두운과 모음운을 평가하면서도 한국시가 자수율에만 의존해 있다는 것을 전제로 하고 있는데요, 이는 한국시가 음악성이 부족하다는 기존의 의견들과 함께하는 것입니다.

그리고 이러한 견해들은 한국시에 음악성이 부족한 이유를 한국어의 특징인 교착어라는 속성에서 찾기도 했음을 앞서 말씀드렸습니다. 이러한 설명은 한국시가 근본적으로 음악성이 부족할 수밖에 없다는 결론으로 나아가게 하는데요, 이는 결과의 원인을 잘못 찾은 것으로 보입니다.

---

1 이어령, 『언어로 세운 집』, arte, 2017, 89~95면.

내 가슴엔

멜랑멜랑한 꼬리를 가진 우울한 염소가 한 마리

살고 있어

종일토록 종이들만 먹어치우곤

시시한 시들만 토해냈네

켜켜이 쏟아지는 햇빛 속을 단정한 몸짓으로 지나쳐

가는 아이들의 속도에 가끔 겁나기도 했지만

빈둥빈둥 노는 듯하던 빈센트 반 고흐를 생각하며

담담하게 담배만 피우던 시절

— 진은영, 「대학 시절」

이 시는 다채로운 압운을 보여주고 있습니다. 구체적으로 어떤 운을 사용하고 있나요?

## 율(律, meter)

'율'이란 시적 측량의 단위이지만 언어마다 그 성격이 다릅니다. 영어에서는 강세가 있는 음절과 없는 음절의 교차를 의미합니다. 하나의 시행은 일정한 수의 미터로 구성되어 있는 것이 보편적이지요. 고저高低, 장단長短, 강약強弱이 없는 한국어의 특성상 한국시의 율은 오직 음절수만으로 결정되었는데 그나마 자유시에서는 음절수에도 구애받지 않게 됨으로써 율을 찾기 힘들어졌다고 이야기되어 왔습니다.

먼저 고저율高低律, tonal이란 높은 소리와 낮은 소리가 규칙적으로 교체 반복되며 만들어지는 음악성을 뜻하며, 성조聲調가 있는 한시에서 사용됩니다. 우리 시에서도 중세기 문헌에 방점을 기호로 찍어 한글에 사용한 『용비어천가』가 있습니다. 15세기 중세 국어는 성조 언어였기 때문입니다. 이 성조를 나타내기 위해 평성平聲에는 무점無點, 상성上聲에는 2점, 거성去聲에는 1점을 표기하였습니다. 하지만 점차 한국어에서 고저가 변별적 자질을 갖지 못하게 되어 사라졌고, 현대시 창작에 적용되지 않고 있습니다.

강약률强弱律, dynamic은 강세가 없는 음절과 강세가 있는 음절이 하나의 단위foot 音步를 이루어 규칙적으로 교체 반복되며 만들어지는 음악성을 의미합니다. 영시英詩에서 사용되며 약강 5음보iambic pentameter로 한 행을 구성하는 것이 대표적입니다. 하지만 우리말에서 강약은 변별적 자질을 갖지 못하기 때문에 한국시 창작에 적용되지 않고 있습니다.

장단율長短律, durational은 긴 소리와 짧은 소리가 규칙적으로 교체 반복되며 만들어지는 음악성을 뜻합니다. 고저나 강약에 비해 우리말에 있어서 음운적 자질이 비교적 판별되는 경우가 있지만[2] 점차 변별적 자질을 잃어가고 있어서 시 창작에 적용되지 못하고 있습니다.

그리하여 한국어에서 율을 사용할 수 있는 것은 글자 수를 제한하는 자수율음수율입니다. 2.3조, 3.3조, 3.4조, 4.4조가 대표적입니다. 하지만 이 역시 한국어의 체언이나 용언에 조사나 어미가 붙으면 자연스럽게 만들어지는 음절수일 뿐이라는 의견이 있습니다. 개화기 이후 시에서

---

2 널리 알려진 예로 짧은 밤(夜)과 긴 밤:(栗), 짧은 눈(目)과 긴 눈:(雪), 짧은 산(山)과 긴 산:(生), 짧은 말(馬)과 긴 말:(語) 등이 있다. 우리말 장단음 사전도 있다(김병남, 『우리말의 장단음』, 해동, 1995.; 최흘, 『우리말 장단음 사전』, 중원문화, 2014).

많이 사용된 7.5조는 일본시의 정형률短歌 5.7.5.7.7, 하이쿠 5.7.5의 영향을 받았다는 의견이 있습니다만, 7.5조를 들여다보면 3.4+2.3으로 자연스러운 우리말 단어의 조합인 것을 알 수 있습니다. 어찌 되었건 자유시의 성립으로 시작된 현대시에서는 이러한 음절제한이 없어지면서 율을 찾아보기 힘들게 되었습니다.

1980년대에 한국시의 율격을 논하고자 음보율音步律이라는 개념이 논의되고 사용되었습니다. 음보란 하나의 시행를 읽을 때 시행이 길 경우, 끊어 읽는 단위休止, pause가 반복됨으로써 만들어지는 음악성을 의미합니다. 대개 3음절이나 4음절을 단위로 끊어 읽게 되는데, 한 행을 몇 번 끊어 읽느냐에 따라 2음보, 3음보, 4음보로 나뉩니다. 음보율에는 음절수가 적은 음보는 소리를 연장하거나 더 길게 쉬고, 음절수가 많은 음보는 빠르게 읽음으로써 그 길이를 같게 맞추려는 등장성等長性이 존재합니다. 이러한 등장성이 존재하는 이유는 의미론적으로 함께 묶이는 곳에서 끊어 읽기 때문입니다. 하지만 이 역시 한 행을 읽을 때에 자연스러운 호흡을 위하여 끊어 읽게 되는 방식일 뿐이라는 의견도 있습니다.

그립다
말을 할까
하니 그리워

그냥 갈까
그래도
다시 더 한 번……

저 산에도 까마귀, 들에 까마귀
서산에는 해진다고
지저귑니다.

앞 강물, 뒷 강물,
흐르는 물은
어서 따라 오라고 따라 가자고
흘러도 연달아 흐릅디다려.

—김소월, 「가는 길」

김소월의 「가는 길」에는 7.5조나 3음보 등으로 설명할 수 없는 음악성이 있습니다. 이 시의 음악성이 어디에서 오는지 함께 이야기해볼까요?

이로서 운율韻律에 대하여 알아보았습니다. 하지만 시의 음악성은 텍스트의 의미론적 가치에 따라 율독하는 사람scansionist이 고저와 강약, 장단을 활용하여 표현할 수도 있을 것이며 띄어 읽기를 통해 다른 해석을 보여줄 수도 있습니다.[3] 하나의 시구가 소리로 불려나올 때는 정말 많은 음악의 가능성을 가지게 됩니다. 신동엽 시인의 「누가 하늘을 보았다 하는가」의 첫 구절을 다양하게 읽어보면서 이 시가 지닌 음악적 가능성들에 대하여 느껴볼 수 있다고 지적한 경우도 있습니다.[4] 각자 소리 내어 읽어볼까요?

3 애덤 브래들리(Adam Bradley), 김봉현·김경주 역, 『힙합의 시학』, 글항아리, 2017, 42면.
4 정경량, 『인문학, 노래로 쓰다』, 태학사, 2015, 43~44면.

## 시에서 하모니와 멜로디

조화의 기술인 하모니는 소리를 배음倍音으로 분해함으로써 어떤 시행들이 가깝고, 어떤 시행들이 조화되지 않는지 결정하는 것을 의미합니다. 동일하거나 유사한 음소音素 더 이상 작게 나눌 수 없는 음운상의 최소 단위의 결합으로 만들어지는 소리의 조화도 중요합니다. 앞서 살펴보았던 정지용의 시구 “빈 밭에 밤바람 소리 말을 달리고”의 ‘ㅂ’과 ‘ㅁ’, ‘ㄹ’와 모음 ‘ㅏ’의 하모니를 생각해볼 수 있습니다.

하모니가 유사한 음소의 결합이라면 시에서 멜로디는 여러 소리의 배열이 만들어내는 음악성을 의미합니다. 특정한 미학적 효과를 창출해내는 음소들의 배열을 뜻합니다.[5]

피로와 파도와 피로와 파도와
물결과 물결과 물결과 물결과

바다를 향해 열리는 창문이 있다라고 쓴다
백지를 낭비하는 사람의 연약한 감정이 밀려온다

피로와 파도와 피로와 파도와
물결과 물결과 물결과 물결과

한적한 한담의 한담 없는 밀물 속에
오늘의 밀물과 밀물과 밀물이

---

5 알랭 바이양(Alain Vaillant), 김다은·이혜지 역, 『프랑스 시의 이해(La Poésie)』, 동문선, 2000, 83면.

어제의 밀물과 밀물과 밀물로 번져갈 때

물고기들은 목적 없이 잠들어 있다
물결을 신은 여행자가 되고 싶었다

스치듯 지나간 것들이 있다라고 쓴다
눈물과 허기와 졸음과 거울과 종이와 경탄과
그리움과 정적과 울음과 온기와 구름과 침묵 가까이

소리내 말하지 못한 문장을 공책에 백 번 적는다
씌어진 문장이 쓰려던 문장인지 분명하지 않다

피로와 파도와 피로와 파도와
물결과 물결과 물결과 물결과

—이제니, 「피로와 파도와」

이제니의 「피로와 파도와」에는 시어의 반복이 두드러집니다. 시에서 똑같은 단어가 목격되어도 낱말이 동일한 가치를 부여받는 것은 아니며, 중요한 것은 그것의 쓰임이라고 합니다. 시에서 반복은 없다는 것이지요.[6] 그것이 만들어내는 의미와 음악성을 천천히 감상해보아야 합니다.

---

6 조재룡, 「리듬의 프락시스, 목소리의 여행」, 『왜냐하면 우리는 우리를 모르고』, 문학과지성사, 2017, 171면.

**자신의 소리에 귀 기울이며 소리 내어 읽기**

신학자인 매튜 D. 커크패트릭(Matthew D. Kirkpatrick)은 덴마크의 신학자이며 실존 철학자인 쇠얀 키에르케고어(Søren Aabye Kierkegaard, 1813~1855)의 작품을 읽을 때 큰 소리로 음독(音讀)할 것을 권하였다. 그에 따르면 키에르케고어는 자신의 작품 서문에서 '소리 내어 읽기'를 권했는데, 이는 독자가 책의 내용을 독자 자신의 이야기로 여기기를 바랐기 때문이었다. 커크패트릭은 키에르케고어의 책을 소리 내어 읽을 때 중요한 것은 내가 읽는 소리를 곁에 있는 다른 사람에게 들리게 하는 것이 아니라, 나 자신이 그 소리에 직접 귀 기울이는 것임을 강조한다.[7]

시를 낭독할 때에도 이처럼 읽어야 한다. 청중보다는 낭독자 자신이 시의 소리에 귀 기울이며 자신의 이야기로 만들어 낭독해보자.

내마음의 어듼 듯 한편에 끗업는 강물이 흐르네
도처오르는 아츰날빗이 빤질한 은결을 도도네
가슴엔 듯 눈엔 듯 또 피ㅅ줄엔 듯
마음이 도른도른 숨어잇는 곳
내마음의 어듼 듯 한편에 끗업는 강물이 흐르네

– 김영랑

김영랑의 '끝없는 강물이 흐르네'로 알려진 작품[8]을 소리 내어 읽어보고 하모니와 멜로디의 차원에서 시의 음악성에 대해 이야기해보도록 하겠습니다.

7 매튜 D. 커크패트릭(Matthew D. Kirkpatrick), 정진우 역, 『쇠얀 키에르케고어 불안과 확신 사이에서』, 비아, 2016, 9면.

8 김영랑의 초기시는 제목이 없이 발표되었다. 이는 '돌담에 소색이는 햇발같이'나 '오-매 단풍 들것네', '내 마음 아실 이'로 알려진 시들도 모두 제목 없이 발표되었는데 각 시의 첫 행을 제목으로 알고 있는 경우가 많다.

## 줄 바꿈

정형시는 음절수와 율meter 등이 정해져 있어 그에 맞추어 줄 바꿈을 합니다. 라틴어로 시행을 의미하는 versus의 어원은 verteretum의 의미입니다. 이는 농부가 밭을 쟁기질을 할 때, 다음 줄을 파기 위해 되돌아가기 전에 파놓은 한 줄의 밭고랑을 의미했습니다. 시행은 율에 의해 정해졌고 율 작업이 끝나면 시인은 다시 처음으로 돌아와 새로운 시행을 시작하였기 때문입니다.[9]

하지만 자유시를 쓰는 시인은 특정한 단어를 강조한다거나 기타 여러 시적인 목적을 위해 줄 바꿈을 적절히 활용합니다. 줄 바꿈은 행과 연을 만들어냅니다.

브래들리(A. Bradley)는 훌륭한 시는 절대 뻔하거나 충동적인 행 가름이나 연 가름을 지니고 있지 않다고 하였습니다. 시를 산문의 형식으로 다시 써본다면 시에 있어 줄 바꿈이란 마치 공기와 같은 것이며 시 장르의 뼈대가 되는 개념이라는 것을 알 수 있습니다. 산문은 페이지의 처음에서부터 글을 쓰다가 여백의 끝에 다다랐을 때 저절로 줄 바꿈을 하지만, 시인은 자유로운 줄 바꿈을 통해 자신의 글을 의도대로 디자인할 수 있습니다.[10] 시인에게 빈 페이지는 여백 처음부터 끝까지 자유의 공간이며 창작의 공간인 것입니다.

---

9 알랭 바이양(Alain Vaillant), 김다은·이혜지 역, 『프랑스 시의 이해』, 동문선, 2000, 83~84면.
10 애덤 브래들리(Adam Bradley), 김봉현·김경주 역, 『힙합의 시학』, 글항아리, 2017, 14면.

산모퉁이를 돌아 논가 외딴우물을 홀로 찾어가선 가만히 드려다 봅니다.

우물속에는 달이 밝고 구름이 흐르고 하늘이 펼치고 파아란 바람이 불고 가을이 있습니다.

그리고 한 사나이가 있습니다.
어쩐지 그 사나이가 미워저 돌아갑니다.

돌아가다 생각하니 그사나이가 가엽서집니다. 도로가 드려다 보니 사나이는 그대로 있습니다.

다시 그사나이가 미워저 돌아갑니다.
돌아가다 생각하니 그사나이가 그리워집니다.

우물속에는 달이 밝고 구름이 흐르고 하늘이 펼치고 파아란 바람이 불고 가을이 있고 追憶처럼 사나이가 있습니다.

－윤동주, 「자화상」

윤동주의 「자화상」은 흔히 현실적인 자아와 부정적인 자아의 화해를 이야기 하고 있다고 읽혀 왔습니다. 이러한 해석은 시에 사용된 아름다운 이미지들과 차분한 어조로 인하여 별 다른 의심 없이 통용되어 왔습니다. 하지만 이 시의 특이한 행 가름과 연 가름에 주목해보면 시인이 디자인한 대로 시인의 의도를 제대로 읽을 수 있습니다.

화자가 밤중에 멀리 떨어진 외딴 우물을 홀로 찾아가는 매우 수고스러운 행동을 하는 이유는 사나이를 유기하기 위해서입니다. 이것은 일종의 범죄 행위이므로 남의 눈에 띄지 않게 은밀하게 이루어져야

하고, 사나이가 자력으로 돌아올 수 없는 곳이 범행 장소로 선택된 것입니다. 우물에 사나이를 버린 뒤, 화자는 미움과 연민 사이를 오락가락하지만 결국 그리움으로 감정을 정리합니다. 그리움이란 대상의 상실을 전제하기에, 사나이가 그립다는 것은 화자가 사나이와 완전히 결별하고 '과거'로 인식한다는 의미입니다. 그래서 마지막 연에서 '추억처럼'이라고 말할 수 있는 것이고, 화자가 더 이상 우물로 돌아가지 않는데도 우물 속에 사나이가 존재하는 것입니다. 행 가름과 연 가름에 주목하여 읽어보면, 원래 사나이3연 1행는 우물 속 풍경2연과 별도로 존재했지만 마지막에 우물 속 풍경의 일부6연로 결합, 하나의 행으로 고정되었음을 알 수 있습니다.

화자의 계획이 성공을 거두어 사나이는 우물 속에 영원히 버려졌습니다. 그러나 우물 속 풍경의 아름다움 때문에 분열된 자아의 유기라는 사건의 진상을 알아채기란 쉽지 않습니다. 범행의 동기는 내면의 괴로움입니다. 내면의 괴로움이란 결국 자신과의 끝없는 불화와 결별 시도이기 때문입니다. 불만스러운 현재의 자아또는 그 일부를 폐기하고 과거로 치부함으로써 자아를 갱신하려는 것은 보편적인 욕구이며, 시나 소설에 자주 등장하는 motif이기도 합니다.[11]

---

11 이수정, 「윤동주 자선시집 『하늘과 바람과 별과 시』의 수사적 특징」, 《한국시학연구》 50호, 2017, 86~87면.

이상의 「거울」, 서정주의 「자화상」, R. 스티븐슨(Robert Louis Stevenson, 1850~1894)의 『지킬박사와 하이드씨(*The Strange Case of Dr. Jekyll and Mr. Hyde*)』(1886), 오스카 와일드(Oscar Wilde, 1854~1900)의 『도리안 그레이의 초상(*The picture of Dorian Gray*)』(1891)을 읽고 문학 작품 속에 나타난 자아의 갈등에 대하여 이야기해보자.

## 음악성과 회화성

앞서 이야기한 바 있지만 상징주의 시인들은 자연의 모든 것이 상징을 담고 있으며 세상을 비밀스럽고 성스러운 상징의 숲이라고 보았습니다. 시인은 자연과 교감함으로써 그 비밀을 알아낼 수 있고, 그 각자는 스스로를 고스란히 담아낼 수 있는 각각의 운율을 지니고 있다고 보았지요. 이러한 이유로 인해 상징주의자들은 동음절 시구보다 훨씬 더 유연하고 섬세한 리듬을 지닌 자유시구를 옹호하였습니다.

그러나 마지막 시적 혁신은 음악이 아니라 회화에서 비롯되었습니다. 20세기 초 몇몇 시인들은 큐비즘을 추구하는 실험적인 화가들과 교류하며 운율적 구성을 버리고 이미지의 조합에 골몰하였습니다.[12]

흔히 이미지스트 시인들은 이미지만을 강조하여 시의 음악성을 중요하게 생각하지 않았다고 여기는 경우가 있다. 하지만 이미지스트 시인들은 시의 음악성에 대해 아래와 같이 언급한 바가 있다. 현대시에서 음악성을 죽인 것은 시의 영혼이 흩어져버린

12 알랭 바이양(Alain Vaillant), 김다은 · 이혜지 역, 『프랑스 시의 이해』, 동문선, 2000.

것과 같다고 할 수 있다. 이제 다시 흩어진 것들을 모아 제자리를 돌려줄 필요가 있다. 파운드(Ezra Pound)는 1912년에 시인 H. D., 리처드 올딩톤(Richard Aldington) 등과 함께 시 창작 기법과 관련하여 다음의 세 가지 원칙들에 합의하였다.

1. 주관적이든 객관적이든 간에 사물을 직접적으로 다룰 것.
2. 제시(presentation)에 기여하지 않는 어떤 단어도 절대로 사용하지 않을 것.
3. 리듬과 관련하여 : 메트로놈이 아니라 음악적 구절(musical phrase)에 따라 쓸 것.[13]

현대시에서 음악성과 회화성이 양립할 수 없는 것, 후자가 전자를 극복한 것인 것처럼 여겨지는 것은 타당하지 않다. 회화적인 시를 가장 성공적으로 써낸 것으로 평가받는 정지용의 시에서 음악성이 살아 있는 것이나 한국어의 음악성을 가장 돋보이도록 시를 써낸 것으로 평가받는 김영랑의 시에서 선명한 이미지를 떠올릴 수 있다.

다음은 제목이 없는 작품인 까닭에 첫 행인 "돌담에 소색이는 햇발가치"로 불리는 시이다. 함께 읽고 이 시의 음악성과 회화성에 대해 이야기해보자.

돌담에 소색이는 햇발가치
풀아래 우슴짓는 샘물가치
내마음 고요히 고흔봄 길우에
오날하로 하날을 우러르고 십다

새악시볼에 떠오는 붓그럼가치
詩의가슴을 살프시 젓는 물결가치
보드레한 에메랄드 얄게 흐르는
실비단 하날을 바라보고 십다

– 김영랑

---

13 Ezra Pound, T. S. Eliot ed., "A Retrospect", *Literary Essays of Ezra Pound*, A New Directions Book, 1968, 3면.

# 이미지

> 詩란 본질적으로 새로운 이미지들에 대한 갈망이다. 그것은 인간의 정신을 특징짓는, 새로움에 대한 본질적 요구와 일치하는 것이다.
>
> – 가스통 바슐라르Gaston Bachelard, 『공기와 꿈』[1]

이미지란 어떤 대상을 정신 속에 재생시키도록 감각적으로 자극하는 말을 뜻합니다. 또한 이미지는 지적 정서적 복합체로 어떤 대상에 대한 특정한 느낌과 생각이 현현된 것입니다. 구상화된 추상 혹은 추상을 불러일으키는 구상이라고 부를 수 있는 구상과 추상의 결합은 이미지의 본질적인 특성입니다. 이러한 이미지의 본질적 특성에서

---

1 가스통 바슐라르(Gaston Bachelard), 정영란 역, 『공기와 꿈』, 민음사, 1997, 12면.

비롯한 이미지의 기능은 크게 두 가지로 볼 수 있습니다. 첫째, 추상적인 의미를 감각적으로 인식하게 합니다. 둘째, 이미지는 기존에 느껴보지 못한 새로운 감각을 창조하고 그것을 느낄 수 있도록 합니다. 이를 위해서는 시인과 독자 모두 상상력이 필요합니다. 한편, 이미지는 비유의 보조관념으로 사용되기도 하며, 상징이 되기도 합니다. 이에 대해서는 비유와 상징에서 좀 더 이야기하겠습니다.

이미지로 무엇인가를 표현하는 것은 인간의 고유한 특성입니다. 호모 사피엔스생각하는 인간로서의 인간과 호모 파베르도구를 사용하는 인간로서의 인간의 특성을 '이미지를 제작하는 인간'이 종합할 수 있다고 보는 견해도 있습니다. 사유란 내적 이미지를 만드는 행위이기에 호모 사피엔스는 이미지를 제작하는 존재라고 할 수 있습니다. 그리고 내적인 이미지를 만드는 인간의 사유능력이 곧 외적인 이미지로 나타나는 각종 사물들을 제작하는 근거가 되므로 호모 파베르 역시 이미지를 제작하는 존재라는 것입니다.[2]

> 이것은 순수한 현재.
> 가득 차오르는
> 이것은 순수한 현재의 입김, 시선의 집중 포화, 거침없는 손길.
> 흠뻑 고요하고 흠뻑 눈부신
> 네 꿈속에 깃든 나의 꿈.
> 우리의 하얀 천국.

---

2 에른스트 카시러(E. Cassirer)가 인간을 상징적 동물(animal symbolicum)로 본 것이나, 한스 요나스(Hans Jonas)는 인간을 이미지를 제작하는 인간(homo pictor)으로 본 것을 그 예로 들 수 있다(김현강, 『이미지』, 연세대학교 출판문화원, 2015, 19~20면).

보이니?
눈 오는 숲은 일요일이다.
영원히 계속될 듯.
하지만 마침내 그칠 것이다.
그때 눈은 숲의 내부로 스며든다.

내 손이 닿지 않는 데까지
낙망하지는 말아다오.
어쨌든 지금은
순수한 현재.

—황인숙, 「흰눈 내리는 밤」

황인숙의 「흰눈 내리는 밤」을 읽으면 어떤 이미지가 떠오르나요? 시인이 흰 눈 내리는 밤의 이미지를 통하여 환기시키고자 하는 바는 무엇인 것 같습니까? 시인은 관념을 직접 진술하지 않고 이미지를 통해 감각을 환기시킴으로써 추상적인 관념을 전달하고자 하고 있습니다.

소년이 내 목소매를 잡고 물고기를 넣었다
내 가슴이 두 마리 하얀 송어가 되었다
세 마리 고기떼를 따라
푸른 물살을 헤엄쳐갔다.

—진은영, 「첫사랑」

「첫사랑」은 첫사랑이 어떠한 것인지, 어떠한 것이어야 하는지, 혹은 어떠했는지 설명하지 않고 그 감각을 그대로 우리에게 전해줍니다.

각자 이 시를 읽고 느낀 감각에 대하여 이야기해볼까요? 그리고 각자 경험했던 첫사랑의 감각을 시로 써보고 함께 이야기해보겠습니다.

## Image & Imagination

바슐라르G. Bachelard는 『공기와 꿈』에서 상상력이 이미지를 형성하는 능력이라는 주장에 반대하였습니다. 그는 상상력은 오히려 지각작용에 의해 받아들인 이미지들을 변형시키는 능력이며, 애초의 이미지로부터 우리를 해방시키는 능력이라고 하였습니다.[3]

> 빨강 초록 보라 분홍 파랑 검정 한 줄 띄우고 다홍 청록 주황 보라. 모두가 양을 가지고 있는 건 아니다. 양은 없을 때만 있다. 양은 어떻게 웁니까. 메에 메에. 울음소리는 언제나 어리둥절하다. 머리를 두 줄로 가지런히 땋을 때마다 고산지대의 좁고 긴 들판이 떠오른다. 고산증. 희박한 공기. 깨어진 거울처럼 빛나는 라마의 두 눈. 나는 가만히 앉아서도 여행을 한다. 내 인식의 페이지는 언제나 나의 경험을 앞지른다. 페루 페루. 라마의 울음소리. 페루라고 입술을 달싹이면 내게 있었을지도 모를 고향이 생각난다. 고향이 생각날 때마다 페루가 떠오르지 않는다는 건 이상한 일이다. 아침마다 언니는 내 머리를 땋아주었지. 머리카락은 땋아도 땋아도 끝이 없었지. 저주는 반복되는 실패에서 피어난다. 적어도 꽃은 아름답다. 적어도 나는 그렇게 생각한다. 간신히 생각하고 간신히 말한다. 하지만 나는 영영 스스로 머리를 땋지는

---

3 가스통 바슐라르(Gaston Bachelard), 정영란 역, 『공기와 꿈』, 민음사, 1997, 9~10면.

못할 거야. 당신은 페루 사람입니까. 아니오. 당신은 미국 사람입니까. 아니오. 당신은 한국 사람입니까. 아니오. 한국 사람은 아니지만 한국 사람입니다. 이상할 것도 없지만 역시 이상한 말이다. 히잉 히잉. 말이란 원래 그런 거지. 태초 이전부터 뜨거운 콧김을 내뿜으며 무의미하게 엉겨붙어 버린 거지. 자신의 목을 끌어안고 미쳐버린 채로 죽는 거지. 그렇게 이미 죽은 채로 하염없이 미끄러지는 거지. 단 한 번도 제대로 말해본 적이 없다는 사실이 안심된다. 우리는 서로가 누구인지 알지 못한다. 말하지 않는 방식으로 말하고 사랑하지 않는 방식으로 사랑한다. 길게 길게 심호흡을 하고 노을이 지면 불을 피우자. 고기를 굽고 죽지 않을 정도로만 술을 마시자. 그렇게 얼마간만 좀 널브러져 있자. 고향에 대해 생각하는 자의 비애는 잠시 접어두자. 페루는 고향이 없는 사람도 갈 수 있다. 스스로 머리를 땋을 수 없는 사람도 갈 수 있다. 양이 없는 사람도 갈 수 있다. 말이 없는 사람도 갈 수 있다. 비행기 없이도 갈 수 있다. 누구든 언제든 아무 의미 없이도 갈 수 있다.

—이제니, 「페루」

이제니의 「페루」에는 아무 연관성이 없는 말들이 연달아 나오는 것처럼 보입니다. 하지만 이 시의 제목 '페루'의 이미지를 떠올려보기 바랍니다. '페루'라는 한 단어의 환기력, 그 단어로부터 출발한 이미지에서 시인은 점점 해방되어가고 있습니다. 다시 처음부터 읽으면서 함께 상상해보겠습니다.

이제 '컵'이라는 한 단어가 환기시키는 이미지로부터 자유연상을 통해 시를 써보고 함께 이야기해보겠습니다.

## 이미지의 종류

객사에 누워 뒤척이는 새벽,
벌레들이 운다.
벌레들이 푸른 울음판을 두드려
울려내는 청명한 소리들이
쌓이고 쌓이면서
반야봉 하나를 뒤덮고,
마침내 그 봉우리 하나를 통째로 떠메고
조금씩 떠가는 게 보인다.

—이건청, 「움직이는 산」 부분

청각이미지는 일반적으로 시의 음악성에 기여하지만, 시에 음악성을 부여하지 않고 청각적인 감각을 불러일으키기도 합니다. 「움직이는 산」에서는 청각이미지가 시각이미지와 촉각이미지 같은 다른 종류의 이미지들과 함께 사용되어 청각적인 감각을 불러일으키고 있습니다. 이 시가 청각이미지를 사용하는 방식에 대하여 각자 생각을 이야기해볼까요?

얇고 긴 입술 하나로
온 밤하늘 다 물고 가는
물고기 한 마리

외뿔 하나에
온몸 다 끌려가는 검은 코뿔소 한 마리

가다가 잠시 멈춰 선 검정고양이
입에 물린
생선처럼 파닥이는
은색 나뭇잎 한 장

검정 그물코마다 귀 잡힌 별빛들

나도 당신이란 깜깜한 세계를
그렇게 다 물어 가고 싶다

―김경미, 「초승달」

「초승달」의 전개 방식에 대해 이야기해볼까요? 일단 이 시에 사용된 시각이미지들을 찾아볼까요? 시인은 시각이미지들을 병치함으로써 하나의 시상을 선명하고 신선하게 그려냅니다.

문 열자 선뜻!
먼 산이 이마에 차라.

雨水節 들어
바로 초하로 아츰,

새삼스레 눈이 덮인 뫼뿌리와
서늘옵고 빛난 이마받이 하다.

어름 금가고 바람 새로 따르거니
흰 옷고롬 절로 향긔롭어라.

옹숭거리고 살어난 양이
아아 꿈같기에 설어라.

미나리 파릇한 새 순 돋고
옴짓 아니긔던 고기입이 오믈거리는,

꽃 피기전 철아닌 눈에
핫옷 벗고 도로 칩고 싶어라.

—정지용, 「춘설」

촉각 이미지는 다른 이미지에 비하여 자주 사용되는 편은 아닙니다. 그 이유는 무엇일까요? 「춘설」에 사용된 이미지들에 대하여 이야기해 보고, 이 시의 촉각이미지가 지닌 효과에 대하여 이야기해봅시다.

시몬, 너의 머리칼 숲 속에는
커다란 신비가 있다
너는 건초 냄새가 난다
너는 짐승이 자고 간 돌 냄새가 난다
너는 무두질한 가죽 냄새가 난다
너는 갓 타작한 밀 냄새가 난다
너는 장작 냄새가 난다
너는 아침마다 가져오는 빵 냄새가 난다
너는 라즈베리 냄새가 난다
너는 비에 씻긴 콩 냄새가 난다

—R. 구르몽Rémy de Gourmont, 「시몬1-머리칼Simone Les Cheveux」 부분

냄새는 즉각적으로 기억과 감각을 불러일으킵니다. 어떤 냄새를 맡는 순간, 그와 같은 냄새를 맡았던 기억 속으로 이끌려 들어가 생생하게 그때 느꼈던 감각과 감정을 되새긴 경험이 있을 것입니다. 구르몽은 시몬의 머리칼 냄새를 맡았을 때의 감각을 매우 다채롭게 묘사하고 있습니다. 이렇게 묘사된 후각이미지들이 독자에게 불러일으키는 감각과 정서는 곧 시몬에 대한 화자의 감정입니다.

고향에 고향에 돌아와도
그리던 고향은 아니러뇨.

산꽁이 알을 품고
뻐꾸기 제철에 울건만,

마음은 제고향 진히지 않고
머언 港口로 떠도는 구름.

오늘도 메끝에 홀로 오르니
흰점 꽃이 인정스레 웃고,

어린 시절에 불던 풀피리 소리 아니나고
메마른 입술에 쓰디 쓰다.

고향에 고향에 돌아와도
그리던 하늘만이 높푸르구나.

—정지용, 「고향」

고향은 고향을 떠난 동안에만 고향입니다. 태어나 자란 곳을 떠나본 적이 없는 사람에게 그곳은 그저 특별할 것이 없는 일상의 장소이지요. 하지만 타지에서 생활하는 사람은 자신이 떠나온 곳을 고향으로 인식하고 의미를 부여하며 특별한 감정을 품게 됩니다.

「고향」의 화자는 귀향하고 나서 느낀 '고향의 부재'를 이야기하고 있습니다. "그리던 고향"이 부재하는 이유는 고향을 떠난 순간으로부터 시간이 흘러 많은 것이 변했기 때문입니다.

---

미국의 극작가인 테네시 윌리엄스(Tennessee Williams)는 「유리동물원」이라는 작품에서 "I didn't go to the moon, I went much further—for time is the longest distance between two places"[4]이라고 썼다. 「고향」의 화자가 느끼는 거리감도 이처럼 과거의 고향과 현재의 고향 사이에 '시간'이 개입했기 때문에 생겨난 것이다.

---

화자는 고향을 떠난 동안 자신의 기억 속에서 고향을 재구성했을 것입니다. 이렇게 재구성된 고향은 당연히 실제 고향과 많은 차이가 있습니다. 정지용은 고향에 돌아와 느낀 감정을 "메마른 입술에 쓰디쓰다"라며 촉각이미지와 미각이미지를 사용하여 표현하고 있습니다. 이런 이미지들을 통해 우리는 추상적인 마음의 상태를 구체적으로 떠올리고 느낄 수 있습니다.

4 Tennessee Williams, *Glass Menagerie*, A New Directions Book, 1999, 96면.

## 더 읽어볼 시 1

돌에
그늘이 차고,

따로 몰리는
소소리 바람.

앞 섰거니 하야
꼬리 치날리여 세우고,

종종 다리 깟칠한
山새 걸음거리.

여울 지어
수척한 흰 물살,

갈갈히
손가락 펴고.

멎은듯
새삼 돋는 비ㅅ낯

붉은 닢 닢
소란히 밟고 간다.

–정지용, 「비」

## 더 읽어볼 시 2

우리는 이 세계가 좋아서
골목에 서서 비를 맞는다
젖을 줄 알면서
옷을 다 챙겨 입고

지상으로 떨어지면서 잃어버렸던
비의 기억을 되돌려주기 위해
흠뻑 젖을 때까지
흰 장르가 될 때까지
비의 감정을 배운다

단지 이 세계가 좋아서
비의 기억으로 골목이 넘치고
비의 나쁜 기억으로
발이 퉁퉁 붇는다

외투를 입고 구두끈을 고쳐 맨다
우리는 우리가 좋을 세계에서
흠뻑 젖을 수 있는 것이
다행이라고 생각하면서
골목에 서서 비의 냄새를 훔친다

—이근화, 「소울 메이트」

## 더 읽어볼 시 3

거기 나무가 있었네.
노을 속엔
언제나 기러기가 살았네.
붉은 노을이 금관악기 소리로 퍼지면
거기 나무를 세워 두고
집으로 돌아오곤 했었네.
쏟아져 내리는 은하수 하늘 아래
창문을 열고 바라보았네.
발뒤축을 들고 바라보았네.
거기 나무가 있었네.

희미한 하류로
머리를 두고 잠이 들었네.
나무가 아이의 잠자리를 찾아와
가슴을 다독여 주고 돌아가곤 했었네.
거기 나무가 있었네.

일만 마리 매미 소리로
그늘을 만들어 주었네.
모든 대답이 거기 있었네.
그늘은 백사장이고 시냇물이었으며
삘기풀이고 뜸부기 알이었네.
거기 나무가 있었네.

이제는 무너져 흩어져 버렸지만

둥치마저 타버려 재가 돼버렸지만
금관악기 소리로 퍼지던 노을
스쳐 가는 늦기러기 몇 마리 있으리.
귀 기울이고 다가서 보네.
까마득한 하류에 나무가 있었네.
거기 나무가 있었네.

—이건청, 「하류」

## 더 읽어볼 시 4

그럼, 수요일에 오세요. 여기서 함께해요. 목요일부턴 안 와요. 올 수 없어요. 그러니까, 수요일에 나랑 해요. 꼭, 그러니까 수요일에 여기서……

무궁무진한 봄, 무궁무진한 밤, 무궁무진한 고양이, 무궁무진한 개구리, 무궁무진한 고양이들이 사뿐히 밟고 오는 무궁무진한 안개, 무궁무진한 설렘, 무궁무진한 개구리들이 몰고 오는 무궁무진한 울렁임, 무궁무진한 바닷가를 물들이는 무궁무진한 노을, 깊은 밤의 무궁무진한 여백, 무궁무진한 눈빛, 무궁무진한 내 가슴속의 달빛, 무궁무진한 당신의 파도, 무궁무진한 내 입술, 무궁무진한 떨림, 무궁무진한 포옹.

월요일 밤에, 그녀가 그에게 말했다. 그러나 다음 날, 화요일 저녁, 그의 멀쩡한 지붕이 무너지고, 그의 할머니가 쓰러지고, 돌아가신 할아버지가 땅속에서 벌떡 일어나시고, 아버지는 죽은 오징어가 되시고, 어머니는 갑자기 포도밭이 되시고, 그의 구두는 바윗돌로 변하고, 그의 발목이 부러지고, 그의 손목이 부러지고, 어깨가 무너지고, 갈비뼈가 무너지고, 심장이 멈추고, 목뼈가 부러졌다. 그녀의 무궁무진한 목소리를 가슴에 품고, 그는 죽고 말았다.
아니라고 해야 할까. 아니라고 말해야 할까. 월요일의 그녀 또한 차라리 없었다고 써야 할까. 그 무궁무진한 절망, 그 무궁무진한 안개, 무궁무진한 떨림, 무궁무진한 포옹……

―박상순, 「무궁무진한 떨림, 무궁무진한 포옹」

### 더 생각해볼 문제

부서진 첼로에서 살아남은 음악은
상체를 내민 채 구조되었다
첼로는 음악을 감싸 안고 있었다

음악은 뿌리내려
여름 나무가 되었다

두근두근
나무에겐
시계이자 악기인 심장이 있어
두근두근
나무가 여섯 시를 두근대면

갈라진 시간의 양끝에서 여명과 황혼이 하늘을 물들였다
눈뜨는 감각, 눈감는 생각
탈출하는 빛, 감도는 어둠
구체적이고 추상적인 감정이
일시에 뛰어올라 거울을 보았다
거울 속 하늘은 부드러운 금속으로 빛났다

검고 큰 뿔,
장수하늘소 한 마리
나무에서 빠져 나오고 있다.

—이수정, 「시계 악기 벌레 심장」[5]

---

5 이수정, 『나는 네 번 태어난 기억이 있다』, 문학동네, 2017.

✓ 버스 전복 사고 뉴스를 접하고 쓴 시이다. 사고 현장에서 엄마가 아기를 감싸 안은 채 발견되었는데 아기 엄마는 이미 이 세상 사람이 아니었지만 품속의 아기는 별로 다친 곳 없이 발견되었다는 뉴스였다. 아기가 건강하게 자라기를 바라는 마음에서 쓴 시이지만 시인이 의도한 의미와, 실제 시에서 구현된 의미 그리고 독자가 해석한 의미 사이에는 많은 차이가 있을 수 있다.

# 은 유

오이디푸스가 스핑크스의 수수께끼에 대답을 할 때, 은유를 이해하지 못했다면 살아남지 못했을 것입니다.

—졸탄 커버체쉬Zoltán Kövecses[1]

은유는 유사성을 발견함으로써 성립됩니다. 이는 본질적으로 차이를 전제하고 있는 말이지요. 유사성이란 동일성과 이질성의 결합이며, 긴장감이 감도는 말입니다. 은유는 바로 이 유사성의 정도에 따라 유형을 나눌 수 있어요.

먼저 두 대상의 유사성이 커서 동일성에 가깝게 중첩되고 있는 경우

1 졸탄 커버체쉬(Zoltán Kövecses), 이정화 외 3인 공역, 『은유』, 한국문화사, 2003, 97면.

가 있습니다. 이런 은유는 사실상 같은 말이 되풀이된 것이라서 우리의 인식에 충격을 주지 못합니다. 다음으로 두 대상의 유사성이 적절한 경우입니다. 이 경우, 납득할 만한 동일성으로 두 대상은 쉽게 결합되며, 각각이 지닌 차이성이 은유를 참신하게 합니다. 마지막으로 두 대상의 유사성이 거의 없어서 이질성에 가까운 경우가 있습니다.

"태산이 높다하되 하늘 아래 뫼이로다"에서 '태산'은 '목표'의 은유입니다. '도달하기 힘들 만큼 높아 보인다'는 공통점에 의해 은유가 성립되었습니다. 은유는 원래 설명의 방식이었습니다. 어렵고 낯설고 추상적인 것을 쉽고 익숙하고 구체적인 것으로 빗대어 설명하는 방법이지요.

반면 두 대상 사이의 이질성이 크다면 비유는 난해해집니다. "네온사인은 색소폰 같이 야위었다/그리고 나의 정맥은 휘파람 같이 야위었다이상, 「객혈의 아침」"와 같은 비유는 대상의 개별적 속성에 대해 많은 생각해보도록 독자에게 요구합니다. 하지만 지적 호기심이 뛰어나고 시간이 아주 많은 사람이 아니라면 이런 비유가 달갑지 않을 거예요. 차이성이 적절히 존재할 때, 우리의 인식을 도약시키는 은유가 생성됩니다. 그 어긋남과 틈이 새로운 의미를 생성해내는 원동력이 됩니다.

## 은유와 직유

은유와 직유의 차이는 무엇일까요? 모두 아시듯이 '~같이', '~처럼', '~듯이' 등의 연결어를 사용하여 둘 사이의 유사성을 명백하게 드러내는 것이 직유直喩입니다. 연결어 없이 둘 사이의 유사성이 암시되는 것은 은유隱喩[2]입니다.

---

(　　　)은
푸른 안개에 싸인 (　　　)
나는
(　　　)의 쪽배를 타고 (　　　)을 낚는 어부다

---

괄호에 들어갈 말들을 함께 생각해볼까요?

이 시는 김동명 시인이 쓴 「밤」입니다. 시인은 첫 행부터 차례대로 밤, 호수, 잠, 꿈으로 괄호를 채웠습니다.

시인은 '밤은 푸른 안개에 싸인 호수'라는 은유를 통해 밤의 여러 속성들을 암시합니다. 신비롭고 푸르고 부드럽고 그 안에 크고 작은 물고기들이 살고 있고, 물풀이 부드럽게 일렁이고 있겠지요? 이런 밤에 '나'는 무엇을 할 수 있을까요? 1–2행에서 밤이 안개에 싸인 호수가 되자, 대구를 이루고 있는 3–4행에서 '나'는 그저 잠을 자는 것이 아니라 쪽배를 타고 꿈을 낚는 어부가 됩니다. 이러한 은유는 '밤에 나는 잠을 잔다. 나는 잠을 자며 꿈을 꾼다.'와 같은 일상어로는 담아낼 수 없는 특별한 밤의 특별한 꿈을 우리에게 전해주고 있습니다.

---

2　심리학자 베르너(Heinz Werner)는 타부(taboo)를 은유 기원으로 보았다. 원시인에게는 한마디의 말이 그것이 대표하는 사물과 동일한 것이었기 때문에 타부의 대상을 이름으로 부르는 것은 두려운 일이고 불가능한 일이었다. 이를 다른 암시적인 말로 언급했던 것이 은유의 기원이라는 주장이다.

당신의 부재가 나를 관통하였다.
마치 바늘을 관통한 실처럼.
내가 하는 모든 일이 그 실 색깔로 꿰매어진다.

—W. S. 머윈William Stanley Merwin, 「이별Separation」[3]

아리스토텔레스는 "직유도 은유의 일종이며 그 차이는 크지 않다"[4]고 하였습니다. 또한 직유는 낱말 하나를 덧붙인다는 점에서만 은유와 다르고 그래서 더 길고 덜 매력적이라고 하였지요.[5] 그렇다고 직유는 유치하고 은유는 심오하다고 할 수는 없어요. 더 중요한 것은 시인이 발견해낸 두 대상 간의 유사성동질성과 이질성이 어떤 것이냐 하는 문제입니다.

저는 시방 꼭 텡븨인 항아리같기도하고, 또 텡븨인 들녘같기도하옵니다. 하늘이여 한동안 더 모진광풍狂風을 제안에 두시던지, 날르는 몇 마리의 나븨를 두시던지, 반쯤 물이 담긴 도가니와 같이 하시던지 마음대로 하소서, 시방 제 속은 꼭 많은 꽃과 향기들이 담겼다가 븨여진 항아리와 같습니다.

—서정주, 「기도祈禱일壹」(1954. 6.)

이 시에서 시인은 '자기 자신'을 '항아리 같고', '들녘 같다'고 직유하고 있습니다. 시인이 발견해낸 유사성은 '텅 비어 있다'는 것입니다. 그래서 그 안에 "모진 광풍"이나, "나비", "많은 꽃과 향기"를 둘 수

---

3 W. S. Merwin, J. D. McClatchy ed., *Collected Poems 1952-1993*, The Library of America, 2013, 207면.
4 아리스토텔레스(Aristoteles), 천병희 역, 『수사학/시학』, 도서출판 숲, 2017, 262면.
5 아리스토텔레스(Aristoteles), 천병희 역, 『수사학/시학』, 도서출판 숲, 2017, 283면.

있고, “반쯤 물”을 채울 수도 있게 됩니다. 만약 ‘저는 지금 항아리 같이 배가 부릅니다’라고 했다면 자신의 배가 부른 것을 표현하기 위해 ‘항아리의 형태’를 유사성으로 가져왔으므로 별다른 긴장감이 생기지 않아 유치한 직유가 되는 것이지요.

은유와 직유에 대하여 살펴보았는데요, 사실 은유로만, 혹은 직유로만 쓰인 시는 많지 않습니다. 실제로는 한 편의 시에서는 은유와 직유가 모두 사용되는 경우가 많습니다. 또한 어떤 단어나 구절에만 한정되는 은유보다는 많은 은유들이 어떤 체계를 가지고 연결되어 전개되는 시들이 많습니다.

---

은유(metaphor)의 어원은 그리스어 동사 ‘metapherein’인데, ‘넘어로’라는 의미의 meta와 ‘가져가다’라는 의미의 pherein에서 나온 말로, ‘옮기다’ 또는 ‘전이하다’라는 뜻이다. ‘옮긴다’는 말은 둘 이상의 대상 사이에 이루어지는 동사임에 주목하자.
I. A. 리차즈는 은유를 두 용어 사이의 관계에 관한 표현법으로 보았다. 은유가 표현하고자 하는 대상인 ‘topic term’과 의미가 전이된 ‘vehicle term’이 그것인데, 그는 이를 각각 tenor와 vehicle이라 하였다.
한편 다우어 드라이스마(Douwe Draaisma)는 네덜란드 작가 체스 노테봄(Cees Nooteboom)의 은유를 들어 tenor와 vehicle을 설명하였다.

“기억은 마음 내키는 곳에 드러눕는 개이다”

| tenor<br>기억 | vehicle<br>마음 내키는 곳에 드러눕는 개 |
| --- | --- |

독자는 이 은유에서 ‘자신의 마음대로 되지 않는 기억’을 연상할 수 있다.[6]

---

6 다우어 드라이스마(Douwe Draaisma), 정준형 역, 『은유로 본 기억의 역사』, 에코리브르, 2015, 23~24면.

## 은유의 체계

은유는 일종의 함수이기도 합니다. 구체적이고 일상적인 근원영역과 추상적인 목표영역의 항목들을 사상寫像 mapping시키는 것이기 때문입니다.[7] 목표영역을 A라고 하고 근원영역을 B라고 할 때, "A는 B이다"의 형태로 사용됩니다. 호수의 비유를 사용한 시 한 편을 더 보겠습니다.

> 이제 나는 호수다. 한 여인이 내게 몸을 숙인다.
> 나를 샅샅이 탐색하며 진정한 자신을 알아내려
> 그리고 그녀는 저 거짓말쟁이들, 촛불이나 달을 향해 돌아선다.
> 나는 그녀의 등을 보고 그것을 충실하게 반영한다.
> 그녀는 눈물과 불안한 손짓으로 내게 보상한다.
> 나는 그녀에게 중요하다. 그녀는 오고 간다.
> 아침마다 그녀의 얼굴이 어둠을 대신한다.
> 내 속에 그녀는 어린 소녀를 익사시켰고, 내 속에서 한 늙은 여인이
> 매일 그녀를 향해 솟아오른다, 끔찍한 물고기처럼.
>
> — 실비아 플라스Sylvia Plath, 「거울Mirror」 부분[8]

거울과 호수의 공통점은 무엇인가요? 거울이 호수로 변용되면서 거

---

7 일상적 근원영역으로 인간의 신체, 건강과 질병, 동물, 식물, 건물과 건설, 기계와 도구, 게임과 스포츠, 돈과 경제적 거래, 요리와 음식, 열과 차가움, 빛과 어두움, 힘, 움직임과 방향 등이 있다.
일상적 목표영역으로 감정, 욕구, 도덕성, 사고(기억과 아이디어 등), 사회와 국가, 정치, 경제, 인간관계(사랑과 우정 등), 의사소통, 시간, 삶과 죽음, 종교, 사건과 행위 등이 있다(졸탄 커버체쉬(Zoltán Kövecses), 이정화 외 3인 공역, 『은유』, 한국문화사, 2003, 21~39면).

8 Sylvia Plath, "Mirror", *The Collected Poems*, Harper Perennial Modern Classics, 2008, 174면.

울은 호수의 특징들을 거느리게 되었습니다. 이 시를 어떻게 해석할 수 있을까요?

---

맥스 블랙(Max Black)은 상호작용론의 관점에서 은유를 설명하였다. 은유에서 topic term과 vehicle term은 저마다 연상시키는 것들에 의해 연관되고 그것들 사이에 상호작용이 일어난다. 이러한 상호작용을 통한 재생산 과정에서 topic term과 vehicle term 단독으로는 만들 수 없는 새로운 의미가 창출된다. 그러나 모든 연상이 의미 있는 은유로 이어지는 것은 아니며 은유가 연상의 일부는 걸러내고 일부는 강조함으로써 새로운 의미를 창출한다고 하였다.[9]

---

어김없이 황혼녘이면
그림자가 나를 끌고 간다
순순히 그가 가자는 곳으로 나는 가보고 있다

세상 모든 것들의 표정은 지워지고
자세만이 남아 있다

이따금 나는 무지막지한 덩치가 되고
이따금 나는 여러 갈래로 흩어지기도 한다

그의 충고를 따르자면
너무 빛 쪽으로 가 있었기 때문이다
여러 개의 불빛 가운데 있었기 때문이다

다산茶山은 국화 그림자를 완상하는 취미가 있었다지만

---

9 다우어 드라이스마(Douwe Draaisma), 정준형 역, 『은유로 본 기억의 역사』, 에코리브르, 2015, 24~26면.

내 그림자는 나를 완상하는 취미가 있는 것 같다

커다란 건물 아래에 서 있을 때
그는 작별도 않고 사라진다

내가 짓는 표정에 그는 무관심하다
내가 취하고 있는 자세에 그는 관심이 있다

그림자 없는 생애를 살아가기 위해
지독하게 환해져야 하는
빛들의 피곤이 밤을 끌어당긴다

지금은 길을 걷는 중이다 순순히
그가 가자는 곳으로 나는 가보고 있다

—김소연, 「빛의 모퉁이에서」

김소연 시인의 「빛의 모퉁이에서」라는 시에는 "빛들의 피곤이 밤을 끌어당긴다"라는 시구가 나옵니다. 어떻게 이런 비유가 가능한지 은유의 상호작용론의 관점을 적용하여 함께 생각해봅시다.

가난이야 한낱 남루襤褸에 지내지 않는다
저 눈부신 햇빛속에 갈매빛의 등성이를 드러내고 서있는
여름 산 같은
우리들의 타고난 살결 타고난 마음씨까지야 다 가릴 수 있으랴

청산이 그 무릎 아래 지란芝蘭을 기르듯
우리는 우리 새끼들을 기를 수밖에 없다.

목숨이 가다가다 농울쳐 휘여드는
오후의 때가 오거든
내외들이여 그대들도
더러는 앉고
더러는 차라리 그 곁에 누워라.

지어미는 지애비를 물끄러미 우러러 보고
지애비는 지어미의 이마라도 짚어라.

어느 가시덤불 쑥구렁에 뇌일지라도
우리는 늘 옥돌같이 호젓이 묻혔다고 생각할 일이요
청태靑苔라도 자욱이 끼일 일인 것이다.

—서정주, 「무등無等을 보며」

이 시는 한국전쟁1950. 6. 25.~1953. 7. 27.이 끝난 뒤 1년이 지난 1954년 8월에 서정주가 조선대학교에서 강의를 하고 있을 때 쓴 시입니다. 인생과 무등산이 한번 은유로 연결되자, 시는 각 연에서 무등산의 다양한 면모를 통해 삶에 대하여 이야기하며 시상을 전개시켜 나갑니다.

1연에서 눈부신 햇빛 속에 등성이를 드러낸 갈매빛 여름 산은 가난하지만 아름답고 당당한 몸과 마음을 지닌 사람들을 비유합니다. 청산이 무릎 아래 지란을 기르는 모습은 가난하지만 당당한 우리나라 사람들이 슬하의 자식들을 품위 있게 기름을 재현하는 것으로 시인의 눈에 의해 재발견됩니다. 하지만 아무리 건강한 몸과 당당한 마음이더라도 견디기 힘든 삶의 어려움이 있을 것입니다. 이는 산이라면 반드시 품고 있는 물살이 농울쳐 휘어드는 계곡으로 비유되며, 이러한 시기에는 부부가 사랑으로 견디어야 한다고 말하고 있지요. 마지막 연에서는 고난과 시련 속에서도 고고한 본질을 잃지 않는 모습을 가시덤불 쑥구렁에 파묻힌 옥돌에 비유하고 있습니다.

### 치환 은유

나비는 꽃이 쓴 글씨
꽃이 꽃에게 보내는 쪽지

―박지웅, 「나비를 읽는 법」 부분

은유는 서로 다른 사물들 사이의 동질성을 찾아내는 시인의 '눈'에 의해 성립됩니다. 그래서 랭보는 시인을 '견자見者'라고 했습니다.

마침내 사자가 솟구쳐 올라
꽃을 활짝 피웠다
허공으로의 네 발
허공에서의 붉은 갈기

나는 어서 문장을 완성해야만 한다
바람이 저 동백꽃을 베어물고
땅으로 뛰어내리기 전에

―송찬호, 「동백이 활짝」

서로 다른 사물 사이에서 동질성이 발견되고 은유가 성립할 때 새로운 의미가 발생됩니다. 그리고 「동백이 활짝」에서처럼 전혀 다른 범주의 대상 사이에서 은유가 성립할 때 우리는 인식에 충격을 받게 됩니다.

## 병렬 은유

명절날
거실에 모여 즐겁게 다과를 드는
온 가족의 단란한 웃음소리
가지런히 놓인 빈 현관의 신발들이
코를 마주대한 채
쫑긋
귀를 열고 있다.

내항內港의 부두에
일렬로 정연히 밧줄에 묶여
일제히 뭍을 돌아다보고 서 있는 빈 선박들의
용골龍骨.
잠시 먼 바다의 파랑을 피하는 그
잔잔한 흔들림.

— 오세영, 「피항避港」

위의 시는 서로 다른 두 개의 이미지를 병렬해놓았습니다. 각각 하나의 연으로 재현된 이미지는 독립적인 별개의 시처럼 보이지만 병렬

됨으로써 각각이 갖지 못했던 의미의 깊이를 획득하고 있습니다. 이 시는 시어 차원에서 은유가 이루어진 것이 아니라 1연과 2연 사이에 은유가 성립되었습니다.[10] 이 시에서 은유가 어떻게 작동하고 있는지 생각해보고, 어떤 효과를 거두고 있는지 이야기해보겠습니다.

## 병치 은유

유사성이 없는 사물들이 당돌하게 병치되어 빚어지는 새로운 결합을 병치 은유라고 합니다. 전혀 유사성이 없는 사물들을 억지로 결합시켰으니 은유가 아니라고 느껴질 것입니다. 사실 병치 은유는 은유를 아주 넓은 의미로 확장하여 '의미론적 변용작용'으로 볼 때 은유에 포함시킬 수 있습니다. 병치 은유는 기존의 것을 새롭게 하는 것이 아니라 스스로 존재하는 새로운 것을 만들어내고자 합니다.

병치 은유를 사용한 시는 초현실주의나 추상화에 비할 수 있습니다. 우리가 추상화를 보면서 굳이 무엇을 그린 것인지 구상을 찾으려 시도하는 것이 무의미하듯이 병치 은유로 쓴 시를 읽을 때 기존의 시를 읽듯이 읽으려고 해서는 보람을 찾기 힘들 것입니다.

사랑하는 나의 하나님, 당신은
늙은 비애다

---

10 오세영, 『시론』, 서정시학, 2013, 230~231면.

푸줏간에 걸린 커다란 살점이다
시인 릴케가 만난
슬라브 여인의 마음 속에 갈앉은
놋쇠 항아리다.
손바닥에 못을 박아 죽일 수도 없고 또 죽지도 않는
사랑하는 나의 하나님, 당신은 또
대낮에도 옷을 벗는 어리디어린
순결이다
삼월에 젊은 느릅나무 잎새에서 이는
연둣빛 바람이다.

—김춘수, 「나의 하나님」

---

살바도르 달리의 「기억의 고집(persistence of memory)」을 함께 찾아보자.
데페이즈망(dépaysement)이란 '(고향에서) 추방하는 것'이란 뜻이다. 익숙한 장소나 용법, 관계에서 사물을 떼어내어 낯선 곳에 위치시킴으로써 기존 인식의 틀을 깨뜨리고 새로운 충격을 주도록 하는 초현실주의의 미학적인 방법이다. 데페이즈망 기법을 활용하여 시를 한 편 써보자.

---

## 더 읽어볼 시 1

그는 어디로 갔을까
너희 흘러가버린 기쁨이여
한때 내 육체를 사용했던 이별들이여
찾지 말라, 나는 곧 무너질 것들만 그리워했다
이제 해가 지고 길 위의 기억은 흐려졌으니
공중엔 희고 둥그런 자국만 뚜렷하다
물들은 소리없이 흐르다 굳고
어디선가 굶주린 구름들은 몰려왔다
나무들은 그리고 황폐한 내부를 숨기기 위해
크고 넓은 이파리들을 가득 피워냈다
나는 어디로 가는 것일까, 돌아갈 수조차 없이
이제는 너무 멀리 떠내려온 이 길
구름들은 길을 터주지 않으면 곧 사라진다
눈을 감아도 보인다

어둠속에서 중얼거린다
나를 찾지 말라…. 무책임한 탄식들이여
길 위에서 일생을 그르치고 있는 희망이여

—기형도, 「길 위에서 중얼거리다」

## 더 읽어볼 시 2

아버지의 등뒤에 벼랑이 보인다
아니 아버지는 안보이고 벼랑만 보인다
요즘엔 선연히 보인다.
옛날 나는 아버지가 산인 줄 알았다
차령산맥이거나 낭림산맥인줄 알았다
그때 나는 생각했었다
푸른 이끼를 스쳐간 그 산의 물이 흐르고 흘러
바다에 닿는 것이라고
수평선에 해가 뜨고 하늘도 열리는 것이라고
그때 나는 뒷짐지고 아버지 뒤를 따라 갔었다
아버지가 아들인 내가 밟아야 할 비탈들을 앞장서 가시면서
당신 몸으로 끌어안아 들이고 있는 걸 몰랐다
아들의 비탈들을 모두 끌어안은 채
까마득한 벼랑으로 쫓기고 계신 걸 나는 몰랐었다

나 이제 늙은 짐승 되어 힘겨운 벼랑에 서서 뒤돌아보니
뒷짐지고 내 뒤를 따르는 낯익은 얼굴하나 보인다.
겨우겨우 벼랑하나 발딛고 선 내 뒤를 따르는
초식 동물 한 마리가 보인다.

－이건청, 「산양」

## 더 읽어볼 시 3

네가 누구라도, 저녁이 되면
익숙한 것들로 들어찬 방에서 나와 보라.
먼 곳을 배경으로 너의 집은 마지막 집인 듯하다,
네가 누구라도.
닳아빠진 문지방을 벗어나지 못하는
너의 지친 두 눈으로
아주 천천히 한 그루 검은 나무를 일으켜
하늘에 세운다, 가늘고 고독하다.
너는 세계 하나를 만들었다. 그것은 거대하고
침묵 속에서 익어 가는 한 마디 말과 같다.
그리고 네 의지가 그 의미를 알게 되면,
너의 두 눈은 그 세계를 살며시 놓아준다...

Wer du auch seist: am Abend tritt hinaus
aus deiner Stube, drin du alles weißt;
als letztes vor der Ferne liegt dein Haus:
wer du auch seist.
Mit deinen Augen, welche müde kaum
von der verbrauchten Schwelle sich befrein,
hebst du ganz langsam einen schwarzen Baum
und stellst ihn vor den Himmel: schlank, allein.
Und hast die Welt gemacht. Und sie ist groß
und wie ein Wort, das noch im Schweigen reift.
Und wie dein Wille ihren Sinn begreift,

lassen sie deine Augen zärtlich los...

—라이너 마리아 릴케Rainer Maria Rilke, 「서시Eingang」[11]

11 Rainer Maria Rilke, Edward Snow tr., "Eingang", *The Poetry of Rilke*, North Point Press, 2009, 50~51면 참조.

## 더 읽어볼 시 4

주여, 때가 왔습니다.
여름은 참으로 위대했습니다.
당신의 그늘을 해시계 위에 내리시고
들에는 바람이 일게 하여 주십시오.

마지막 열매들이 살지게 명하여 주시고,
그들에게 남쪽의 태양을 이틀만 더 허락하시어
무르익게 하시고, 무거운 포도송이에
마지막 단맛을 불어넣어 주십시오.

이제 집 없는 자는 더 이상 집을 짓지 않습니다.
혼자인 사람은 또 그렇게 오래 홀로 남아서
잠 못 이루고 책을 읽거나, 긴 편지를 쓸 것입니다.
그리고 나뭇잎이 흩날리는 가로수 길을
이리 저리 방황할 것입니다.

Herr: es ist Zeit. Der Sommer war sehr groß.
Leg deinen Schatten auf die Sonnenuhren,
und auf den Fluren lass die Winde los.

Befiehl den letzten Früchten, voll zu sein;
gieb ihnen noch zwei südlichere Tage,
dränge sie zur Vollendung hin, und jage
die letzte Süße in den schweren Wein.

Wer jetzt kein Haus hat, baut sich keines mehr.
Wer jetzt allein ist, wird es lange bleiben,
wird wachen, lesen, lange Briefe schreiben
und wird in den Alleen hin und her
unruhig wandern, wenn die Blätter treiben.

—라이너 마리아 릴케Rainer Maria Rilke, 「가을날Herbsttag」[12]

---

12 Rainer Maria Rilke, Edward Snow tr., "Herbsttag", *The Poetry of Rilke*, North Point Press, 2009, 82~83면 참조.

## 더 생각해볼 문제

✓ 동일성을 찾아내는 시적 주체의 시선이 일방적이고 폭력적이라는 논의가 있다. 투사projection, 감정이입는 자아와 세계의 동일성을 획득하는 방식으로 시에서 흔히 사용된다. 시는 기본적으로 1인칭 독백체이며 세계와 동일성을 추구하기 때문이다. 하지만 대상의 본질을 충분히 살피지 않고 시적 주체의 시선에 의해서 일방적으로 찾아진 동일성은 타자를 자신과 동일한 존재로 바꾸어버리며, 대상을 대상화한다는 비판이다.

이러한 비판은 우리가 작품을 읽을 때에도 마찬가지로 적용할 수 있다. 작품의 부분과 전체를 충분히 읽고 그 안에서 생각을 발전시키는 것이 아니라 작품을 읽다가 자신이 하고 싶은 말을 검출해내고 기존에 가지고 있던 생각을 말하기 위해 작품에서 발췌한 부분을 가져다가 뒷받침하는 것은 작품에 대한 폭력이다. 상대방에게 나의 취향이나 생각을 강요하면서 "우린 참 잘 맞는다"라고 말한다면 상대방의 기분은 어떨까?

그렇다면 시에서 시적 대상을 동등한 주체로 본다는 것은 어떻게 가능할까?

> 살구나무 그늘로 얼골을 가리고, 병원뒤뜰에 누어, 젊은 여자가 흰옷 아래로 하얀 다리를 드러내 놓고 일광욕을 한다. 한나절이 기울도록 가슴을 앓는다는 이 여자를 찾어 오는 이, 나비 한 마리도 없다. 슬프지도 않은 살구나무 가지에는 바람조차 없다.
>
> 나도 모를 아픔을 오래 참다 처음으로 이곳에 찾어왔다. 그러나 나의 늙은 의사는 젊은이의 병을 모른다. 나한테는 병이 없다고 한다. 이 지나친 시련이 지나친 피로, 나는 성내서는 안된다.
>
> 여자는 자리에서 일어나 옷깃을 여미고 화단에서 금잔화 한포기를 따 가슴

에 꽂고 병실안으로 사라진다. 나는 그 여자의 건강이—아니 내 건강도 속히 회복되기를 바라며 그가 누었든 자리에 누어본다.

—윤동주, 「병원」

이 시의 마지막 연, 마지막 행을 보라. 화자인 '나'는 병이라는 공통점을 가지고 있는 '젊은 여자'에 감정 이입을 하려다가 고쳐 쓴 흔적이 있다. 이 미세한 고쳐 쓴 흔적에 주목하고 상호 주체적이면서도 공감하는 시인의 윤리에 대하여 지적한 의견이 있다.[13] 이에 대하여 자신의 생각을 이야기해보자.

---

13 신형철, 『몰락의 에티카』, 문학동네, 2010, 502~512면 참조.

# 상 징

상징symbol의 어원은 '조립하다' '짜 맞추다'라는 의미의 그리스어 동사 symballein입니다. 이 말의 명사형인 symbolon은 부호mark, 증표token, 기호sign라는 뜻을 가지고 있습니다. 상징은 다른 것을 '대신하는' 기능을 수행합니다. 상징이 대신하는 의미가 한 가지인가 여러 가지인가에 따라 기호론적인 상징과 문학적인 상징으로 나눌 수 있습니다.

## 기호론적인 상징

저작물 사용허가Creative Common License 기호들입니다. 혹시 의미를 알고 계신가요? 왼쪽에서부터 차례대로 저작물사용허가, 저작자표시저작자의 이름, 출처 등 저작자 표시를 반드시 하고 사용, 비영리저작물을 영리적인 목적으로 사용할 수 없음, 2차변경금지저작물을 변경하거나 저작물을 이용한 2차적 저작물 제작을 금지함, 동일조건변경허락동일한 라이선스 표시 조건하에서의 저작물을 활용한 다른 저작물 제작을 허용을 뜻합니다.

이 기호들은 이미지[1]로 표현되어 있고, 원관념이 없이 보조관념이미지만으로 사용되었음에도 원관념을 의미하는 '일체성'을 가지고 있다는 점에서 비유와 다릅니다. 또한 비유는 원관념과 보조관념 사이의 동일성유추에 의해서 성립되지만 상징이 성립하는 데에 동일성이 꼭 필요한 것은 아닙니다.

기호론적 상징은 그 의미하는 바가 한 가지로, 상징을 사용하는 사람들이 모두 같은 의미로 그것을 받아들인다는 특징이 있습니다. 이 경우, 상징은 의사소통을 목적으로 한 기호입니다. 우리가 일상생활에서 사용하는 기호론적인 상징에 또 어떤 것들이 있는지 이야기해볼까요?

문학적 상징은 하나의 보조관념이미지이 여러 가지 원관념을 의미할 수 있다는 점에서 기호론적인 상징과 다릅니다. 문학적 상징 역시 보조관념이미지만으로 원관념을 의미하지만, 인접한 추상적인 개념들을 원관념으로 지니기 때문입니다. 상징은 '반복'과 '인식'을 통해 여러

---

1 그리스에서 eikōn은 '도상'이라고 번역되며 인물조각상을 의미한다. 이는 이후 라틴어에서 icon 또는 icona로 번역되었지만 라틴어에서는 imago라는 개념이 더욱 널리 사용되었다. imago는 '죽은 자의 초상'을 뜻하는 말이었지만 나중에 '초상화', '이미지'라는 뜻으로 사용되었다.
내적 이미지를 지칭하는 그리스어 eidōlon 또는 phantasma는 라틴어에서 simulakrum이라고 번역되었다. 그런데 eidōlon이라는 말은 단지 표피에 지나지 않는 것, 그림자나 환영 같은 것, 거짓인 것을 뜻했다. 이러한 전통의 영향으로 기독교에서는 이를 '우상'이라고 번역한다(김현강, 『이미지』, 연세대학교출판문화원, 2015, 11~12면).

사람에 의해 사용되고, 오랜 기간에 걸쳐 사용되며, 사용될 때마다 조금씩 다르지만 유사한 의미의 원관념들을 대신하게 되게 됩니다. 그래서 휠라이트Philip Wheelwright는 "상징은 지각 경험 자체만으로 전달되지 않거나 충분히 전달될 수 없는 더욱 광범위한 어떤 한 의미 혹은 일련의 의미를 뜻한다."고 하였습니다.[2] 이 경우 상징은 모호해지지만 그래도 공통 감각의 영역 안에 있습니다.

상징의 모호성과 암시성은 의사소통의 관점에서 보면 부정적일 수 있지만, 문학에서는 풍부한 의미론적 에너지를 가진 잠재성으로 여겨지며, 독자의 능력에 따라 상징은 두꺼워지거나 얇아질 수 있습니다. 다시 말해 비유는 시인의 능력이 발휘되는 창의성의 영역이고, 상징은 독자의 능력이 발휘되는 공통 감각의 영역에 자리합니다.

별똥 떠러진 곳,

마음해 두었다

다음날 가보려,

벼르다 벼르다

인젠 다 자랐오.

— 정지용, 「별똥」

정지용의 「별똥」을 읽고 각자 생각한 상징에 대하여 이야기해볼까요?

---

2 필립 휠라이트(Philip Wheelwright), 김태옥 역, 『은유와 실재』, 한국문화사, 2000, 97면.

창살 때문에 지쳐버린 표범의 눈은
이제 아무것도 보지 않는다
그의 눈에는 천 개의 창살이 있는 것 같고,
천 개의 창살 뒤로 세계가 사라지고 없는 것 같다.

최소한의 원을 그리며 돌고 있는
유연하고 늠름한 걸음걸이는
커다란 의지가 마비되어 서 있는
하나의 중심을 둘러싼 힘의 무용 같다.

다만 때때로 눈동자의 장막이 소리 없이 열리면
그때 형상이 들어가서
사지의 지나며 정적을 긴장시키고
심장에서 사라진다.

Sein Blick ist vom Vor bergehn der Stäbe
so müde geworden, daß er nichts mehr hält.
Ihm ist, als ob es tausend Stäbe gäbe
und hinter tausend Stäben keine Welt.

Der weiche Gang geschmeidig starker Schritte,
der sich im allerkleinsten Kreise dreht,
ist wie ein Tanz von Kraft um eine Mitte,
in der betäubt ein großer Wille steht.

Nur manchmal schiebt der Vorhang der Pupille
sich lautlos auf–. Dann geht ein Bild hinein,

geht durch der Glieder angespannte Stille—
und hört im Herzen auf zu sein.

—라이너 마리아 릴케Rainer Maria Rilke, 「표범—파리의 식물원에서Der Panther Im Jardin des Plantes, Paris」[3]

릴케의 「표범」에 나타난 상징은 어떤 것들이 있나요? 각각은 무엇을 의미한다고 생각하는지 이야기해보겠습니다.

---

**상징에 대한 알레고리적 반응**

알레고리는 그리스어 'allos(다른)'과 'agoreuo(말하기)'라는 단어가 합성되어 만들어진 '알레고리아(allegoria)'에서 유래하였다. 하나의 이야기를 통해 다른 이야기를 빗대어 말하는 것을 의미한다. 원관념과 보조관념의 관계가 1:1로 단순하고 명료한 특징이 있다. 주로 교훈적이고 윤리적인 주제를 지니고 있다. 의인화를 통한 우화(寓話)가 대표적인 알레고리 장르이다.
알레고리는 문학의 한 장르이지만, 알레고리적 반응은 문학 작품에 대한 반응이 단순화되고 경직된 것을 의미하는 부정적인 표현으로 사용된다.

님은 갔습니다. 아아 사랑하는 나의 님은 갔습니다.
푸른 산빛을 깨치고 단풍나무 숲을 향하야 난 적은 길을 걸어서 참어 떨치고 갔습니다.

—한용운, 「님의 침묵」

한용운이 시집 서문에 '기룬 것은 모두 님'이라고 써 두었음에도, 한용운의 '님'이 '조국의 광복'을 의미한다고 해석하는 것은 알레고리적 반응이다. 다른 알레고리적 반응의 예들을 이야기해보자.

---

3 Rainer Maria Rilke, Edward Snow tr., "Der Panther Im Jardin des Plantes, Paris", *The Poetry of Rilke*, North Point Press, 2009, 146~147면 참조.

## 상징의 종류

상징은 공통 감각의 범위에 따라 원형 상징, 사회문화적 상징관습적 상징, 그리고 개인적 상징으로 분류할 수 있습니다. 원형 상징이란 인류라면 누구나 공유하는 공통 감각을 통해 사용되는 상징을 뜻합니다. 사회문화적 상징은 종교나 민족, 국가 집단 등 함께 사회를 구성하고 그 사회집단의 문화를 공유하는 사람들의 공통 감각을 통해 사용되는 상징입니다. 개인적 상징이란 개인의 체험 안에서 구성된 상징을 의미합니다.

> 다들 죽어가는 사람들에게
> 검은 옷을 입히시요.
>
> 다들 살어가는 사람들에게
> 흰 옷을 입히시요.
>
> 그리고 한 침대寢台에
> 가즈런이 잠을 재우시요
>
> 다들 울거들랑
> 젖을 먹이시요
>
> 이제 새벽이 오면
> 나팔소리 들려 올게외다.

—윤동주, 「새벽이 올 때까지」

이 시에 나타난 원형 상징, 사회문화적 상징 그리고 개인적 상징에 대하여 이야기해볼까요? 먼저 "죽어가는 사람들"과 "살어가는 사람들"은 각각 '치욕스럽게 살 것인가'와 '부당한 현실과 싸우다 죽을 것인가'라는 시인 개인의 고민을 '의인화'하여 만들어낸 '개인적 상징'입니다.

또한 "죽어가는 사람들"과 "살어가는 사람들"은 기독교의 경전인 사도신경의 "산자와 죽은 자를 심판하러 오시리라"는 구절에서 차용한 것이기도 합니다. 기독교라는 사회와 문화를 공유하는 사람이라면 이해할 수 있는 사회문화적 상징이지요. 시의 마지막 연에서도 기독교에서 '최후의 심판'을 뜻하는 "나팔소리"라는 사회문화적 상징이 사용됩니다.

살아가는 사람들에게 입힐 "흰 옷"과 죽어가는 사람들에게 입힐 "검은 옷"은 각각 삶과 죽음을 상징하는 흰색과 검은색, 그리고 육신은 영혼이 입는 옷이라고 인식하는 인류 보편의 원형 상징이 결합한 시어입니다.

물론 이 시를 읽은 물리학과 학생 중에서는 산자와 죽은 자를 한 침대에 가지런히 재우는 이미지에서 '양자 역학에서 전자의 중첩'을 떠올릴 수도 있을 것입니다. 새벽이 오면 심판이 이루어지리라는 것은 '관측의 순간'을 의미한다고 생각할 수도 있을 것입니다. 이러한 해석은 그 독자가 속한 집단의 사회문화적 공통 감각 안에서 발휘된 상징 능력입니다.

「새벽이 올 때까지」에서 살펴보았듯이 한 편의 시 안에서 여러 개의 상징, 여러 층위의 상징이 함께 사용되기도 합니다. 그런데 더 넓은 범주의 상징인 원형 상징이나 사회문화적 상징과 배치되는 개인적 상징이 사용된 경우, 독자들은 해석에 어려움을 겪기도 합니다. 윤동주의 「바람이 불어」에 나오는 "반석"과 "언덕"이 그 예입니다. 일반적으로 반석盤石, 평평하고 넓은 돌과 언덕은 그 위에 선 사람을 안전하게 보호해 주는 상징으로 사용되지만, 윤동주는 반석과 언덕을 현실에 뛰어들지 않고 안주하는 삶의 태도라는 개인적 상징으로 사용하였지요. 「또 다른 고향」에 등장하는 "개" 역시 사회문화적 상징과 다르게 사용된 개인적 상징입니다.

故鄕에 돌아온 날 밤에
내 白骨이 따라와 한방에 누웠다.

어둔 房은 宇宙로 通하고
하늘에선가 소리처럼 바람이 불어온다.

어둠 속에서 곱게 風化作用하는
白骨을 들여다보며
눈물짓는 것이 내가 우는 것이냐
白骨이 우는 것이냐
아름다운 魂이 우는 것이냐

志操 높은 개는
밤을 새워 어둠을 짖는다.

어둠을 짖는 개는
나를 쫓는 것일게다.

가자 가자
쫓기우는 사람처럼 가자
白骨 몰래
아름다운 또 다른 故鄕에 가자

—윤동주, 「또 다른 고향故鄕」

이 시에 사용된 상징을 찾아보고 그것이 의미하는 바에 대하여 함께 이야기해보겠습니다.

### 더 생각해볼 문제

- ✓ 상징이 많은 시는 좋은 시인가?
- ✓ 시인은 상징을 의도하고 쓰는가?
- ✓ 이미지와 은유와 상징의 상관성에 대해 논하고 중복되는 경우와 중복되지 않는 경우의 예를 생각해보자.

## 더 읽어볼 시 1

역사를하노라고 땅을파다가 커다란돌을하나 끄집어내여놋코보니 도모지 어데서인가 본듯한생각이들게 모양이생겻는데 목도들이 그것을메고나가드니 어디다갓다버리고온모양이길내 쪼차나가보니 危險하기짝이업는큰길가드라.

그날밤에 한소낙이하얏스니 必是그돌이깨끗이씻겻슬터인데 그잇흔날가보니까 變怪로다 간데온데업드라. 엇던돌이와서 그돌을업어갓슬가 나는참 이런悽량한생각에서 아래와가튼作文을지엿도다.

「내가 그다지 사랑하든 그대여 내한平生에 참아 그대를 니즐수업소이다. 내차레에 못올사랑인줄은 알면서도 나혼자는 꾸준히생각하리다. 자그러면 내내어엿부소서.」

엇던돌이 내얼골을 물끄럼이 치여다보는것만갓하서 이런詩는 그만찌저버리고십드라.

— 이상李箱, 「이런시詩」

## 더 읽어볼 시 2

가을바람 불어
허공의 빈 나뭇가지처럼 아빠는
울고 있다만 딸아
너는 무심히 예복을 고르고만 있구나
이 세상 모든 것은 붙들지 못해서 우는가 보다.
강변의 갈대는 흐르는 물을, 언덕의 풀잎은
스치는 바람을 붙들지 못해
우는 것, 그러나
뿌리침이 없었다면 그들 또한
어찌 바다에 이를 수 있었겠느냐.
붙들려 매어 있는 것 치고
썩지 않는 것이란 없단다.
안간 힘 써 뽑히지 않은 무는
제자리에서 썩지만
스스로 뿌리치고 땅에 떨어지는 열매는
언 땅에서도 새 싹을 틔우지 않더냐.
막막한 지상으로 홀로 너를 보내는 날,
아빠는 문득 뒤꼍 사과나무에서
잘 익은 사과 하나 떨어지는 소리를
듣는다.

— 오세영, 「딸에게」

## 더 읽어볼 시 3

겨울 바다에 가 보았지
미지의 새
보고 싶던 새들은 죽고 없었네

그대 생각을 했건만도
매운 해풍에
그 진실마저 눈물져 얼어버리고
허무의 불 물이랑 위에
불붙어 있었네.

나를 가르치는 건
언제나 시간
끄덕이며 끄덕이며 겨울 바다에 섰었네

남은 날은 적지만
기도를 끝낸 다음 더욱 뜨거운
기도의 문이 열리는
그런 영혼을 갖게 하소서

겨울 바다에 가보았지
인고忍苦의 물이
수심 속에 기둥을 이루고 있었네

－김남조, 「겨울바다」

# 5

# 아이러니

## 속이는 것, 예상을 뒤집는 것

아이러니는 '변장', '위장된 무지'를 의미하는 그리스어 에이로네이아eirôneía에서 유래하였습니다. 고대 그리스 희극 작품에는 에이론Eiron, 알라존Alazon, 보몰로코스Bomolochos라는 희극적인 세 명의 인물이 등장합니다. 에이론은 자신을 실제보다 낮추어 남보다 못난 척 행동하는 자이고, 반대로 알라존은 자신을 실제 이상의 존재인 것처럼 과장하는 인물이며, 보몰로코스는 어릿광대입니다.

에이론은 에이로네이아위장를, 알라존은 알라조네이아오만를 의미하는 인물이며 짝을 이룹니다. 에이론과 알라존은 스스로를 비하하거나 과장한다는 점에서 다를 뿐, 둘 다 진실하지 못한 기만적인 인물들입니다. 이후 에이론과 알라존은 문학 작품에 등장하는 그러한 종류의 인물들을 대표하는 인간형의 명칭이 되었습니다.

에이론은 주로 왜소하고 현명한 노인, 주인공이 성공을 거둘 수 있도록 계략을 꾸미는 잔꾀 많은 노예dolosus servus, 무지를 가장하며 상대의 무지를 폭로시키는 교활한 인물 등으로 나타납니다. 한편, 알라존의 대표적인 유형으로는 화난 아버지senex iratus가 있습니다. 쉽게 노여워하고 남을 협박하며, 말도 안 되는 것에 고집을 부리고, 잘 속는 타입의 인물입니다. 이 밖에 군대에서의 무용담을 늘어놓는 허풍선이 병사miles gloriosus나 괴짜 현학자 등이 알라존 유형이며, 이들은 행동하기보다는 말만하는 인물들이지요.[1]

처음에는 패배할 것처럼 보였던 에이론이 알라존을 이기게 되고, 예상을 벗어난 상황이 즐거움을 준다는 점에서 문학 기법으로서 아이러니가 발생하였습니다. 즉 아이러니는 두 가지 의미를 갖는데요, 하나는 에이론이 무지하고 약한 척한다는 점에서 '사실과 다르게 속인다'는 뜻이고, 다른 하나는 에이론이 알라존을 이긴다는 점에서 '당연한 것으로 여겨지던 독자의 기대와 예상을 뒤집는다'는 뜻입니다.

## 비꼬는 것, 말해진 것 너머의 진실을 탐구하게 하는 것

한편, 소크라테스도 당대에 에이론이라고 불렸습니다. 일명 산파술

---

1 Northrop Frye, *Anatomy of Criticism*, Korean student ed., Princeton University Press, 1973, 172~173면 참조.

이라고 불리는 소크라테스적 대화법the Socratic dialogue 때문이었습니다. 소크라테스의 어머니 파이나레테Phainarete는 산파였는데요, 소크라테스는 자신이 어머니와 같은 직종에 종사한다고 말하였습니다. 산파가 아이를 잘 낳을 수 있도록 산모를 도와주는 것과 같이 상대에게 계속 질문을 던져서 상대가 스스로 진리를 깨우칠 수 있도록 대화를 이끌기 때문이었지요.[2] 소크라테스에게 패배한 각계의 권위자들은 소크라테스가 자신들을 속이고 무지한 척 접근했다고 비난하며 그를 '에이론'이라고 불렀습니다. 소크라테스의 질문에 답을 하더라도 질문은 이어지고 말을 하면 할수록 스스로의 허위가 드러나며 무지가 폭로되는 것에 대해 불편한 마음을 가졌던 것입니다.

하지만 소크라테스의 대화법은 상대를 속여 그의 허위를 폭로하기 위한 것이기보다는, 상대로 하여금 '진실을 알지 못한다는 진실'을 마주하게 함으로써 진짜 진실을 탐구하도록 이끌기 위한 것입니다.[3] 소크라테스로부터 발생한 아이러니의 의미는 다시 두 가지 의미를 지니게 됩니다. 하나는 소크라테스에게 패배하고 그의 의도를 오해한 사람들의 입장에서 파생된 '비꼰다'는 뜻이고, 다른 하나는 소크라테스의 의도에서 파생된 '말해진 것 너머의 진실을 마주하게 하고 진실을 탐구하도록 이끈다'는 뜻입니다.

2 플라톤(platon), 천병희 역, 『플라톤의 다섯 대화편』, 도서출판 숲, 2016, 33면.
3 Claire Colebrook, *Irony*, Routledge, 2006, 22~25면.

아리스토텔레스는 진리와 관련하여 중용을 지닌 사람은 진실한 사람이고, 지나친 사람은 허풍쟁이, 모자란 사람은 겸손한 척하는 사람이라고 하였다. 허풍쟁이는 알라존이며, 겸손한 척하는 사람은 에이론이라고 볼 수 있다. 그는 이 밖에도 놀이와 재미와 관련하여 지나친 사람은 익살꾼, 중용을 지닌 사람은 재치 있는 사람, 그리고 모자란 사람은 촌뜨기로 명명하였다. 인생 전반에 있어서 올바르게 즐거운 중용을 지닌 사람은 상냥한 사람이며, 지나친 자 중에서 자신의 이익이 동기가 되면 아첨꾼, 그렇지 않은 경우는 맞장구치는 사람, 매사가 즐겁지 못한 사람은 심술쟁이라고 하였다.[4]

## 상충하는 충동과 모순의 균형

I. A. 리처즈는 아이러니란 반대의 충동을 시 속으로 끄집어들이는 것이며, 이러한 상반되는 충동이 해결되는 곳에서 최고의 시경험이 생긴다고 보았습니다.[5] 리처즈나 신비평 이론가들의 아이러니 개념에 이르면 아이러니는 반전에서 벗어나 충돌과 충돌의 해결로 확장됩니다.

그대만큼 사랑스러운 사람을 본 일이 없다
그대만큼 나를 외롭게 한 이도 없었다
이 생각을 하면 내가 꼭 울게 된다

그대만큼 나를 정직하게 해준 이가 없었다
내 안을 비추는 그대는 제일로 영롱한 거울

---

4 아리스토텔레스(Aristoteles), 천병희 역, 『니코마코스 윤리학』, 도서출판 숲, 2015, 81~82면.

5 Ivor Armstrong Richards, *The Principles of Literary Criticism*, Literary Licensing, 2011, 250~251면.

그대의 깊이를 다 지나가면
글썽이는 눈매의 내가 있다
나의 시작이다

그대에게 매일 편지를 쓴다
한 구절 쓰면 한 구절을 와서 읽는 그대
그래서 이 편지는
한 번도 부치지 않는다

－김남조, 「편지」

위의 시를 읽고 시 속에 어떤 상충하는 충동이 존재하며, 그것이 어떻게 해결되고 있는지 이야기해봅시다.

우리가 흔히 생각하는 반어, 표현된 것과 의미하는 것이 반대인 경우를 언어적 아이러니verbal irony라고 합니다. 한편, 구조적 아이러니 또는 상황적 아이러니라는 것이 있습니다. 이는 삶의 모순과 복잡성 때문에 생겨나는 것으로 대립적인 요소의 공존으로 인하여 발생합니다. 구조적 아이러니 중에 주인공이 의도한 것과 반대되는 결과를 가져오는 경우를 극적 아이러니라고 합니다. 이 책의 1부 5장에서 읽었던 윤진화의 「히말라야시다 구함」은 극적 아이러니를 보여줍니다.

## 직접적 진술의 회피

시의 핵심이 '심장의 외침cri de coeur'이라고 표현하는 사람들에 대하여 노스롭 프라이Northrop Frye는 시의 진짜 핵심은 직접적인 진술을 피하는 미묘하고 교묘한 언어패턴이라고 반박하였습니다. 시적 표현은 고대의 수수께끼riddle, 신탁oracle, 주문spell 등에서처럼 명백한 의미를 회피하는 언어 패턴이며, 말하는 것과 의미하는 것 사이에 차이가 있기 때문에 구조적으로 아이러니적이라고 주장하였지요.[6]

봄가을 없이 밤마다 돋는 달도
　「예전엔 미처 몰랐어요.」

이렇게 사무치게 그려 울 줄도
　「예전엔 미처 몰랐어요.」

달이 암만 밝아도 쳐다볼 줄을
　「예전엔 미처 몰랐어요.」

이제금 저 달이 설움인 줄은
　「예전엔 미처 몰랐어요.」

－김소월, 「예전엔 미처 몰랐어요.」

「예전엔 미처 몰랐어요」에서 회피하고 있는 직접적인 진술은 무엇일까요? 이런 회피를 통해서 어떤 효과를 얻을 수 있을까요?

6 Northrop Frye, *Anatomy of Criticism*, korean student ed., Princeton University Press, 1973, 81면 참조.

## 거리, 객관화된 시선, 자기 부정

상실의 기술을 터득하기란 어렵지 않다
많은 것이 상실될 의도로 가득해 보이니
그것들을 잃어버리는 것은 재앙이 아니다.

매일 무언가를 잃어버려라. 낭패감을 받아들여라
잃어버린 열쇠, 허비된 시간
상실의 기술을 터득하기란 어렵지 않다.

더 상실하기, 더 빨리 상실하기를 익혀라
얼굴들, 이름들, 여행하고자 했던 곳.
이중 어느 것도 재앙을 가져오진 않는다.

나는 어머니의 시계를 잃어버렸다. 그리고 보라!
정든 집 셋 중 마지막, 혹은 그 이전 집이 사라졌다.
상실의 기술은 터득하기 어렵지 않다.

나는 두 도시, 아름다운 도시를 잃어버렸다. 그리고 더 광활한,
내 소유였던 영토를, 두 개의 강을, 하나의 대륙을.
그것들이 그립지만, 그렇다고 재앙은 아니었다.

—당신을 잃는 것마저도(그 장난기 어린 목소리, 내가 사랑했던 제스처)
나는 거짓말하지 않겠다. 분명
상실의 기술은 익히기에 그다지 어렵지 않다
비록 그처럼(써라!) 재앙인 것처럼 보일지라도.

—엘리자베스 비숍Elizabeth Bishop, 「하나의 기술One Art」[7]

앞의 시 속 화자는 사랑하는 사람을 상실한 것에 대한 자신의 감정을 부정하고 있습니다. 자신의 감정에 거리를 두고 그것을 객관화하기 위하여 다른 여러 상실의 경험들을 가져오고 있지요. 사소한 것들, 자주 잃어버리는 것들을 언급하며 그런 것들을 잃어버리는 것이 재앙이 아니라고 말하던 화자는 점점 커다란 존재감을 지닌 것들의 상실을 이야기합니다. 화자는 처음과 마찬가지로 그러한 것들의 상실에 익숙해지는 것이 어려운 일이 아니라고 반복해서 말합니다. 이러한 확장과 반복은 스스로 상실에 대한 감정을 무디게 하고 부정하려는 훈련 그 자체인 듯 보입니다.

독자는 시에서 말해진 것과 실제 의미하는 것 사이의 괴리가 커지는 데서 아이러니를 느낄 수 있습니다. 시의 마지막에 이르면 사랑하는 사람의 상실에 대하여 말하고 있는데요, "분명 상실의 기술은 익히기에 그다지 어렵지 않다"는 화자의 확신에 찬 말과 달리, 그의 행동은 이를 차마 글로 쓰지도 못하고 주저하고 있습니다. 앞에서 훈련해온 대로 사랑하는 이의 상실에 대해서도 "재앙이 아니다"라고 써야 할 테지만, 선뜻 그 단어를 쓰지 못하고 대명사를 사용하여 "그처럼"이라고 썼다가 "(Write it!)"이라며 마음을 다잡고 난 후에야 겨우 그 단어를 쓸 수 있습니다. 그나마 재앙처럼 보이기는 한다는 사실마저 부정하지는 못하고 있지요. 이처럼 우리는 말할 수 없는 것을 말할 때 아이러니를 사용하기도 합니다.

---

7 Elizabeth Bishop, "One Art", *Poems*, Chatto & Windus, 2011, 198면.

## 예술의 자기 부정을 통한 무한 추구

F. 슐레겔Friedrich von Schlegel, 1772~1829은 예술가는 스스로의 예술작품을 부정해야 한다고 주장하였습니다. 슐레겔은 철학자이자 문학이론가로 독일 낭만주의를 이끌었습니다. 유한한 존재가 자신의 유한함을 끝없이 부정하며 그것을 넘어서려는 것이 낭만적 아이러니라고 합니다. 또한 이상을 추구하지만 현실적으로 이상을 찾지 못하고, 그러면서도 동경에 가득 차서 방랑하는 인물이 낭만주의의 문학의 핵심이지요. 이러한 낭만주의의 특징을 떠올려보면 낭만주의 이론가인 슐레겔의 주장을 더 쉽게 이해할 수 있습니다.[8]

---

**예술의 자기 부정, 개념예술**

이 책의 1부 5장에서 이야기했던 뒤샹(H. R. M. Duchamp)의 「샘」이나 1부 2장에서 살펴보았던 마그리트(R. Magritte)의 작품들, 그리고 그들의 영향을 받은 개념예술(conceptual art) 역시 예술의 자기부정성에서 출발한 것이다.

개념예술은 완성된 작품보다는 아이디어나 제작 과정을 예술로 본다. 현실과 가상의 구별을 모호하게 하며, 작가가 작품 속에 출현하기도 하고, 인물이 이중화되는 특성이 있다. 우리 현대문학에서는 작가 이상의 소설들이 이러한 이중화된 인물을 보여준다. 이를테면, 「날개」 속 주인공인 '나'는 소설의 프롤로그와 작품의 마지막 부분에서 「날개」를 쓰고 있는 작가인 '李箱'으로 등장한다.[9]

다음 시를 읽고 다양한 층위의 아이러니에 대하여 이야기해보자.

> 十三人의兒孩가道路로疾走하오.
> (길은막달은골목이適當하오.)

---

8 이병창, 「번역자 후기: 무한의 미학을 위하여」, 『그리스 문학 연구』, 먼빛으로, 2015, 256~259면 참조.

9 이수정, 「이상의 「날개」에 나타난 '어항'의 의미」, 《한국현대문학연구》 제15집, 2004.

第一의兒孩가무섭다고그리오.
第二의兒孩도무섭다고그리오.
第三의兒孩도무섭다고그리오.
第四의兒孩도무섭다고그리오.
第五의兒孩도무섭다고그리오.
第六의兒孩도무섭다고그리오.
第七의兒孩도무섭다고그리오.
第八의兒孩도무섭다고그리오.
第九의兒孩도무섭다고그리오.
第十의兒孩도무섭다고그리오.

第十一의兒孩가무섭다고그리오.
第十二의兒孩가무섭다고그리오.
第十三의兒孩가무섭다고그리오.
十三人의兒孩는무서운兒孩와무서워하는兒孩와그러케뿐이모혓소.(다른事情은업는것이차라리나앗소)

그中에一人의兒孩가무서운兒孩라도좃소.
그中에二人의兒孩가무서운兒孩라도좃소.
그中에二人의兒孩가무서워하는兒孩라도좃소.
그中에一人의兒孩가무서워하는兒孩라도좃소.

(길은뚫닌골목이라도適當하오.)
十三人의兒孩가道路로疾走하지아니하야도좃소.

– 이상(李箱), 「오감도(烏瞰圖) 시제일호(詩第一號)」

---

무한 추구의 정신은 서구 철학의 이원론을 극복하려는 데에서 나온 것입니다. 그리고 이러한 무한 개념은 생명의 개념에서 강력하게 뒷받침됩니다.[10] 생명은 역동적 평형Dynamic Equivalence을 유지합니다. 끊임없이

10 이병창, 「번역자 후기:무학의 미학을 향하여」, 『그리스 문학 연구』, 먼빛으로, 2015, 273~275면 참조.

많은 입자들이 유입되고 유출되며, 무수히 많은 세포들이 생성되고 파괴되지만 생명은 평형상태를 유지합니다. 이 입자들을 개체로 본다면 생명의 개념은 개체를 넘어선 무한이고, 모순의 공존이며, 변화를 통한 무한을 보여줍니다.

끝없는 자기 부정과 진술의 번복을 보여주는 시인으로 이상李箱만 한 경우가 없을 것입니다. 하지만 개체를 넘어서는 무한, 자기 작품의 부정을 통해 드러나는 무한 정신을 보여주는 예를 찾으려면 보다 긴 세월 동안 작품을 갱신해나간 시인이 적합할 것입니다. 긴 세월 동안 자신의 시세계를 거듭 갱신하며 무한 정신을 추구한 시인으로는 서정주1915~2000가 독보적입니다. 그는 1936년 등단하여 65년간 시인으로 살면서 1,000편이 넘는 시를 15권의 시집으로 묶어냈습니다. 서정주는 그의 첫 시집인 『화사집』(1941)부터 제15시집인 『80소년 떠돌이의 시詩』(1997)에 이르기까지 한 시인 보여줄 수 있는 시적 갱신의 최대치를 보여주었습니다. 생명파 시인으로 출발한 그가 스스로 '영원성'이라고 이름 붙인 과정적 세계관을 poesy로 삼았던 것도 의미심장합니다.

## 아이러니와 풍자

풍자는 공격적인 아이러니입니다. 풍자는 비교적 명료한 도덕적 규범을 가지고 있습니다. 독설이나 욕설로도 상대를 공격할 수 있지만 이 경우에는 아이러니가 부족하여 풍자가 되기 어렵습니다.

풍자 작가는 여러 가지 부조리한 것들 중에 풍자의 대상을 선택해야 하며, 이 선택의 행위는 도덕적인 행위입니다. 풍자에서 한쪽은 제정신이며 정상적이고 다른 한쪽은 부조리해야 합니다. 풍자에는 두 가지 요소가 필요한데, 하나는 공격의 대상이며 다른 하나는 부조리한 느낌에 근거를 둔 기지wit나 유머인데, 이는 풍자가 기본적으로 희극적이기 때문입니다.[11]

실러는 자연으로부터의 소외, 그리고 현실과 이상의 모순을 주제로 삼는다면 그는 풍자적 시인이라고 하였습니다. 단절된 세계에 던져진 소외된 인간, 부조리한 세계 속에 놓인 인간이라는 조건 속에서 시인은 그 비참함을 진지하게 풍자하거나, 이를 유머로 풍자할 수 있다고 하였습니다.[12]

누가 뼈 있는 말을 던지면
덥석, 받아 문다
너도 모르게 뛰어오르는 것이다
네 안의 주둥이는 재빠르다
말을 던진 사람은 모른다
점잖게 무너진 한 영리한 개가
제 앞에 돌아와 앉아 있는 것을
이것은 복종의 한 종류는 아니고
향후 실체를 좇아야 할 냄새의 영역
무슨 개뼈다귀 같은 소리냐 물으면

---

11 Northrop Frye, *Anatomy of Criticism*, korean student ed., Princeton University Press, 1973, 223~224면 참조.

12 Friedrich von Schiller, Julius A. Elias tr., *Naive and Sentimental Poetry and On the Sublime*, Frederick Ungar Publishing Co., 1966, 117면 참조.

살맛 안 나는 뼈를 우물거리다
뱉지도 삼키지도 못할 짐작 앞에
낑낑대다 앞발로 귀 덮고 말 것이다.

—박지웅, 「개가 뼈를 물고 지나갈 때」

## 역설

C. 브룩스Cleanth Brooks는 시인이 말하는 진리는 역설을 통해서만 접근될 수 있다고 하였습니다.[13] 아이러니와 역설은 모순을 통해 진실을 이야기한다는 지향점이 같아서 시 이론가들에 의해 혼용되어 왔습니다.

흔히 아이러니와 역설을 구분하기 위하여 아이러니는 진술 자체에는 모순이 없고, 역설은 진술 자체에 모순이 있다고 합니다.[14] 옥시모론oxymoron, 모순어법의 경우가 이에 해당할 것입니다. 이 말은 'oxsussharp'와 'morosdull'의 결합으로, 어원 자체가 양립할 수 없는 모순적인 말을 함께 사용하는 수사법을 의미합니다. 여러분이 알고 계신 시에서 사용된 옥시모론을 이야기해볼까요?

십자가는 높은 곳에 있고

---

13 클린스 브룩스(Cleanth Brooks), 이경수 역, 『잘 빚어진 항아리』, 문예출판사, 1997, 13면.

14 논리학에서는 논리의 오류를 방지하기 위한 기초 명제들을 가지고 있는데 이러한 명제들 중에서 postulate of non-contradiction로부터 자유로운 진술을 역설이로 본다(Philip Wheelwright, The Burning Fountain, Indiana University Press, 1968, 96면). 이에 대하여 오세영은 비모순의 원리(postulate of non-contradiction) 외에 동일원리(삶은 삶이 아니다)와 배중률(postulate of exclusive middle 나는 살아 있지도 죽어있지도 않다)까지 포함하는 넓은 의미의 시적 역설의 개념을 제시한다(오세영, 『시론』, 서정시학, 2013, 283면).

밤은 달을 거대한 숟가락으로 파먹는다

한 사람이 엎드려 울고 있다

눈물이 땅 속으로 스며드는 것을 막으려고
흐르는 눈물을 두 손으로 받고 있다

문득 뒤돌아보는 자의 얼굴이 하얗게 굳어갈 때
바닥 모를 슬픔이 눈부셔서 온몸이 허물어질 때

어떤 눈물은 너무 무거워서 엎드려 울 수밖에 없다

눈을 감으면 물에 불은 나무토막 하나가 눈 속을 떠다닌다

신이 그의 등에 걸터앉아 있기라도 하듯
그의 허리는 펴지지 않는다

못 박힐 손과 발을 몸 안으로 말아넣고
그는 돌처럼 단단한 눈물방울이 되어간다

밤은,
달이 뿔이 될 때까지 숟가락질을 멈추지 않는다

—신철규, 「눈물의 중력」

위의 시에서 "눈물의 중력"이 의미하는 바를 이야기해볼까요? 그리고 이 시에 나타난 역설에 대하여 이야기해봅시다. 이 시에 나타난 역설은 옥시모론일까요?

한편, P. 휠라이트Wheelwright는 역설을 표층적 역설surface paradoxes과 심층

적 역설depth paradoxes로 나누고, 심층적 역설을 다시 존재론적 역설ontological paradoxes과 시적 역설poetic paradoxes로 나누었습니다. 앞서 이야기한 옥시모론은 대표적인 표층적 역설이며, 시인은 독자에게 놀라움과 즐거움, 충격을 주기 위하여 이를 사용합니다. 심층적 역설 중에서 존재론적 역설은 단순히 놀라운 표현을 위한 역설이 아니라 초월적인 진리를 표현하기 위한 것입니다. 종교적인 진리를 표현할 때 이러한 역설을 사용합니다.

마지막으로 시적 역설은 다른 말로 구조적인 역설이라고 합니다. 진술에 모순이 없지만 표면적으로 말해진 것과 의미 사이에 모순이 생기는 것을 의미합니다.[15]

흙이 되기 위하여 흙으로 빚어진
그릇
언제인가 접시는 깨진다.

생애의 영광을 잔치하는
순간에
바싹
깨지는 그릇,
인간은 한번 죽는다.

물로 반죽되고 불로 그슬려서
비로소 살아 있는 흙,
누구나 인간은

---

15 Philip Wheelwright, *The Burning Fountain*, Indiana University Press, 1968, 97~100면.

한번쯤 물에 젖고 불에 탄다.

하나의 접시가 되리라.
깨어져서 완성되는
저 절대의 파멸이 있다면,

흙이 되기 위하여
흙으로 빚어진
모순의 그릇.

— 오세영, 「모순의 흙」

위의 시에 나타난 은유와 역설에 대하여 생각해보세요. 이 시에서 은유를 빼거나 역설을 빼면, 혹은 은유와 역설을 모두 뺀다면 시가 의미하고자 하는 바를 어떻게 쓸 수 있을까요?

나의 심장은 뛰어오른다
　　하늘의 무지개를 볼 때면
내 삶이 시작했을 때 그러했고
어른이 된 지금도 그러하니
내 늙어서도 그러하여라,
　　아니라면 차라리 죽게 해다오!
어린이는 어른의 아버지
나의 삶에 바라노라
하루하루가 자연스러운 경건함으로 이어지기를.

My heart leap up when I behold

A rainbow in the sky:
So was it when my life began;
So it is now I am a Man;
So be it when I shall grow old,
Or let me die!
The Child is Father of the Man;
And I could wish my days to be
Bound each to each by natural piety.

— 윌리엄 워즈워드William Wordsworth

인용된 워즈워드의 시는 제목이 없어서 첫 구절을 따 "My heart leap up when I behold"로 불리지만, "A Rainbow"로 알려져 있기도 합니다. 널리 알려진 이 시의 구절 "어린이는 어른의 아버지"가 의미하는 바가 무엇이지, 왜 이런 역설을 사용했을지 각자 생각을 이야기해보겠습니다.

나의아버지가나의겨테서조을적에나는나의아버지가되고또나는나의아버지의아버지가되고그런데도나의아버지는나의아버지대로나의아버지인데어쩌자고나는작고나의아버지의아버지의아버지의……아버지가되니나는웨나의아버지를껑충뛰어넘어야하는지나는웨드듸어나와나의아버지와나의아버지의아버지와나의아버지의아버지의아버지노릇을한꺼번에하면서살아야하는것이냐

— 이상李箱, 「오감도烏瞰圖 시제이호詩第二號」

이상의 시 「오감도烏瞰圖 시제이호詩第二號」를 앞서 읽었던 W. 워즈워드

의 시와 비교하여 이야기해보면 어떻습니까? 어떻게 다른지 이야기해 볼까요?

## 더 생각해볼 문제

- ✓ 왜 아이러니를 사용하는가?
- ✓ 아이러니와 은유의 차이를 작품과 세계관의 차원에서 이야기해보자.

## 더 읽어볼 시 1

一層우에있는二層우에있는三層우에있는屋上庭園에올라서南쪽을보아도아무것도없고北쪽을보아도아무것도없고해서屋上庭園밑에있는三層밑에있는二層밑에있는一層으로내려간즉東쪽에서솟아오른太陽이西쪽에떨어지고東쪽에서솟아올라西쪽에떨어지고東쪽에서솟아올라西쪽에떨어지고東쪽에서솟아올라하늘한복판에와있기때문에時計를꺼내본즉서기는했으나時間은맞는것이지만時計는나보담도젊지않으냐하는것보담은나는時計보다는늙지아니하였다고아무리해도믿어지는것은필시그럴것임에틀림없는고로나는時計를내동댕이쳐버리고말았다.

– 이상, 「운동運動」

## 더 읽어볼 시 2

마태복음 5장 3-12

슬퍼 하는자는 복이 있나니
슬퍼 하는자는 복이 있나니
슬퍼 하는자는 복이 있나니
슬퍼 하는자는 복이 있나니
슬퍼 하는자는 복이 있나니
슬퍼 하는자는 복이 있나니
슬퍼 하는자는 복이 있나니

저희가 永遠히 슬플 것이오.

— 윤동주, 「팔복八福」

✓ 윤동주의 「팔복」은 역설적인가 아이러니적인가? 같은 행이 7번 반복된 1연과 단 한 행으로 이루어진 2연 사이에는 어떤 인식의 간극이 있는가?

## 도전 시 읽기

텅 빈 버스가 굴러왔다

새가 내렸다
고양이가 내렸다
오토바이를 탄 피자 배달원이 내렸고
15톤 트럭이 흙먼지를 날리며
버스에서 내렸다

텅 빈 버스가 내 손바닥 안으로 굴러왔다

나도 내렸다
울고 있던 내 돌들도 모두 내렸다

텅 빈 버스가 굴러왔다

새와 고양이가 들어있는
서랍이 열렸다

울고 있던 내 돌이 말했다
초침이 돌고 있는 네 눈 속에
단풍잎 하나
떨어지고 있어

새와 고양이가 들어 있는
서랍이 닫혔다

텅 빈 버스가 굴러갔다

—박상순, 「이 가을의 한 순간」

텅 빈 버스에서 누가 내리는 것도 말이 안 되지만, 도무지 내릴 수 없는 것들이 내리고 있습니다. 심지어 3연에서는 “텅 빈 버스가 내 손바닥 안으로 굴러왔다”고 합니다. 이런 진술이 어떻게 가능할까요? 이 버스의 정체는, 시의 6연에 등장하는 “서랍”입니다.

서랍과 버스에서 시인이 발견해낸 공통점은 무엇일까요? 무언가를 그 안에 담을 수 있다는 점 외에 이 시의 서술어들, “굴러왔다–내렸다”, “굴러왔다–열렸다”, “굴러갔다–닫혔다”는 표현에서 알 수 있듯이 서랍과 버스에는 바퀴가 달려 있습니다.

서랍은 추억의 보관소이자 추억의 운송수단입니다. 제목이 된 ‘이 가을의 한 순간’은 따라서 추억의 한때이자 그 추억을 되새김질하는 바로 지금이기도 합니다. 새와 고양이와 울고 있는 돌, 그리고 그 돌이 한 말은 무엇을 의미할 수 있는지 생각해봅시다.

서랍을 닫자 버스가 굴러가고, 그래서 내 추억의 한순간도 밀봉되었습니다. 작은 서랍 안에 버스 한 대를 가득 채울 만한 대상이 들어 있으니 이 시의 공간은 개봉과 밀봉, 팽창과 압축을 오가는 공간이며, 서랍을 연 한순간에 과거의 모든 추억이 함께 떠올랐으니 이 시의 시간은 과거와 현재를 오가는 시간입니다.

이 시는 여러 가지 어긋남을 담고 있습니다. 지금과 추억의 한때, 나와 사랑의 대상이 어긋나 있습니다. 이런 이유로 서랍 안의 대상들은 현실에서 존재감을 잃고, 서랍은 추억으로 가득 찼으면서도 “텅 빈 버스"가 되며, 이는 다시 시적 자아인 '나'의 내면이 됩니다.

이를 일상 언어로 바꾸면 다음처럼 바꿀 수 있을 것입니다.

"어느 가을날이었다. 우연히 열린 서랍을 들여다보니 예전에 주워온 돌멩이가 보였다. 돌멩이를 보며 어느 가을의 추억을 떠올렸다. 격세지감이었다. 조금 허전한 기분이 들어 서랍을 닫았다"

일상 언어로 말하는 것과 비교하여 위의 시가 다른 점을 생각해봅시다.

# 찾아보기

기타

# 저자 소개

## 이수정

현재 광주과학기술원 기초교육학부 교수로 재직하고 있다.
한양대학교 인문과학대학 영어영문학과를 졸업하였다.
서울대학교 대학원 국문과에서 현대시를 전공하여 석사 및 박사학위를 취득하였다.

# 시의 이해

초판인쇄 2018년 6월 25일
초판발행 2018년 6월 30일

저자 이수정
발행인 문승현
발행처 GIST PRESS

등록번호 제2013-000021호
주소 광주광역시 북구 첨단과기로 123, 행정동 207호(오룡동)
대표전화 062-715-2960
팩스번호 062-715-2969
홈페이지 https://press.gist.ac.kr/
인쇄 및 보급처 도서출판 씨아이알(Tel. 02-2275-8603)

ISBN 979-11-952954-9-4 03800
정가 15,000원

이 도서의 국립중앙도서관 출판예정도서목록(CIP)은 서지정보유통지원시스템 홈페이지(http://seoji.nl.go.kr)와 국가자료공동목록시스템(http://www.nl.go.kr/kolisnet)에서 이용하실 수 있습니다.
(CIP제어번호: CIP2018018570)